学会
Xuehui 品味生活的哲理
Pinwei Shenghuo De Zheli

吉林出版集团有限责任公司

前言

一篇美文犹如一杯清茶，沁人心脾；一则故事犹如一面旗帜，指引方向；一本好书犹如一缕阳光，照进天堂。在您人生的路上，希望这些优秀的书籍能成为您的辅助力量，伴您成长，伴您进取，伴您翱翔！

品味优美浪漫的散文，阅读经典名著文章，体会人生哲理智慧，叩问真善美的心灵。我们所追求的正是让您在人生的航行中不断适应风雨的洗涤，不断学会独立成长，不断获取鼓舞的力量。为此，我们精心编选了本套励志丛书，愿与您分享。

本套"知书达礼·励志馆"系列丛书包括：《世界最美的散文》《中国最美的散文》《卡耐基励志经典全集》《鲁迅经典小说全集》《鲁迅经典散文全集》《鲁迅经典杂文集》《滴水藏海——小故事中的大智慧全集》《走进不抱怨的世界》《这样做女孩最命好》《这样做男孩最成功》《有一种心态叫阳光》《学会读懂人心的智慧》《学会品味生活的哲理》《泰戈尔经典诗歌全集》《世界名著全知道》《每天读个好故事》《细节决定成败全集》《好习惯 好性格 好人生》《好思维 好方法 好未来》《做人做事全知道》共二十本。涉及中外名家经典散文、小说和诗歌，励志成长的哲理，做人做事的智慧等内容，以丰富的知识，多样的形式，博洽的内容，优美的文辞，带您踏上一段心灵阅读的旅程。

本套丛书为您全面展示了中国文学大师鲁迅的杂文、散文和小说，让您可以充分领略大师的文学风采；品鉴中外经典散文，可以让您启迪心智、陶冶性情；还为您精心编选了印度诗人泰戈尔的诗集，带您徜徉于诗的海洋；了解中外名著简介，可以为您的经典阅读提供方向；甄选了大量励志、成功故事，可以坚定您的梦想、激励您前行；而阅读哲理、智慧故事则可以帮助您树立信念、塑造个性……我们所努力的一切，只是希望您能从这些书中寻找到人生的真意，获得追求成功的勇气和力量！

当您重新扬起生活的风帆，昂首前行时，相信您的内心已经萦绕着自信自强的阳光，今后任何的风雨险阻也不能阻挡前进脚步的铿锵，如果每个人都能坚定自己的航向，如此，寰宇之内也就会无限美好、惠风和畅！

|目录| Contents

励志馆
LIZHIGUAN

一分钟改变人生

|目录| Contents

一片叶子拥有树

让苦难芬芳

悬念中的哲理 <<

明确的思维指向让人有了悬念，结局却拐了一个弯，背离了人们心中的愿望或者潜意识中的目标指向。其实，很多意想不到的结局正是生活中极易发生的平常事，而不是想象中的奇迹。

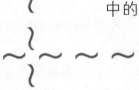

人与人传递着真诚的情意,它胜似良药,可以驱散心灵的阴霾,塑造和谐的人际关系。敞开心胸,给需要帮助的人以"童心的拥抱",把人间真爱化为生命永恒的光彩,让所有人都得到爱与阳光。

R 人 生 妙 谛
en sheng miao di

童心的拥抱

● 曾庆宁　译

驾车驶过小镇时,我开始给我的孩子们介绍他们将要看到的一切。我们新教堂里的一个妇女已到了癌症晚期,生活不能自理,我决定每周末去帮她干些家务活。

安妮好几次邀请我带着孩子一起去看她,因为我曾多次在她面前提及我的两个孩子,而她自己没有孩子。"绝大多数孩子见到我都怕得要死,我的长相对他们来说简直就像魔鬼一样,"她不安地说,"我能理解那些孩子们,毕竟,我的样子与众不同。"

我尽量寻找恰当的词汇来向儿子和女儿形容安妮的相貌。我对孩子们说:"安妮头上长了个肿瘤,她的脸部因为肿瘤而严重变形。"我记得儿子 10 岁的时候,我曾经带他看过一场有关残疾人的电影。我想让他知道,残疾人和正常人一样,都有感情,也会伤心。

"戴维,你还记得我们两年前看过的那部名叫《面具》的电影吗? 就是关于那个小男孩脸部畸形的故事。"我问道。

"是的,妈妈。我想我知道将会看到什么。"他的语气告诉我,我不再需要给他更多解释。

"妈妈,肿瘤长得像什么来着? "女儿黛安问我。

要回答 9 岁女儿的问题,必须比喻形象而具体。为了防止女儿见到安妮时出现激烈的反应,我必须给她准备足够的,而不是过多的印象。毕竟,我不想吓坏孩子。

"她的肿瘤就像你嘴巴里面的皮肤。它从安妮的舌头下面伸了出来,弄得她说话很困难。你一看到安妮就会看到那个肿瘤,但是,没有什么可怕的。你们千万记住,不要盯着那个肿瘤看。我知道你们想看它是什么样子的,不过,你们绝对不要盯着它看。"黛安点了点头。

"孩子们,你们准备好了吗? "在路边停下车来时,我问他们。

"是的,妈妈。"戴维说,就像他那样大小的孩子一样叹了口气。

黛安点了点头,反倒安慰我:"妈妈,别担心,我不会害怕的。"

我们走进客厅时,安妮正坐在躺椅上。她的腿上摆满了准备寄给朋友的圣诞卡。我抓紧两个孩子的手,我知道在这种时候,任何情况都有可能发生。

看到我的孩子们,安妮的表情一下子愉快了许多。"噢,你们能过来看我,我简直太高兴

了！"她一边说，一边抽出一张餐巾纸擦拭从扭曲的嘴里流出的口水。

突然，戴维松开我的手，走到安妮的躺椅前，用手搂住她的肩膀，将自己的脸贴在安妮那张变形的脸上。他微笑着看着她的眼睛说："我很高兴见到您。"

正在我为儿子感到无比骄傲的时候，黛安也像她哥哥那样给了安妮一个热切的拥抱！

我的喉咙有些哽咽，心中百感交集。我抬头，看到安妮的眼里满是泪水，充满感激的泪水。

人生妙谛
Ren sheng miao di

> 人生之路是一个漫长的过程，我们会遇到多个岔口，当我们面临多种选择时，应尽快确立自己的目标，并为之付出辛勤的汗水，左右彷徨只会导致一事无成。

只选一把椅子坐上去

● 董保田

有人曾向世界歌坛的超级巨星卢卡诺·帕瓦罗蒂请教成功秘诀，他每次都提到自己父亲的一句话。

从师范院校毕业之后，痴迷音乐并有相当音乐素养的帕瓦罗蒂问父亲："我是当教师呢，还是做个歌唱家？"其父回答说："如果你想同时坐在两把椅子上，你可能会从椅子中间掉下去，生活要求你只能选一把椅子坐上去。"

只选一把椅子，多么形象而又切合实际的比喻。人的一生，说长也短，不容我们有过多的选择，那些左顾右盼、渴望拥有一切的人，往往因为目标不专一，最终一无所获。

在一生中，我们会面临诸多的选择，特别是在涉世之初或创业之始，此时的选择尤为重要。一旦看准了方向，选定了目标，就要坚定不移地走下去。哪怕这条路崎岖不平，障碍重重，同行者寥寥无几，你都要有"板凳坐得十年冷"的信念，忍受孤独和寂寞，朝着一个主攻方向，尤其在诱人的岔路口，你必须不改初衷，用心无旁骛的坚定信仰和超然气度将它走完，一直走进美好的未来。

巴尔扎克曾经不顾家人的反对，立志从事文学创作。然而，在初期创作失败后，为了维持在巴黎的生活，他决定投笔从商，去当出版家。但这个外行的出版家受尽人家的欺骗，很快就失败了。紧接着，他又当了一家印刷厂的老板。可不管他如何拼命挣扎，也没有摆脱失败的命运。为此，他欠下了不少债，而且债务越滚越大，以致于警察局下通缉令要拘禁他，他只好隐姓埋名躲了起来。巴尔扎克终于醒悟过来，开始严肃认真地进行写作，成为了惊人的高产作家。

只选一把椅子，锁定一个努力的方向，可以决定我们的一生。

境由心生,适当地改变自己的心态,往往就能改变生活的意义。生命中的顺境、逆境被"杖子"隔开,努力从逆境处跳过去,坚持这样的行为,你会尝到阳光温暖的滋味,品味胜利的果实,从而获得真正的欢乐,生命的春天也会向你敞开怀抱。

杖子

● 孙桂芳

你手扶着额头,坐在我对面,告诉我说,那天你打电话来找我,恰巧我不在,是我小女儿接的,甜润的声音,动听得有若歌声。

你说到了这个年纪,听到我那个日渐成熟的女儿的声音,就像久已不见的朋友,总感觉着有些陌生。所以,乍然听到那甜甜脆脆的声音,真的有如一股春风,刮过你那寂寞的心田,竟漾起了几许柔情。

你说着时,神色之间有些寥落。忽然觉得一向蓬勃的你,原来也隐忍着如许的孤独和寂寞,莫非说这短暂的风雨,真的让你感觉到春业已消逝,只剩下秋的萧瑟了吗?

那么,让我来给你讲一个春天的故事好吗?

那是一个乍暖还寒的春日,我因为生活中突然出现了一些意想不到的波折困扰着心灵,而伏在窗前的沙发上独自悲哀,忽然间从窗外传来了甜甜的,却又嫩稚的歌声:

> 蝴蝶蝴蝶穿花衣,
> 飞来飞去真美丽,
> 你也喜欢我呀,我也喜欢你,
> 唱歌跳舞做游戏。

那歌声很美,深深地扣动着我的心弦。

我不由抬起头来望向窗外,春光明媚,院外的小街正有几个女孩在跳橡皮筋。随着歌声,一个步履蹒跚的小小的身影,晃悠悠地出现在院落和小街之间的那道杖子前。

我不禁有些惊讶,恍如昨日还咿呀学语的小女儿,今天竟能唱一支完整的歌了。

她站在那儿,似想要从杖子那边跳进院来,试了几次,都未能成功,可爱的小脸已经憋得通红。

看她那么地吃力,旁边一个大一点的女孩儿,欲待帮她,她却紧抿着小嘴,倔强地摇摇头,

似乎憋足了劲儿,又试了几次,终于跳过了那道杖子。

那天下午,我对前来看我的朋友学说这件事,"小女儿"那甜美的歌声和跳杖子的那股韧劲打动了我,使我终于摆脱了多日来缠绕在心灵上的那些苦痛,从冬天里走到了春天。

这时,绕于膝前的小女儿,忽然瞪着一双乌溜溜的大眼睛,说:"妈妈,我也是从冬天跳进了春天。"

朋友忍不住笑着问:"你是怎么跳过来的呀?"

小女儿闪动着可爱的目光说:"跳杖子啊!"

我和朋友都被她那可爱的天真给逗乐了,而我竟也因此有些泪湿,心里满满的似乎有什么在撞击。

我懂了,生命的面貌原来就是这样,冬天与春天,其实只隔着一道窄窄的杖子。那么只要跳过了这道杖子,生命便会从冬天走进了春天。

有人说生命里充满了无数看似巧合的相遇和相知,那种相遇和相知所产生的一种迂回反复的感觉,像光洒在水波之上,再慢慢地散播开来一样。

由此,那个明媚的春天,小女儿的歌声和天真烂漫的想象,使我知道了生命里还有一种盼望,一种坚持,一种希冀……

我们不敢设想如果人类没有真诚的爱心,世界将会变得怎样。真诚的心既感动着别人也感动着自己,是它让世界变得更加温暖,也是它让我们在前行的道路上能够坚强、勇敢地面对人生的风雨。

人生妙谛
R en sheng miao di

永不贬值的财富

● 张正直

那是十多年前的事。当时 16 岁的我以优异的成绩考入了大学,这在偏远的山区可是件新鲜事,村里为此专门请乡电影队来放了场电影,以示祝贺。左邻右舍,张、王、李、赵的婶子、大娘知道我们家穷,也都你家 10 元,他家 8 元地往我家送钱,帮我筹学费。望着桌上那堆零碎的人民币,我被这淳朴的乡情和善良的父老乡亲深深地感动着。

但令我终身难忘的却是入学前发生的一件事。那天上午,我正在家里收拾行李,准备启程。忽然,听到门外有个苍老的声音喊:"山子他娘在家吗?"母亲听见了,赶快去开门。门外站着村里那个失明的老婆婆。老人家一生没有孩子,与她相依为命的老伴死后,她大病一场,两眼便失明了。平常只好握着根竹竿摸索着向左邻右舍要地瓜皮子度日。母亲急忙把失明老婆婆让进屋里坐下,然后,喊我倒茶。老婆婆对我母亲讲了一大堆赞扬我有出息的话,然后把我喊到她身边,用她那枯柴似的手颤颤巍巍地从灰蓝色的土布兜里掏出了一张皱皱巴巴的一元钱,对我说:"山子呀,我这个瞎老婆子也没钱,这两元钱是我用地瓜皮子从小贩手里换来的,两毛钱一斤,我共卖了 10 斤,你别嫌少,添着买本书吧。"

怎么,两元钱?老婆婆手里分明拿着一元钱呀!望着老婆婆那满脸刀痕似的皱纹、干瘪的眼睛,我和母亲瞬间都明白了。多么奸诈的小商人,他们竟伤天害理地欺骗一个孤苦伶仃的老婆子!要知道,这 10 斤地瓜皮子,老婆婆要风里来、雨里去在黑暗中摸索多少天,奔走多少户呀!"怎么,你嫌少?"老婆婆的话打断了我的沉思,母亲含泪示意我快接下,我颤抖着手从老婆婆手里接过那山一样重的"两元钱",眼泪已经夺眶而出。

许多年了,如今瞎婆婆早已到另外一个世界去了,但老人家留给我的那一元钱,我却一直珍藏着。因为在我的眼里,它已不再是普通的一元钱了,而是一笔取之不尽、用之不竭、永不贬值的精神财富,它让我在人际关系日益商品化的今天,懂得如何用一颗真诚的爱心去对待身边的每一个人。

人生妙谛
Ren sheng miao di

给人生划分行程

● 李桂芳

　　小时候,我家住在大山脚下,我经常和大人们一起上山打柴、割草。打柴、割草的过程还算轻松,但背着柴草回家的那段路却至今在我的脑海里留着烙印。每每背着那一大捆沉重的柴草上路,我便觉得人世间最大的痛苦降临了。此时一般晌午已过,自然是饥肠辘辘,加之身体瘦弱,觉得四肢酸软无力,双肩被背带勒得生疼。可不管怎么说,把一大捆柴草完好无损地背回家去是农家孩子最基本的责任啊。由于肚子太饿,总想一口气背回家去。然而,往往事与愿违,那沉重的柴草总在我迫切的回家愿望里变得越来越沉重,常常压得我大汗淋漓、气喘吁吁。有一次将柴草背回家,整个人差点儿晕了过去。母亲看我疲惫不堪的样子,就问:"你一路没歇歇就回来了?""是呀,我不是想早点儿回家嘛!"我气呼呼地回答说。母亲笑着说:"孩子,你仔细看看,那些大伯大婶们是怎么背的? 他们总是急急地走一阵,歇口气,再走。你看,他们不跟你回家的时间一样吗? 而且别人肯定没你那么累。不信你试试。"

　　从那以后,我听从了母亲的教诲,便学着大人们的样子,背一程,歇口气,再背一程,再歇口气,果然,回家的时间没耽搁,也不再那么劳累了。小小的我便暗自琢磨开了:为什么歇口气再背会觉得力气又足了许多呢? 再背柴草上路的时候,我便用心地体会。原来,我在潜意识里将那一个个歇气的石台、土坎当成了走路的目标。当我疲惫难忍的时候,一想到马上就要到达下一个歇脚的地方,我便又对艰苦的行程充满了希望,然后咬咬牙继续走下去。当将整个沉重的柴草放在歇气的石台上时,疲惫的身体便有了从未有过的松弛和舒服,长长地喘口气,活动活动被压得僵硬的腰身,再踏上行程的时候,疲惫之感便没那么强烈了。如果疲惫再次袭来,我总会在心里安慰自己:再等等,马上又到下一个歇脚的地方了,于是,整个人便又充满希望地朝前走去。

　　许多年过去了,如今每当我感到人生道路艰难的时候,我便想起了小时候背柴草的经历,于是有意识地暂时歇一歇,给自己一个"喘息"的机会。我告诉自己,在这一段道路里,你只需要达到某一段目标就行了,于是便陡然觉得减轻了许多心灵的重负,轻松间又欣然背着人生的"柴草"上路了。朋友们,当你觉得累的时候,何不也给人生划分一个行程呢?

很多事情并不是一开始就会知道结局，不要让自己的想法过早地禁锢在别人设定的悬念中。让思维逃离固定的枷锁，我们才能在知道事情的结局时不大喜亦不大悲。

悬念中的哲理

● 程应峰

在沿海城市旅游时，我听导游讲了这样一个故事：在一家海鲜馆里，一群旅游者正在吃晚餐。他们一面品尝菜肴，一面即兴谈天。鱼端上来了，大家七嘴八舌地讲起一些关于在鱼肚子里发现珍珠和其他宝物的趣闻逸事。

一位长者一直默默地听着他们闲聊，终于忍不住开口了："你们每个人所讲的故事都很精彩，现在我也讲一个吧。我年轻的时候，受雇于香港一家进口公司。像所有年轻人一样，我和一位漂亮的姑娘相爱了，很快我们就订了婚。就在我们要举行婚礼的前两个月，我突然被派到意大利经办一桩非常重要的生意，不得不离开我的心上人。"

老人顿了顿，接着说："由于出了些麻烦，我在意大利待的时间比预期长了许多。当繁杂的工作终于结束的时候，我便迫不及待地准备返家。起程之前，我买了一只昂贵的钻石戒指作为给未婚妻的结婚礼物。轮船开得太慢了，我闲极无聊地浏览着驾驶员带上船来的报纸，消磨时光。忽然，我在一份报纸上看到我的未婚妻和另一个男人结婚的启事。可想而知，当时我受到了怎样的打击。我愤怒地将我精心选购的钻石戒指向大海扔去。"

他沉默了一会儿，神情落寞地说："回到香港后，我再也没有找女朋友，一个人孤单度日，转眼几十年过去了。有一天，我来到一家海味馆，一个人闷闷不乐地进餐。一盘咸鱼端上来了，我用筷子胡乱夹了些塞进嘴里，嚼了几下，忽然喉咙被一个硬东西噎了一下。先生们，你们可能已经猜出来了，我吃着什么了。"

"当然是钻戒！"周围的人肯定地说。

"不！"老人凄凉地说，"我开始也这么认为，事后我才知道，是我一颗早就磨损得差不多的，已经摇摇欲坠的牙齿滑进了喉咙。"

这一次轮到大伙张大惊愕的嘴巴了。

明确的思维指向让人有了悬念，结局却拐了一个弯，背离了人们心中的愿望或者潜意识中的目标指向。其实，很多意想不到的结局正是生活中极易发生的平常事，而不是想象中的奇迹。

> 善于发现平凡生活中不平常的事，这就是天才的智慧，许多伟大的发现就是在一念之间诞生的。勤于思考，敢于想象，你也会成为天才。

人生妙谛
Ren sheng miao di

天才和一只睡懒觉的猫

● 玉梦

斐塞司博士悠闲地站在窗前，他似乎在凝望着什么，思考着什么，但是从神态上看，又好像什么也没有思考，就是工作之后漫无目的地遐想，即所谓的神游。

四周静静的，阳光从天空直射下来，照射在窗前的空地上。

一只母猫躺在阳光下，它懒懒的，很舒适的样子。母猫安详地打着盹，那种舒展的姿态与四周的宁静是那样吻合。

树影开始移动，遮住了猫身上的阳光。这只猫站起来，重新走到阳光下。这一切，是那么自然而然，仿佛一切都事先安排好了，就好像母猫接到了阳光的通知似的。

这一景象唤起了斐塞司博士的好奇。

究竟是什么引得这只猫待在阳光下？

是光与热？

对，是光与热。

那么，如果光与热对猫有益，那对人呢？为什么不会对人有益？

这个思想在脑子里一闪。

就是这个一闪的思想，成为了后来闻名世界的日光治疗法的引发点。

之后不久，日光治疗法在世界上诞生了。

斐塞司，医学博士，诺贝尔奖获得者。由"想"到了猫对光和热的追寻，进而想到光与热对人的益处，再与人类的健康事业联系在一起。我们呢？

要想实现心中的理想就不能没有计划地盲目追求,而应该制订出长远的计划,然后再根据实际情况修改并完成它。只有不断为实现目标而努力,不断进取,才会拥有成功的人生。

洛克菲勒和农民

● 胡桂英

美国石油大王洛克菲勒年轻的时候,学习成绩很差,他感到很困惑,对生活没有明确的目标。有时他会陷入一种幻觉,经常整夜失眠,只是快天亮时才能睡两个小时。他就这样在浑浑噩噩中打发着时间。

有一天,他实在闲得无聊,就到处瞎逛。他漫无目的地乘大巴来到犹他州,在一个农场附近下了车。天黑的时候,他敲响了农场主人家的门,主人热情地招待了他。第二天,他感谢了主人的盛情款待,再次踏上了回纽约的旅程。他沿路徒步走着,期待能有一辆可搭乘的车。终于,后面来了一辆车,开车的正好是昨天帮助过他的那位农民。他坐在那位农民的车上,感到从未有过的自足与得意,他觉得自己和这个世界是如此和谐。

车在马路上疾驰,开车的农民突然问洛克菲勒:“你想去哪儿?”洛克菲勒愉快地望着窗外,快速地用他不久前才听到的惠特曼的诗来回答:“我将去我喜欢去的地方,这漫长的道路将带领我去我向往的地方……”那是《通达大路之歌》里面的句子。那个农民看着他,面带惊讶甚至愠怒的表情,然后农民谴责地问:“你是想对我说,你甚至没有一个目的地?”“我当然有目的地,只是它在不断地改变——是的,几乎每天都在变。”洛克菲勒若有所思地回答。“嘎”的一声,那个农民突然把车停在了路边,命令洛克菲勒下车。农民把头探出车窗外,对洛克菲勒说:“游手好闲之徒,你应当找一份正当的职业,落下脚,挣钱过日子。”说着他就把车开走了,留下洛克菲勒一个人站在乡村的土路上。

洛克菲勒望着两端都长得看不到头的土路,几分钟之前的得意之感荡然无存,他自言自语地说:“原来生活充满两极,刚听到诗人惠特曼鼓励我继续在这通达的大路上走下去,仅仅几分钟,我就为此而遭到红脸农民的训斥。看来,我得时刻准备接受生活中的所有沉浮了。”

后来,洛克菲勒确定了目标,并取得了令世人瞩目的成功。

人生妙谛
Ren sheng miao di

人生不是平坦的大道,而是充满了沟沟壑壑。没有经历过考验、完全在顺境中成长的人就像是温室中的花朵,经不起一点风雨的吹打。

设置沟壑

● 李泽泉

一对农村夫妇40岁得子,因而宠爱有加,在蜜罐中长大的儿子养成了一意孤行的脾性,做事毛毛躁躁,连走路也走不好,时常跌进水田里,很是让望子成龙的父母焦心。

儿子7岁那年,顺理成章地上了小学。顽皮的他走路喜欢东张西望,不是弄湿了鞋子,就是弄脏了裤子,哭鼻子成了家常便饭。做母亲的整日跟在他后面洗,也无法让他衣着干净。

一天,孩子的父亲带一把铁锹去儿子上学必经的田埂上,在上面断断续续挖了几十道缺口,然后用棍棒搭成一座座小桥,只有小心走上去才能通过。那天放学,儿子走在田埂上,看面前一下子多出这么多的小桥,很是诧异。是走过去,还是停下来哭泣?四顾无人,哭也没有听众啊,最终他选择了走过去。当背着书包的他晃晃悠悠地通过小桥时,惊出了一身冷汗。他第一次没有哭鼻子。吃饭的时候,儿子跟爸爸讲起了今天走过一座座小桥的经历,一脸神气。父亲坐在一旁,夸他勇敢。以后,他上学的路上再也没有惹过麻烦。

妻子对丈夫的举措有些不解,丈夫解释道:"平坦的道上,他左顾右盼,当然走不好路;坎坷的路途,他的双眼必须紧盯着路,因而走得平稳。"

如果不在孩子成长的路上设置一些障碍,一味地给他们提供顺境,让他们的想法不经过努力就能实现,等长大后,一旦遇到挫折,他们必然会经受不住打击,而产生种种意想不到的后果。

拖一把铁锹,在孩子前进的道路上设置沟壑,把平坦的大道变成窄道,让孩子勇敢地走上去,这样,他们才会专注于脚下的路,才不至于误入歧途。

成功需要我们投入大量的时间和精力,但不需要我们一蹴而就,成功是阶段性整合的统一。阶段性目标的实现是获得最终成功的一个积累过程。注意平时的积累,总会有成功的那一天。

R人生妙谛
Ren sheng miao di

成功不限时

● 詹相平

有一次看大学生辩论赛,到了自由辩论阶段,主持人宣布:"限时×分钟"。可不要小看了这短短的几分钟,它是选手们日积月累、厚积薄发的几分钟。

朋友的独生子小时候完成作业后喜欢玩电脑。他的母亲很恼火,认为会耽误学习,每次都要啪的一声把电脑关掉。可孩子却好像入了迷,总是躲着大人玩,母亲连打带骂也不管用。后来,还是做父亲的看出孩子的潜质,决定换一种方式来教导孩子,他便在一旁调和:"给你再玩10分钟。"母子俩的"战争"因此烟消云散。这个孩子后来不仅考上了一所名牌大学,而且还成为一名电脑奇才。短短的10分钟,在平实的心境中,使一个人的爱好和智慧得以挥洒和延伸,并最终有所成就,这是孩子的母亲始料不及的。

一位演奏家偶然在一所普通的中学听到一位普通的语文老师弹奏《海边的阿迪丽亚》,发现其演奏水准丝毫不亚于专业琴手,于是惊讶地问:"请问你熟悉这首曲子花了多长时间?"这位老师微笑道:"10分钟。"在专家疑惑的目光中,她的一番解释让人感叹不已:"我们学校有一架钢琴,原来有一个音乐老师,后来她因故离开了学校,我就有机会来到琴房,每天利用课间10分钟来弹奏这首我心爱的曲子,从最初的音阶练起,才……"

10分钟是一个表象,却又有着深刻的内涵。法国著名画家门采尔对一位前来求教的青年画师说:"年轻人,你说你现在每天能画一幅画,可卖出去却要花一年时间。如果你能用一年的时间画好一幅画,或许你一天就能把画卖出去。"青年大悟,回家潜心钻研画艺,苦练内功,最终成为一名出色的画家。

世界上没有一蹴而就的成功,它是一个不断分解、整合的过程。一个人可以没有远大的理想,但是一定不能没有一个近期努力的目标,比如娴熟地弹奏一首曲子,比如出色地完成一幅画作。这就需要一种日积月累的习惯,一种"度年如日"的心境。一个善于不断地把时间分解整合并能持之以恒的人,离成功会越来越近。

Ren sheng miao di 人生妙谛

> 不要被远处的目标吓倒,看上去遥不可及的地方也总有到达的一天,重要的是保持向着目标一直走下去的坚定信念。认真走好脚下的路,一步一个脚印地向着目标坚定前行,就没有到达不了的彼岸。

脚比路长

● 褚振江

古老的阿拉比国坐落在大漠深处,多年的风沙肆虐,使城堡变得满目疮痍,国王对四个王子说,他打算将国都迁往据说美丽而富饶的卡伦。

卡伦距这里很远很远,要翻过许多崇山峻岭,要穿过草地、沼泽,还要涉过很多的江河,但究竟有多远,没有人知道。

于是,国王决定让四个儿子分头前往探路。

大王子乘车走了7天,翻过三座大山,来到一望无际的草地边。一问当地人,得知过了草地,还要过沼泽、大河、雪山……便掉转马头往回走。

二王子策马穿过了一片沼泽后,被那条宽阔的大河挡了回去。

三王子漂过了两条大河,却被又一片辽远的大漠吓退返回。

一个月后,三个王子陆陆续续回到了国王那里,将各自沿途所见报告给国王,并都再三特别强调,他们在路上问过很多人,都告诉他们去卡伦的路很远很远。

又过了5天,小王子风尘仆仆地回来了,他兴奋地报告父亲——到卡伦只需要18天的路程。

国王满意地笑着说:"孩子,你说得很对,其实我早就去过卡伦。"

几个王子不解地望着国王——"那为什么还要派我们去探路?"

国王一脸郑重道:"那是因为我只想告诉你们四个字——脚比路长。"

是的,脚比路长,远方无论多远,只怕没有追寻的双足抵达。人生亦是如此,我们不怕目标的高远,只怕没有追寻的勇气、热情、执著……只要心头时时燃烧着坚定的信念,一往无前地前行,就会惊讶地发现——很多所谓的远方,其实真的并不遥远。

有的时候，失败并不是因为你不够优秀，只是因为你缺乏信心。永远不说自己是做不到的，因为这世界的种种"不可能"都源自我们的不自信。有了信心，成功将不再遥远。

Ren sheng miao di 人 生 妙 谛

永远不说你是做不到的

● 王欣　编译

我的儿子乔伊出生的时候，他的脚是向上扭曲的，看起来就是脚掌在上的样子。医生向我们保证说，只要经过合适的治疗，他肯定能正常地走路，但很可能永远跑不快。

在生命的最初三年，他一直在手术、各种金属模型和绷带中度过。他的双腿经历着按摩、运动、练习等一系列过程。

他七八岁的时候，如果你看见他走路的话，你甚至不知道他是有残疾的。但如果他走了很长的路，比如说在娱乐公园里玩或者从家走到动物园那么远，他就会抱怨说他的腿很累很累，像受伤了一样。我们往往会停下来，买一点儿苏打水或一个甜筒冰激凌，谈谈我们刚刚看见了什么以及我们将要看到些什么。我们没有告诉他为什么他的腿感到劳累，为什么它们那么虚弱。我们没有告诉他这本来是他天生就有的缺陷，所以他不知道。

孩子们一起玩耍的时候，邻居家的孩子总是四处奔跑，就像大多数孩子那样他也会跟着他们跳、奔跑和玩耍。我们从来没告诉他，他可能永远不能像别的孩子那样跑得快。我们没有告诉他"你是不一样的"，所以他不知道。

七年级那年，他决定参加环城赛跑小组。每天他都跟小组一起训练，他看起来比队里的其他成员练习得更努力。他也已经感觉到，有些看起来很自然地被其他人拥有的能力，并没有被他所拥有。但我们没有告诉他，尽管他能够跑步，也只能永远都跑在队伍的最后。我们没有告诉他，他本来就不应该去参加这样一个队伍。这个队伍的成员都是学校各年级跑入前 7 名的选手。我们没有告诉他，他可能永远不能正式加入那支队伍，所以他不知道。

　　他继续一天跑6至8公里，每天都是。我永远不会忘记他发高烧的那天，他不愿留在家里休息，坚持去参加环城赛跑的训练。我整天都在为他担心，我在等着学校里打来电话，让我去接他回家。但一直没有人打过来。

　　放学后，我去了环城赛跑的练习场，因为我想如果我在那里，他或许就会考虑逃过那天晚上的练习。

　　当我到达学校的时候，他正在沿着一条长长的林荫道跑步，一个人。我把车开到他的跟前，车速很慢，好和他奔跑的步伐保持一致。我问他感觉如何。很好，他说。他只剩下3.2公里了。当汗水从他脸上淌下来的时候，他的眼睛因为发高烧，看起来就像玻璃一样，但他仍坚持继续奔跑。我们从来没告诉过他，他不能在高烧的情况下连续奔跑6.4公里。我们从来没告诉他，所以他不知道。

　　两个星期以后，这个赛季倒数第三场比赛的前一天，宣布了参加正式比赛的成员名单，乔伊列在了名单的第六位，成功地加入了这支队伍。他那时上七年级，队伍里其他六个成员全部都上八年级。我们从来没告诉他，他本来不应该指望加入这样一支队伍。我们从来没告诉他，他做不到这一点。我们从来没告诉他，他不可能……所以他不知道。于是他去做了。

行胜于言，榜样的力量是强大的，要想别人接纳自己的理念、服从自己的安排，作为管理者，与其苦口婆心甚至恼羞成怒地教育、指责，不如静下心来反省自己的所作所为，从自身找原因，做好表率，用行动代替语言去指挥工作，定能收到意想不到的效果。

人生妙谛
Ren sheng miao di

行胜于言

● 黄鸿

星期六是公司的便装日。公司那群女孩子不仅衣着随意，就连言行举止都透着散漫不羁。乖巧一点儿的整理自己的资料档案，活跃一点儿的三三两两聚在一起说笑，更有甚者——那个今年才毕业的舞蹈专业的女生总是不知天高地厚地在办公室里蹦来跳去。身为公司的行政主管，管理公司内部纪律是我的职责之一。尽管我曾暗示批评过，还找过那女生单独谈话，但都收效不大。上星期六，业务经理朝我抱怨："这些人越来越不像话了。"言下之意，我该整顿整顿星期六的工作作风了。

今天下午，搞完清洁后（星期六下午搞清洁是公司企业文化的要求），我坐在座位上看杂志，那个舞蹈专业毕业的女生又开始逛来逛去，和其他人东一句西一句地闲扯。我想起还有一份文件没输入电脑，还有半个小时下班，刚好来得及。于是，我打开电脑，开始噼里啪啦地敲打键盘。刚才还嘻嘻哈哈的办公室仿佛添加了什么化学试剂，开始发生奇妙的变化。先是各人回到各人的座位，接着是她们之间的对话越来越少越来越短，最后整个办公室只剩下我敲打键盘的声音：她们有的翻开书，有的整理自己的资料档案，有的写东西……直到下班，一切都是那么井然有序。

为什么我以前批评暗示甚至个别谈话成效都不大，今天简单敲几下键盘就能发生如此奇妙的变化？莫非原因不在她们而在我自己？我开始思索自己今天下午的表现跟以往星期六下午的表现有何不同。此前，我本身就十分反感公司六天工作制，觉得星期六根本没什么正事要做，所以对她们的"放肆"也就睁一只眼闭一只眼。我自己也是整理一下东西或看看书而已，忙碌地使用电脑的情况极少。而今天我的电脑忽然忙碌起来，无形中向她们传递了"还有许多工作要做"的信息，她们自然明白自己可能也有许多工作没做。

看来，管理的真谛不在于说，而在于做。团队中的管理者，理当成为下属的表率。德高望重的领导，不仅因其德高，更在于其工作行为往往堪称典范，成为下属仿效的榜样。所以，当身为管理者的你为执行某项政策说到口干都不奏效的时候，不妨想一想"我该做些什么"。

R人生妙谛
en sheng miao di

当我们为别人而做出一些舍弃的时候,当我们为别人而降低自己的时候,收获的感动与尊敬反而带给我们更大的幸福。用善良与理解去浇灌心里的那朵花,它才能花开不败。

用心良苦的善良

● 朱成玉

娟坚持坐火车来看我们。在站台上,她夹杂在熙熙攘攘的人群里,向我们飞快地奔来。我们埋怨她,自己家有车,怎么不开车回来,省得受这份罪。她笑笑,没有过多的解释,只是说开车不安全,再说了,她想体验一下坐火车的感觉。她的丈夫跟在她身后,脸上已满是汗水,发福的身体告诉我们,他们在自己的城市很少有以步代车的时候。

过年的时候,他们又回来一趟,和上次一样,还是坐火车回来的。

我们注意到,娟穿的都是很普通的衣服,洗得有些发白的牛仔裤,样式再普通不过的呢子大衣,这和我们想象中的"贵妇人"是有很大的差距的。她说,参加不同场合的活动,都会选择不同的衣服,现在回家了,来见你们,就不必为穿什么而费心思了,随便穿一件就行了-,最重要的是心情的愉快。

请他们吃饭的时候,我们提议去海鲜酒楼,娟马上嚷嚷着说这两天坏肚子了,都是海鲜惹的祸,警告我们吃海鲜要谨慎。我们又建议去吃火锅,她又一个劲儿地摇头,说怕吃了发胖。最后,我们跑到了小吃一条街,就在路边的小摊上,一边吃着便宜的小吃,一边嘻嘻哈哈地说笑着,娟不无得意地说:"这要上哪个酒店去,哪能这么高声喧哗,这多好,吃得自由舒畅。

三个好姐妹一起去逛街,娟绕过那些名品专卖店,专门去一些小摊,买便宜的东西。在一个专门卖头饰的小摊前,她停下来,对那些银饰的戒指耳环爱

不释手,挑选了几个样式比较好看的头花和发夹,戴在头上,问我们好看不。我们点头,纷纷抢着去替她付钱。她没有挡着,任由我们替她买下来。丈夫有些不解,在她身后说,家里的首饰差不多一小箱,白金的,钻石的,什么都有,每一个都那么贵,怎么不见你戴着来啊?她回过头来,冲丈夫使了个眼色,似乎在阻止他说什么,很诡秘的样子。

其实我们又何尝不知道她的良苦用心呢!她在尽量降低自己,是为了不和我们产生距离。他们本来是要自己开车来的,但是我们没有车,所以他们选择了坐火车来;她本来是想穿貂皮大衣的,但是我们没有,所以她选择了那条发白的牛仔裤;她本来是最喜欢海鲜的,但它的价格很贵,所以她选择了路边的小吃;本来,她什么都不缺,但她坚持让我们送她一些小礼物……

曾经被电视上的一个主持人感动过,因为她个子比较高,在采访那些比她矮的嘉宾时,就会故意稍微哈点腰,这样就显得和嘉宾是同一个高度了。她放弃自己的形象来成全别人的举动,与其说是坚守了一份职业道德,不如理解为是用心良苦的善良。

这个世界,爱无须做作,但那些用心良苦的善良,却为这个世界折叠了那么多的塑料花,它们和鲜花一样芳香。所以有时候我更愿意相信,在冬天里摆放那么多常开不败的塑料花,只是为了让人的心灵在寒冷中也能感觉到夏天的灿烂。

用心良苦的善良,让世界变得美丽、清新,一尘不染。

R 人 生 妙 谛
Ren sheng miao di

> 将心比心,把真诚奉献出来,消除人世间的不信任与怀疑,还生活一个纯净的空间。让我们打破人与人之间无形的隔阂,为真诚喝彩,呼吸生命中最清新的空气,让世界上充满信任与爱。

为真诚喝彩

● 姜殿舟

　　上帝看到世间人们的生活水平很低,而且常常是食不果腹、衣不蔽体,于是,他想在人世间寻找一个人并赐予他厚重的财富,同时让他去接济那些穷人。经过层层挑选,最终确定了两个能力比较强而且比较受人们尊敬的年轻人布朗和罗丹。但是,这些财富只能给其中一个人。于是,上帝又对这两个人进行了最后的考验。上帝给每个人一只钵,让他们去一富户人家要饭,然后用要来的饭去救济穷人。两个人接受任务后,都去富人家要饭。不同的是,布朗用剪刀将自己的衣服剪断,并抹上泥巴,头发也搞得乱乱的,俨然就是一个乞丐。这样,他要来了钱,并去救济那些穷人。而罗丹则依旧穿着他的那身衣服去要饭。来到富人家,他说明了来意。富人也给了他一些钱。这样他也完成了任务。一天后,两个人都高兴而归。然而,上帝对两个人说:"一个人最要紧的品德是他能否用真诚的心去面对他所要面临的困难。你们两个人虽然都完成了任务,但是,布朗却欺骗了那户人家,而罗丹则以他的真诚取得了富人的同情并圆满地完成了任务。所以,这笔财富只能给罗丹了。"

　　有一位官员因触怒了皇帝,被贬回家,整日伤心落泪。一天,他来到了小河旁。忽然,他发现在小河两侧的芦苇里有一群漂亮的仙鹤在玩耍,于是他慢慢地走到了这群鸟儿的跟前去观看。开始的时候,这些仙鹤很害怕,不敢与他接近;但时间长了,仙鹤发现这位老人不伤害他们,便渐渐地乐意和这个慈祥的老人接触了。后来,这些仙鹤与这位官员熟识了,只要这位老人来到小河旁,几十只甚至几百只仙鹤便会自动地向他奔跑过来。而老人的心情也一天天好了起来。

真诚是做人与处世的一条基本原则。罗丹因自己的真诚,取得了上帝的认可,并最终得到了真诚的报偿;被贬官员用自己的诚心换取了几十只甚至上百只仙鹤的信任,并最终使自己能够开开心心地从忧郁中解脱出来。

看来,真诚的魅力是如此的巨大,不仅仅现实中的人会因其而取得意料之外的惊喜,就连那些没有理性思维的动物也为真诚所感动。然而,我们在想到真诚的同时,首先应学会奉献自己的一片真诚的心。正如马克思所说:"你希望别人怎样对待自己,你就应该怎样对待别人。"请交出真诚吧!因为真诚,我们才能取得别人的信赖和信任,因为真诚,我们才可以收获一份意外的惊喜;因为真诚,我们才可以走出人生的不如意;因为真诚,我们才可以成为真正的智者。

> 人生的快乐是建立在相互交流与相互欣赏的基础上的。不然，拥有再好的物质条件也无济于事。所以，用快乐汇成清冽的小溪，去找寻你想拥有的幸福吧！

天堂是个更大的笼子

● 赵海峰

上帝问一只被囚在笼中的画眉："你愿意到天堂吗？"

"为什么要去天堂呢？"

"天堂宽敞明亮，不愁吃喝。"

"可我现在也很好啊。我吃喝拉撒全由主人包办，风不吹头雨不打脸，还天天都能听主人说话唱歌。"

"可是你自由吗？"

画眉沉默了。

于是，上帝以胜利者的姿态把画眉带到了天堂。他把画眉安置在翡翠宫里住下，便忙着处理各种事务去了。

一年后，上帝突然想起了画眉，便去翡翠宫看它，他问画眉："啊，我的孩子，你过得还好吗？"

画眉答道："感谢上帝，我过得还好。"

"那么，你能谈谈在天堂里生活的感受吗？"上帝真诚地说。

画眉长叹一声，说："唉，这里什么都好，只是这笼子太大了，怎么飞也飞不到边。"

看来，人生若是没有相互交流和相互欣赏，即使给你天堂，也注定找不到快乐、自由的感觉，更不要说幸福了。

微笑并不困难，只需要将嘴角轻轻上扬。但少了真诚的微笑，味同嚼蜡。真诚的笑容会帮你打开一扇门，使你拥有一个美丽的世界。冷冷的目光则会让你错失与美丽邂逅的机会。

Ren sheng miao di
人 生 妙 谛

向一只猫吐舌头

● 张小尖

楼下那只白猫有点波斯血统，眼睛是天蓝色的，性情温和、冷静、从容。它喜欢蹲在楼道口的门槛下，我常常在下班回家时遇见它。那时，它蜷缩着，默默地瞅我一眼就偏过脸去。但是，如果我在与它对视的时候目光不移开，它也会一直瞅我，灰蓝色的眼球有点冷漠、深邃，但又有点悠闲，像是在思考很重要的问题，毛茸茸的身体微微散发着哲学气息。

我喜欢这只猫，我和它之间渐渐产生了默契，彼此是信任的。有一天，就在我们对视的时候，我忍不住向它吐出舌头，希望它能更在意我。果然，它的眼神激灵一下，很专注地盯着我。我非常高兴，笑眯眯地进了楼道，向四楼爬去。当时有一个中年汉子正好下楼，经过我身边时，出乎意料地向我点头微笑，令我茫然。这个人我遇见的次数多了，好像就住在五楼，以前我们从没打过招呼，今天为什么对我如此亲切呢？

是的，因为我对猫吐舌头后的笑容一直保持在脸上，让这位汉子产生了美好的误会。我的心情为之更加明朗，一直到进了家门，我的微笑都没有消失。

自那以后，我有一种结识这座楼全部住户的愿望——通过微笑。我曾经对着镜子练习微笑，但效果不理想，因为这样的笑容比较做作，我自己都不满意——镜子里的那个家伙好像想求我办什么事似的。于是我又想到了猫——向它吐舌头的时候，我能发出真正的微笑，而且能在一分钟内保持在脸上不改变。

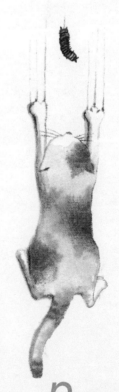

这个方法的确很棒。只要进楼前看见猫蹲在门槛下，我就有向它吐舌头的欲望，然后我就忍不住微笑了，这个微笑伴随我上楼的脚步，而且多次遇见陌生的邻居们，我就主动向他们点头，通常都能得到友善的

回应。有一次,擦身而过的是个美女,我的微笑使她愣了片刻,而后她不仅向我点头微笑,还问候一句:"下班了?"

在这件事的鼓舞下,我用了不足两个月的时间,终于结识了整座楼的住户。比如与我住对门一年多的那家人,是开饭店的,来自南京,户主姓李,他的儿子上小学五年级。还有那位美女,姓欧阳,她的办公室与我的单位仅隔一条街⋯⋯

我觉得自己够聪明,因为我将原本封闭而冷漠的住宅楼变得有人情味了,而方法又是那么简单。比我更聪明的是那只懂哲学的猫,以及它瞅着我向它吐舌头时的眼神。

以诚相待是女老板成功的秘诀,女老板真诚的付出换来的不单是经济效益,更重要的是她得到了人们的爱戴与尊敬。其实获得理解并不难,只要用心去体会他人的情感,用爱去温暖每一颗心灵。

R 人 生 妙 谛
Ren sheng miao di

善解人意的魅力

● 中原渔人

和其他的酒店不一样,法国巴黎的拉·维耶酒店里没有菜谱。当人们来到小酒店时,66 岁的女主人会告知你该吃什么东西,不该吃什么东西,如果她知道你在减肥节食或者看上去你应该节食,她就不会给你上小牛肝、小牛肾之类的高蛋白食物。即使你点了这样的菜,她也不会给你,因为她完全知道什么食物对你有好处。

在这个小酒店里,女主人像一位母亲或家庭主妇似的,当天想到什么菜就烧什么菜。而客人也像回到家里一样,她烧什么菜就吃什么菜,不需自己点菜。这个小酒店的这一经营特色,招来了不少客人,有一位叫船的顾客竟在她的店里吃了 25 年午餐。

这位叫船的顾客一口气说出了他在这儿连续吃午餐的数 10 个原因,其中若干个都跟老板的善解人意有关。船第一次到这里吃饭是因为他被解雇了,而他当月的薪水又被贪婪的上司扣发,所以他带着一肚子委屈和苦闷来到了这个小酒店。但他没想到自己会被酒店的女老板狠狠地批评了一通,因为爱喝酒的他怕在酒店里买酒太贵,每次吃饭前总要在外面小店里买一些劣质酒。他被老板训斥的原因是因为他的脸色不好,象征着他的肝脏不好,女老板给他换了一瓶对肝脏有保护作用的温酒,并免了他的酒水费,本来心情很不好的他得到了一份莫名的关心,一下子食欲大增。

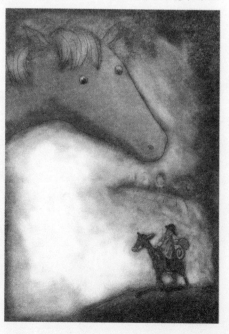

船还说了和一位正闹离婚的朋友一起在拉·维耶酒店吃饭的故事。那天酒店里的一道菜和船的那位朋友的妻子常常做的是一个味道。不一会儿女老板走来问菜的味道怎么样,当问到船的朋友时,船的朋友拼命地点头说:"味道不错。"船的那位朋友回家后,发现

妻子做的正好是他刚吃过的那道菜,忍不住想对比一下。结果尝完以后,感觉很好,便大声对妻子说"味道不错",他妻子幸福得差点掉下眼泪。因为结婚以来,这还是他第一次夸奖妻子,妻子正是因为他不善解人意而跟他闹离婚。船的这位朋友后来常到这个小酒店吃饭。

据法国该地方晚报报道,该报生活副刊曾用两个版面刊登了拉·维耶酒店顾客的故事,他们的故事各不相同,但他们却能众口一词地说出善解人意的女老板某一天的某个举动。而接受采访的女老板却说了许多顾客爱吃她们饭店的饭菜的故事,其中包括船,女老板说常去她那里吃饭的人会给她带去一些好的菜谱甚至自己家的新鲜菜。采访她的记者说:"看来,善解人意是可以传递或者传染的。"

信任是人与人交往的基础,在建立信任的过程中,暴力、强制都不是最佳的手段。信任是相互的,要想获得信任,就要付出真心,因为真诚才是信任的前提。

R 人 生 妙 谛
en sheng miao di

烈马

● 陈 默

约尼是个精明的牛仔,他靠着一匹烈马,以一搏十,很快成了巨富。这天,他牵着烈马来到一个小镇,刚刚圈好驯马场,看热闹的人就围了上来。

1 000美元赌一次,骑上马背就赢一万美元。三个小伙子先后出场,头一个被烈马踢伤了脚,第二个被烈马踢伤了胳膊,第三个幸亏闪得快,要不脑袋早给踢飞了。不到一小时,约尼就赢了3 000美元。就在他扬扬得意时,一个老头儿挤了进来,给了他一张一万美元的支票。约尼吃了一惊,将信将疑地把马鞭递过去。老头儿摇摇头,空手走出了围栏。三分钟后,他端着草料的簸箕,重新走进围栏。烈马瞪着警惕的双眼,不停地嘶鸣,四蹄刨得尘土飞扬。观众都替老头儿捏了一把冷汗。老头儿抓起一把草料,轻声唤着,朝烈马走了过去。

奇迹出现了,烈马竟然十分安静地低下头嚼起草料来。老头轻拍马背,纵身一跃,矮小的身躯像燕子一样轻盈地飞了上去。四周响起热烈的掌声。

约尼惊呆了,他不相信地喊道:"不!不!"

约尼沮丧地把一张10万美元的支票递给了老头儿,并问道:"你究竟用什么方法征服了我这匹烈马?"

老头儿淡淡一笑:"很简单,你用暴戾制造了它对人的不信任,我用三个晚上让它对我产生信任。当然,这一切都是背着你进行的。"

人生贵在能屈能伸。根据自身所处的环境作出相应的改变,遇到任何困难都坚强地面对,不要因为困难的强大而退缩。只有做到外圆内方,方能纵横于变化的社会,获得更好的发展空间。

弯腰的哲学

● 鲁先圣

　　孟买佛学院是印度最著名的佛学院之一,这所佛学院之所以著名,除了建院历史久远、辉煌的建筑和培养出了许多著名的学者以外,还有一个特点是其他佛学院所没有的。这是一个极其微小的细节,但是,所有进入到这里的人再出来的时候,几乎无一例外地承认,正是这个细节使他们顿悟,正是这个细节让他们受益无穷。

　　这是一个很简单的细节,只是我们都没有在意:孟买佛学院在它的正门一侧,又开了一扇小门,这扇小门只有1.5米高、40厘米宽,一个成年人要想过去必须学会弯腰侧身,不然就只能碰壁了。

　　这正是孟买佛学院给它的学生们上的第一堂课。所有新来的人,教师都会引导他到这扇小门旁,让他进出一次。很显然,所有的人都是弯腰侧身进出的,尽管有失礼仪和风度,但是却达到了目的。教师说,大门当然出入方便,而且能够让一个人很体面很有风度地出入。但是,有很多时候,我们要出入的地方并不都是有着壮观的大门的,或者,有的大门也不是随便可以出入的。这个时候,只有学会了弯腰和侧身的人,只有暂时放下尊贵和体面的人,才能够出入。否则,有很多时候,你就只能被挡在院墙之外了。

　　佛学院的教师告诉他们的学生,佛家的哲学就在这扇小门里,人生的哲学也在这扇小门里。人生之路,尤其是通向成功的路上,几乎是没有宽阔的大门的,所有的门都需要弯腰侧身才可以进去。

尊重他人的人格,尊重他人的一切习惯与意愿,这需要一颗宽大而包容的心。每个人的行为方式都有各自的特点,我们不能够要求别人与自己保持一致,也绝对做不到这种一致。

Ren sheng miao di 人 生 妙 谛

昂贵的单纯

● 李阳波

国王最心爱的猫爬到树上去了,国王担心它不肯下来,就苦苦地哀求它:"亲爱的猫咪,请回到我身边来吧!"猫不肯下来。

骄傲的王后见状,愤怒地厉声大叫:"我命令你离开那棵树,快给我滚下来!"猫还是不肯下来。

大厨师刚好做了香喷喷的蛋糕,他讨好地哀求着猫:"想不想吃这只蛋糕?都给你啦!"猫有些心动,但它深吸了一口气后,还是不肯下来。

巫师平常就觉得自己法力无边,于是,他准备了一份咒语,声音忽高忽低地念着:"叮当咚,咚当叮,当咚叮……"猫觉得巫师的举止很可笑,喵喵叫了两声,仍旧不肯下来。

渔夫听说国王的猫爬到树上,跑来帮忙。他拿着一条鲜鱼挥舞着,猫只是看看。它不想吃鱼。

国王有个智囊团,每个人看起来都很有学问,他们召开紧急会议讨论了许久,终于找到了问题的症结:"问题在大树上,我们必须将那棵大树砍倒……"

他们将会议的讨论结果向国王报告,国王听了,觉得蛮有道理,就高兴地说:"你们真是能干极了,想到这么妙的点子,如果我的爱猫真的下来了,我会大大赏赐你们。"

于是,国王派人去请来了樵夫。正当樵夫挥起斧头要往树上砍下去时,他忽然停住了,因为他听到了一个小孩的声音:"国王到底在想什么啊?这样做不见得是好办法。"

国王嘀咕着:"小朋友,那你说说,我应该怎么做才能让我的猫下来呢?"

小孩说:"如果我是你,我会耐心地等待,我相信当它想下来的时候,它就会自己下来。"

那天夜里,国王睡到半夜,忽然觉得有东西坐在他的额上,他伸手一摸,开心地大笑,说:"我心爱的猫咪真的从树上下来了!"

第二天,国王请那位小朋友来到皇宫,赏给了他很多钱。因为这个孩子教给了他一个重要的道理——尊重猫的意愿。

现代社会,衡量一个孩子是否优秀的标准往往被简化成一张成绩单。孩子那颗纯真晶莹的心灵也因此蒙上了尘埃。无论何时,我们都不应忘记,美德才是我们最应珍视的财富。

因品德而爱

● 湖畔

美国大多数的中小学,每学年都有一天是专门留给家长和老师会面的。这一天学生不用上课,老师与班上每一位学生的家长单独面谈。面谈时间约为 30 分钟。其中,与女儿五年级的班主任第威夫人的一次面谈令我印象深刻。

第威夫人在大大地赞扬了女儿一番后把话题一转,说:"对于克莉斯蒂(女儿的英文名)这样优秀的学生,我唯一的担心是如果有一天她的成绩报告单上不是那么漂亮了,有了一个甚至几个 B,她会怎样去处理这个事情呢?"

我和先生对看了一眼,很有些被一语惊醒的样子。接着,她给我们讲了她自己亲身经历的故事:她的女儿曾经是个非常优秀的学生,门门功课都拿 A。可是上了高中后,由于功课越来越难再加上一些其他原因,成绩单上也有几个 B 了。女孩子无法承受自己在学习上不再是最优秀的事实,便想方设法寻找能让自己最出色的方面。

最后,她终于找到了——那就是节食。其结果当然可想而知,小姑娘差点儿连命都丢掉了。幸亏父母发现得早,药物治疗加上心理治疗,千辛万苦地总算把她给救过来了。

第威夫人说:"我把这个故事告诉你们,是希望它不要重演。我像爱自己的孩子一样爱你们的孩子。我最大的希望就是她能身心健康地成长。这是一个教育者的最大心愿。"

她给我们讲解了她的打算,并说在实行这个计划之前需要得到我们的允许:她准备有意给克莉斯蒂增加学习和考题难度,让她的成绩单上至少有一两个 B。她要观察她的反应。她认为培养孩子承受挫折的能力与建立孩子的自信心是一样的重要。老师这样的尽心尽责,真是令我们感动,也令我们醒悟。

说实话,我们从来没有意识到这是一个问题,更别说认识到它的严重性了,倒是常常为女儿的好成绩喜形于色呢。第威夫人有一段话让我们深受触动,她说:"时时要让孩子知道,我们爱他们,大家喜欢他们,是因为他们的品德,和他们的成绩单如何是没有任何关系的。"曾几何时,我们利令智昏地把这直白浅显的人生道理给忘掉了呢?

流泪是因为自己感动,感动是因为对方的真诚。美好就在你我身边,让我们用真诚的心去感受吧!感受朝霞映红天边的绝美,感受春雨滋润万物的无声,感受生命中每一次日升日落的美好……

Ren sheng miao di

人 生 妙 谛

流泪是因为真诚

● 童道明

读到一篇回忆高尔基的文章,作者记述了他四次见到高尔基流泪的情景。

一次是得到了契诃夫去世的消息之后。那天还有人放烟火,高尔基出来劝阻他们说:"别放了,契诃夫去世了。"声音颤抖,近乎哀求。

一次是在放电影的时候。银幕上一个小孩在铁轨上睡着了,一列火车正隆隆地驶来,一只小狗冒死迎着火车跑去营救。高尔基为这只忠勇的小狗流泪。

一次在斯莫尔尼宫的群众集会上。大会结束,全体起立高唱《国际歌》,高尔基热泪盈眶。

一次在彼得格勒火车站。高尔基准备坐火车出国,站长说火车司机和司炉工想见他,高尔基欣然同意:"那太荣幸了,那太荣幸了!"他握着火车司机那粗糙的手,哭了。流泪是因为真诚。我喜欢流泪的高尔基。

陀思妥耶夫斯基的小说《白痴》第四部第七章,写到梅什金公爵参加一个上流社会的聚会不慎碰倒了一只漂亮的中国花瓶之后,显贵们都瞧着他笑,而且笑声越来越大,唯有在笑声包围中的梅什金公爵热泪盈眶。

就在这一章里,这个流泪的公爵对那些曾经放声大笑的贵族说了这样的话:"我不明白,怎么能走过树木却不因看到它而感到幸福?怎么能跟人说话却不因有他而感到幸福?哦,我只是不善于表达出来……美好的事物比比皆是,甚至最辨认不清的人也能发现它们是美好的!请看看孩子,请看看天上的彩霞,请看看青草长得多好,请看看望着您和爱着您的眼睛……"

流泪是因为纯真。我喜欢流泪的梅什金公爵。

人生妙谛
Ren sheng miao di

上帝是公平的，没有人可以不劳而获，只有通过勤劳诚实、努力奋斗才能创造价值，过上幸福的生活。珍惜生活赐予我们的一点一滴，脚踏实地做好手头的事情，才能有所收获。

老老实实办事，踏踏实实做人

● 陈健

有一个小寓言，讲得异常深刻——甲乙两人死后来到阴曹地府，阎王查看功过簿后，说："你二人前世未作大恶，准许投胎为人。但是现在只有两种人可供选择：付出的人与索取的人，也就是说，一个必须过付出、给予的生活，另一个则必须过索取、接受的生活。"

然后要他俩慎重选择。

甲暗忖，索取、接受就是坐享其成，太舒服了，于是他抢先说道：

"我要过索取、接受的生活！"

乙见此情景，也没有别的选择，就表示甘愿过付出、给予的生活。

阎王听其所愿，当下判定二人来世前途：

"甲过索取、接受的生活，下辈子当乞丐，整天向人索取，接受别人施舍。"

"乙过付出、给予的生活，来世做富翁，布施行善，帮助别人。"

从实际出发，脚踏实地，才会走下去，才会捕到"大鱼"。有个渔夫整日打鱼，以此为生。有一天，他运气不佳，忙活了一整天，只网到了一条小鱼，而且小鱼还劝他另作决定："渔夫，你放了我吧，看我这么小，也不值钱，你要是把我放回海里，等我长成一条大鱼，到那时你再来捉我，不是更划算吗？"渔夫说："小鱼，你讲得挺有道理，但是我如果用眼前的实利去换取将来不确切的所谓'大利'，那我恐怕就太愚蠢了。"

要知道，大海可不是渔夫自家的池塘，想要什么就捞什么，所以切切实实地珍惜每一份收获是很重要的，只有脚踏实地，方能有所收获。

生命永远都是那么光鲜，它不会因岁月的流逝而变质，不会因人的成败得失而停滞。因此，人不能任梦想流失，任时间虚度，不能殚精竭虑地追求华而不实的功名富贵，而应努力提高自身素质，加强自身的能力，这样才能感受到生命的无限魅力。

人生妙谛
Ren sheng miao di

苹果

● 陈心怡

　　小时候，家里有一个铁皮盒子，里面装着各种小零食和水果。一放学回家，我便溜去打开盒子。妈妈笑言那是我这只小老鼠的最爱。

　　我喜欢苹果。妈妈便常在盒子里装满了苹果，一打开，便是满屋子的清香。

　　有一次，盒子里吃得只剩下一个苹果了，于是我告诉了妈妈。妈妈笑着说："没关系，妈妈会变魔术。把这一个苹果留着，没几天又会长出满满一盒子来。"我信以为真。

　　果然，到了第三天，当我满怀期待地打开盒子的时候，里面真的"长出"满满的苹果！

　　自那以后，我养成了一个习惯，每次水果快吃完的时候，我都要认真地留下最后一个。

　　年复一年，我渐渐长大。我也终于明白，盒子里是不会长出苹果的，但是，我依然会认真地留下最后一个——或许只是为了一份单纯的愿望。

　　一个人住，每天的工作就像打仗。又到年关，更是经常铺天盖地地加班加点，连饭也难得在家里好好做，更没有时间懒懒地啃个苹果、翻几本休闲杂志了。

　　母亲过来帮我收拾屋子，从冰箱角落里找出了几个"奄奄一息"的苹果。那是半个多月前到超市买的，那时个个都是光鲜饱满。现在，它们似乎一下子从风华正茂跳跃到老态龙钟。表皮干干的、皱皱的，像老奶奶脸上的皱纹；用力一捏，还有些软。

　　"把它们都扔了吧，都是苹果'老太太'了。"我瞥了一眼母亲手里的苹果。

　　母亲没有说什么，只是微微笑了一下。"别急着扔。你知道一个苹果能存活多久吗？"

　　"即使是冬天，最多也就三四个星期吧，再久估计要烂掉了。"我小声咕哝着。

　　母亲笑着摇摇头，小心翼翼地将苹果削了皮。

　　去了皮的苹果，虽然还是有些皱巴巴，颜色也偏黄，但仍旧是一尘不染的。母亲切下一片放到我的嘴里，虽然不够脆，但那份清甜，却有过之而无不及。

　　"原来苹果还活着。"我打趣道。

　　苹果的表皮慢慢由白变黄，呈现出疏松的纹理，看起来它似乎又老了10岁。"这么丑，看了就知道没味道。"我有些不屑。

母亲依旧不说话,沿着苹果的弧度又小心地削了一圈。马上,苹果又呈现出一片白色,只是不及先前的亮丽。母亲削了一片放到我嘴里,令我惊讶的是,这块的清甜也毫不逊色。

苹果于我,原来远不是水果那么简单。会"长"苹果的盒子,那是童年时妈妈善意的谎言,为的是让我对生活总是充满希望:"别担心,我还有一个苹果,我并不是一无所有。总有一天,它会带来更多的苹果。"能复活的苹果,那是长大后妈妈的循循善诱。或许我们不知道一个苹果到底可以活多久,但那使我明白,人不能光看外表。好似在皮皱之时就被抛弃的苹果,人们永远都不会知道它的价值所在。只有坚实的内在,才能散发出永恒的魅力。

生活中,人们的行为受到规则的制约。当道德对人们的行为感到无能为力时,规则便发挥作用。"无规矩,不成方圆。"遵守规则,你会受到他人的尊重,留下灵魂的余香。

Ren sheng miao di
人生妙谛

规则的美丽

● 吴志翔

那是一个傍晚,我们乘着一辆车,从澳大利亚的墨尔本出发,往南端的菲律普岛赶。菲律普岛是澳洲著名的企鹅岛,我们去那儿看企鹅归巢的美景。

从车子上的收音机里,我们知道,这个岛上正在举办一场大规模的摩托车赛。司机和导游是中国人,听到这个消息后都显得忧心忡忡。因为根据估计,在我们到达企鹅岛之前约一个小时,这场大规模的摩托车赛就要结束。根据我们的经验,到时候,观众散场,会有成千上万辆的汽车往墨尔本方向开。因为这条路只有两条车道,所以我们都担心会塞车,而真正可以看到企鹅归巢的时间只不过短短半小时,如果因塞车而耽误了时间,我们就会留下永久的遗憾了。

司机加快了车速,虽然时值傍晚,夕阳如血,南半球高纬度地区宽阔的海天之间,云彩无比迷人,可是我们都没有心情欣赏,只是担心着一个问题:会不会塞车? 会不会因此与美丽的企鹅失之交臂?

担心的时刻终于来了。离企鹅岛还有 60 多千米时,对面大批车辆蜂拥而来。其中有汽车,还有无数的摩托车。那可是一些特别爱炫耀自己车技的摩托车迷啊! 他们戴着头盔,一副耀武扬威的样子。

此时此刻,目力所及,从北往南开的车只有我们一辆,可是由南向北的却何止千辆! 我们都紧张地盯着所有从对面来的车辆。然而,出乎我们意料的是,我们双方的车子却依然行驶得非常顺畅。

我们终于注意到,对面驶来的所有车辆,没有一辆越过中线!

这是一个左右极不"平衡"的车道,一边是光光的道路,一边是密密麻麻的车子。然而没有一个"聪明人"试图去破坏这样的秩序,要知道这里是荒凉的澳洲最南端,没有警察,也没有监视器,有的只是车道中间的一道白线,看起来毫无约束力的白线。这种"失衡"的图景在视觉上似乎丝毫没有美感可言,可是我却渐渐地受到了一种感动,我多么希望同样的场景尽早出现在中国的土地上!

夜幕降临了,所有的车都打开了车灯。看着那来自对面一侧的流动的灯光,我感觉到了一

种无言的美。我必须说,那是我平生所见过的最美丽的景观之一,它给我留下的印象,甚至要比后来我们如愿看到的场景——暮色之中,可爱的、憨态可掬的小企鹅从海浪里浮现出来,然后摇摇摆摆地踏上沙滩,一路追逐着回到沙丘巢穴——还要深刻。因为,我从那条流淌的车灯之河中看到了规则之美、制度之美,以及人性之美。

真情可贵，它不会因岁月的磨洗而消逝，不会因苦难的浸染而变色。所以，不要试图用世俗的眼光去衡量它，不要试图用欲望去苛求它，因为这样可能伤害到了那比金子更可贵的心！

别伤害了金子般的心

● 何长安

一天傍晚，我下班回家，正匆忙走着，突然一个陌生的男子上前拦住我，手里捏着一张10元钞票，神神秘秘地问我能不能帮他一个忙。我一下子警惕起来，以为他要耍街头那些骗子的把戏，就想赶紧离开。那个男子似乎看出了我的戒备心理，神情急切地说："你放心，我不是骗子。"

我说了一声"抱歉，我没有时间"，就抬腿要走。那男子拦住我，笑笑说："你听我说，你要是不帮我，你就伤害了一颗金子般的心。"我一听便好奇地停住了脚步。

于是，男子告诉我，他刚才在街头的拐角处看见一个小女孩，大概十二三岁的样子。他看见小女孩站在寒风里瑟瑟发抖，以为小女孩迷路了，上前一问才知道，原来那个女孩在等人。小女孩说她是一个卖花姑娘。有个女人买了她的鲜花，给钱的时候发觉身上没有带钱包，女人把花拿走了，要小女孩站在那里等一等，说很快就把钱给她送来。可小女孩等了好几个钟头，那女人也没送钱过来。

男子望望我，接着说："很显然，那个女人骗了小女孩。"男子说他劝小女孩赶快回去，不要再等了，说那个女人多半是骗她的，可小女孩不肯，因为她不相信那个女人会骗她。男子说他实在不忍心看着小女孩在寒风里受冻，就想替那个女人把钱给小女孩，谁知小女孩怎么也不肯要。

我不解地问："你的意思是……"男子接着说道："小女孩不相信这个世界上有欺骗，纯真的心就像金子一样，我不忍心她金子般的心受到伤害，想保持这个世界在她心里的完美，所以，我找你帮忙。"男子微笑着把那张10元钞票递给我，说："你拐过这个街角就可以看到她了，拜托你过去把钱给她，就说是那个阿姨有事来不了，托你转交的呗。"

我很感动，对男子说："既然这样，就让我来为那个骗人的女人埋单吧！"但是男子坚决不肯，固执地认为这钱应该由他来出，硬把钱塞到我手里，然后高兴地说："这下我可以放心地回家了。"

我紧紧地握了握男子的手，和他道别。拿着男子给我的钱，我走过拐角，果然看见一个衣

着单薄的小女孩,手里拿个空花篮,站在寒风中往我这头张望。我快步走过去,告诉小女孩:"那个阿姨因为有事来不了了,特地委托我将钱送来。"

"真的吗?"小女孩看着我手中的钱迟疑着不肯接。

我急忙说:"真的,那个阿姨没空,让我给你送来的。"

小女孩看看我手里的钱,又看看我,说:"我不相信。"

我坚定地说:"真的,我不骗你!"

"那她应该记得她买了我50朵花啊!"小女孩嗫嚅道,"每朵2元,一共应该是100元啊……"

原来是这样。我想那个好心的男子真是太粗心了,怎么就没问清楚那个女人买了多少花该给多少钱呢,差点就露馅了。

为了不让小女孩起疑心,我故意装作恍然大悟的样子,拍拍脑袋,嘴里嘀咕着说:"哎呀,我真粗心,怎么把10元当做100元给你了!"我从包里摸出一张百元钞票递到小女孩手里。小女孩接过钱,迈着欢快的步子走了。看着小女孩的背影,我感到自己做了一件大好事。

半个月后在街头,我又意外地看到了那个好心的男子,刚要过去和他打招呼,却见他突然拦住一个女人,比画着跟人家说些什么。我看见他手里捏着一张10元钞票。那个女人和我当初一样,起初还有些戒备,但是听男子说完话,很快变得高兴起来,接着和我当初一样,她先是拒绝接受男子的钞票,而后被那男子的真诚态度所打动,有些难为情地拿了那张钞票,和男子握了握手,愉快地往街头拐角处走去。

果然,那个小女孩正站在那里,翘首张望。和我当初一样,那个女人快步走过去,要给那个小女孩钞票。小女孩先是不肯接,当那女人很快弄明白小女孩不接钞票的缘由后,也和我当初一样,她装作恍然大悟的样子,从包里摸出一张100元面额的钞票。这下小女孩收下了钱,她向那个女人鞠躬、道谢后,迈着欢快的步子离开了。那个女人和我当初一样,舒了口气,一副很开心的样子。

我尾随着那个小女孩,在走过几条大街后,看见她走向那个男子,从身上掏出那张刚刚到手的百元大钞递给男子,男子高兴地蹲下身子跟小女孩说着些什么。我气坏了,当即掏出笔和纸,写了一行字,然后叫住刚好路过身边的一个小男孩,让他帮忙把纸条送给那个男子。

小男孩纳闷地问我:"你是不好意思跟那个叔叔说话吗?"我摇摇头说:"是他不好意思跟我说话。"小男孩很乐意帮我这个忙。他按照我说的,把纸条塞给那个男子就走开了。

那个男子打开纸条,看了一眼,就警觉地四处张望,神情有些慌张,赶紧牵着那个小女孩匆匆离开了。

我在那张纸条上写着:"别伤害了金子般的心!"

境由心生,外界环境如同烟云,缭绕在你身边,但你却从中找寻不到幸福,因为幸福植根于心底,是对自我的认知和肯定,是对生命的敬畏与思考,是对未来的希望与寄予。故而,不要否定自己的价值,认识自己,发展自己,你就会奏出生命的最强音。

人 生 妙 谛
R en sheng miao di

天堂的歌声

● 岳 强

一个事业有成的人，做人不一定也是成功的，而一个一事无成的人，也许做人很成功。但我们看一个人的时候，往往只看他的事业。他的事业辉煌，我们就喝彩，拿着放大镜去发现亮点；他的事业暗淡，我们就不屑，在显微镜下寻找过错。很多时候，我们只看重结果，而忽略了过程。正如一位漫画家所说："若能及时抵达，一般人就不会在意你是怎么来的。旅途如此，仕途也一样。"当然，事业的成功标志着一个人的价值。但如果你由此推断说，一事无成的人没有价值，那你就错了。

19世纪初，美国人约翰·皮尔彭特从著名学府耶鲁大学毕业后，遵从祖父的意愿，做了一名教师。然而,生性善良的皮尔彭特对学生总是爱心有余而严厉不足,这在当时保守的教育界看来,是一件无法容忍的事。结果,皮尔彭特很快结束了他的教师生涯。

接下来,他当了律师,准备为维护法律的公正而奋斗。可正是这一美好愿望,最终毁掉了他的律师事业。他常常因为当事人是坏人而推掉送上门来的生意,白白把优厚的酬金让给了别人。但如果是好人受到不公正待遇,他又不计报酬地为之奔忙。因为违反了当时美国律师界"谁有钱就为谁服务"的行规,他不断受到排挤,最后不得不离开。

皮尔彭特的第三个职业是纺织品推销商,假如他从以往的挫折中吸取教训,也许会很快成为一个有钱人。然而,江山易改,秉性难移,他根本看不到竞争的残酷,总是在谈判中把利益让给对方,而自己吃亏上当。

最后,皮尔彭特改行当了牧师,试图为人们的灵魂向善尽一份力,然而,又因为支持禁酒

和反对奴隶制得罪了教区信徒,被迫辞职。

1886 年,81 岁的皮尔彭特先生与世长辞。他的一生,似乎一事无成。然而,有一首歌也许你不会陌生:"冲破大风雪,我们坐在雪橇上,飞奔过田野,我们欢笑又歌唱,马儿铃声响叮当,令人心情多欢畅……"这首叫做《铃儿响叮当》的歌,就是出自皮尔彭特之手。

在一个圣诞节的前夜,作为礼物,皮尔彭特为邻居的孩子们写了这首歌。尽管没有耶稣,没有圣诞老人,但朴实无华的词曲表现了一个美好的心灵和对幸福生活的向往,因而被人们广为传唱,以至成为今天西方圣诞节里不可或缺的一部分。

皮尔彭特先生偶尔为之的作品,为什么会产生如此强烈的震撼力呢?因为他始终相信生活是美好的,并为此苦苦追求了一生。尽管他没有获得成功,但他的理想和追求震撼了人们的心灵。

有一则寓言,一个穷人到了天堂门口,一个富人也到了那里。天使打开门,让富人进去,然后就把门关上了。穷人站在门外,听到里面唱起欢乐的歌曲,许多人在欢迎富人的到来。

过了一会儿,门开了,天使让穷人进去。穷人以为他也会受到和富人一样的礼遇,可对他的接待亲切而又平常,没有歌声,也没人鼓掌。穷人生气地问:"为什么我进来不唱歌,是不是天堂里也有偏见和歧视?"

天使笑着回答:"在天堂,你和那个富人将享受同样的快乐。只是像你这样的穷人,每天都要来很多,而富人 100 年才来一个。"

为什么要在意别人的歌声呢?你自己心里不就有歌声吗?"铃儿响叮当",只要有这样的歌声响在心间,走到哪里,哪里就是天堂。

尘世的喧嚣为人筑起了一道心底防线，究其根本，是人对陌生世界的认识不够，缺乏信任感，因此失去了人与人接触的机会，但当固步自封的我们真正从怀疑中走出来，我们会发现世界其实一直在阳光下，只是我们撑起了伞。

人 生 妙 谛
Ren sheng miao di

和陌生人说话

● 刘心武

　　父亲总是嘱咐子女不要跟陌生人说话，尤其是在火车、大街等公共场所。母亲对父亲给予子女们的嘱咐总是随声附和，但是在不跟陌生人说话这条上却并不能率先履行，而且恰恰相反，她在公共场所最喜欢跟陌生人说话。

　　有一次，我和父母回四川老家探亲。在火车上，同一个卧铺空间里的一位陌生妇女问了母亲一句什么，母亲就热情地答复起来，结果引出更多的询问，她也就更热情地絮絮作答。我听母亲把有几个子女，都怎么个情况，包括我在什么学校上学什么的，都说给人家听。我急得用脚尖轻轻踢母亲的鞋帮，母亲却浑然不觉，仍乐呵呵地跟人家聊下去。母亲的嘴不设防，总以善意揣测别人，哪怕是对旅途中的陌生人，也总报以一万分的友善。

　　有一年冬天，我和母亲从北京坐火车到张家口去，坐的是硬座。对面有两个年轻人，面相很凶，身上的棉衣破洞里露出些灰色的棉絮。没想到，母亲竟去跟她对面的小伙子攀谈，问他手上的冻疮怎么不想办法治治，说每天该拿温水浸它半个钟头，然后上药。那小伙子冷冷地说："没钱买药。"还跟旁边的小伙子对了对眼。我觉得不妙，忙用脚尖碰母亲的鞋帮。母亲照例不理会我的提醒，而是从自己随身的提包里摸出一盒如意膏，打开盖子，用手指剜出一些，要给那小伙子手上有冻疮的地方抹药膏。小伙子先是要把手缩回去，但母亲的慈祥与固执，使他乖乖地承受了那药膏。一只手抹完了，又抹另一只。他旁边那个小伙子也被母亲劝说得抹了药。母亲一边给他们抹药，一边絮絮叨叨地跟他们说话，大意是这如意膏如今药厂不再生产，这是家里最后一盒了，这药不但能外敷，感冒了，实在找不到药吃，挑一点用开水冲了喝，也能顶事……未了，她竟把那盒如意膏送给了对面的小伙子，嘱咐他要天天抹，说是别小看了冻疮，不及时治好，抓破感染会得上大病症。她还想跟那两个小伙子聊些别的，那俩人却不怎么领情，含混地道了谢，似乎是去上厕所，竟一去不返了。火车到张家口，下车时，站台上有些骚动，只见警察押着几个抢劫犯往站外走。我眼尖，认出里面有原来坐在我们对面的那两个小伙子。又听人议论说，他们这个团伙原来是要在 3 号车厢动手，什么都计划好了，不知为什么后来跑到 7 号车厢去了，结果事情败露被逮住了……我不由得暗自吃惊：我和母亲乘坐的恰好

是3号车厢。看来,母亲的善良感动了那两个抢劫犯,他们才没对我们下手。

母亲晚年有段时间住在我家,有时她到附近街上活动,那跟陌生人说话的旧习依然未改。街角有个从工厂退休摆摊修鞋的师傅,她也不修鞋,走上前去跟人家说话。那师傅就请她坐到小凳上聊。他们从那师傅的一个古旧的顶针聊起,两人越聊越近:原来,那清末的大侧顶针是那师傅的姥姥传给他母亲的,而我姥姥也传给我母亲一个类似的顶针。聊到最后的结果是,那丧母的师傅认了我母亲为干妈,而我母亲也把他带到我家,俨然以亲子相待。我和爱人孩子开始觉得母亲多事,但跟那位干老哥相处久了,体味到了一派人间淳朴真情,也就都感谢母亲给我们的生活增添了丰盈的乐趣。

现在父母去世多年了。母亲和陌生人说话的种种情景,时时浮现在心中,浸润出丝丝缕缕的温馨。但我在社会上为人处世,仍恪守着父亲那不跟陌生人说话的遗训,即使迫不得已与陌生人有所交谈,也一定尽量惜语如金,礼数必周而戒心必张。

前两天在地铁通道里,听到男女声二重唱的悠扬歌声,唱的是一首我青年时代最爱哼吟的歌曲,那饱含真情、略带忧郁的歌声深深打动了我。我走近歌唱者,发现是一对中年盲人,那男的手里捧着一只大搪瓷缸子,不断有过路的人往里面投钱。我在离他们很近的地方站住,想等他们唱完最后一句再投钱。他们唱完,我向前移了一步,这时那男士仿佛把我看得一清二楚,对我说:"先生,跟我们说句话吧。我们需要有人说话,比钱更重要啊!"那女的也应声说:"先生,随便跟我们说句什么吧!"

我举钱的手僵在那里,心里涌起层层温热的波浪,每个浪尖上。仿佛都是母亲慈爱的面容……母亲的血脉跳动在我的喉咙里,我意识到,生命中一个超越功利防守的甜蜜瞬间已经来临……

泰戈尔曾经说过:"不要为错过太阳而哭泣,不然你也会错过群星。"生命中总有太多太多的美好等着我们去发现和享受,不要为生活琐事而烦恼,尽情享受生命的阳光,让心情在七彩的阳光下轻舞飞扬。

人散曲未终

● [美]金姆·乍佐尔　彭嵩 编译

我每天早上都会认真地读报纸上的讣告。早上,我的日程安排是这样的:先把今天的报纸在饭桌上打开铺好,喝上一小口咖啡,咬一口烤面包片,读一则讣告。把几个薄煎饼放到炉子上给5岁大的孩子热了吃,再读一则讣告。给3个孩子倒好果汁,喊着:"赶紧装好书包!"再读几则,思考一下人生。把金枪鱼肉放在我的全麦面包上,凝视着照片上那些刚刚去世的人的笑脸。把9岁的女儿脸上的花生酱擦干净,吻别所有的孩子,坐下来再仔细读几则。

这听起来很古怪,我也知道这一点。我在一年之前从没注意过报纸上的讣告。我年纪不大,又是刚刚来到这座城市,根本不可能认识那些故去者。

一年前我的父亲去世了。他是一位了不起的父亲,优秀的医生,我们大家的导师和朋友,可是他忽然就离我们而去了。需要写一则讣告刊登在报纸的讣告栏里,因为不知道该怎么写,我就找来报纸,翻到那一版,读了起来。结果我意外地发现了一个全新的世界。从那以后,我就越来越关注这些小小的讣告了。

你也许认为,读讣告会让人非常悲伤,实际上,读读讣告可以让人学到很多东西。比如说,因为你不可能把一个人一生经历的事情都挤进一两段文字里,所以你必须要有所取舍。我注意到,没有一则讣告会提到那些鸡毛蒜皮的小事:诸如什么他心爱的人总是让他的妹妹烦心啦,他总是忘记做家庭作业啦,一天到晚看电视啦,乱糟糟的屋子啦,牙膏沫子弄

得一水池都是啦,地板上堆的脏衣服啦。那些我们平常总是在意的事情都被过滤掉了,那些都不相干。

我们不再纠缠于那些可有可无的生活琐事,我们所能想到的,只有那些心爱的人在生活中最喜欢的事情。我们在心里给他们在天上的生活描绘出一幅幅让人悲喜交加的画面:他们跳着舞,和天使一起唱着歌,种着漂亮的西红柿。我们只能怀念那些让我们心中充满温情的东西:微笑、笑声、爱。我们在讣告里赞美那些热爱生活、而且生活得很充实的人。

有一天,我读到一个儿子的温柔的话语:"再见了,爸爸,愿您随上帝而去。"我的眼中不知怎么,落下一滴泪来。另一天,我读到一句很简单的结束语:"然后,她飞走了。"顿时,我的心似乎被猛地撞了一下。我们写下那些讣告的时候,心里面装的都是温情。我们很庄重地写下亲人的人生。

我们终于说出了那些早就想说的话,让读讣告的人也决心早点跟亲人说出那些话来。不要等到一切都太晚了,毕竟,生命就像那些讣告一样,实在是太短了。

心灵的距离是最遥远的距离,它超越了空间的极限。但当人的情感融入关爱,当人们真正从钢筋水泥的丛林中认识到真情的可贵,都市由冷漠瞬间变得温暖如春,世界也因此变成天堂。

Ren sheng miao di
人 生 妙 谛

今夜没人来开车

● 刘 墉

在这个长岛火车站的停车场,每天早上总是停满车子,每天晚上又总是空空荡荡的。因为许多在纽约曼哈顿上班的人,早晨都从家里先开车到车站,搭火车进城,下班再搭火车回到这个车站,开车回家。

火车的班次多,不堵车,不误点。附近的上班族,几乎已经没有人再自己开车进城了。也由于每天总是同一批人,在同一时间,搭同一班车,彼此虽不一定知道名字,但都有了熟识的感觉,偶尔也说说笑话,聊聊天。但在"9·11"这天,在回长岛的火车上,不再有人说笑,每个人都板着一张脸,熟人见面只是点个头,就又把脸朝向窗外。

车子也比较空了,有些人在世贸中心倒塌之后,吓得提前回了家。有些人被困在城里,无法搭上车。当然,也有些人再也回不了家。

停车场上,车子一辆辆开走了,但是不像往日变得空空荡荡。直到深夜12点,仍有七八辆车停在那儿,没有动。

第二天早晨,有些车子驶来,跳下的人红着眼睛,把原来停在那儿的车开走,正好碰上许多人停下车子,准备去上班。彼此讲几句话,就抱在一起哭了。

这天深夜,停车场上剩下三辆车子。过两天,只剩下一辆了。这辆车一直停在那儿,一天又一天。

火车上有人开始提到那辆车,有人说好像是一对夫妇的;也有人见证:"听他们两口子说,是在世贸中心上班。"更有人叹息:"他们好像没有孩子,也没有亲人。不然也不会没人来

领车子。"

据说单单在这个火车站,就死了8个老乘客,不是会计师、投资分析师,就是电脑工程师。还有3个属于同一家保险公司,在第一栋被撞的100层楼上班,一下子全死了。

失事已经一个多礼拜了。附近的教堂每天都有葬礼,花店忙着四处送慰问的鲜花。也有许多花被送到停车场,就放在那辆空车的旁边。

花愈送愈多了,还有些上班族,直接在下班时,把花带到停车场,静静地摆在那车前,再默祷一阵离开。有人在车上贴了追思的文字、哀悼的诗,有人在地上放置了白色的蜡烛。

深夜,从远处望去,只见一片空空荡荡的停车场上,亮着一圈又一圈的烛光。这一天是周末,许多人约好在那车子旁边,做个小小的追思。大家手牵着手,围着车子,一起唱圣歌。

"你们在干吗?"突然有人快步地跑来问。"嘘——"人们低着头,有人小声说,"追思我们死难的朋友。""死难?"跑来的两个人叫了起来,"我们没死啊!"

大家一齐转头,嘴巴一起张得大大的,有个女人甚至尖叫起来:"是……是你们……"。

"是啊!我们正好家里有急事,赶去加州。出事之后,飞机又停飞,所以直到今天才能回来。我们没死,我们正好躲过一劫。"大家全怔住了,十几秒钟没人说话。"奇迹!"终于有人叫了起来,"这不是奇迹吗?"有人过去,把那对夫妇一起紧紧地抱着。其他人像从梦中惊醒,也都喊着"感谢上帝",冲过去,与他们紧紧拥抱。那对夫妇突然哭了:"我们才搬来不久,平常在车上很少跟大家说话。真没想到,你们这么关心我们、爱我们……"

从那天开始,由这一站上车的人走得更亲近了。大家对那对"曾经失踪的夫妇"尤其关心,都说他们是死而复生的,都不再称他们的名字,而叫他们"奇迹"!

……至少我们在使用声音这个问题上，就不如小孩子。我们对自己的孩子大声嚷嚷，我们对父母也曾加大过嗓门，我们对朋友同事也曾高声叫喊，唯独，我们面对危害我们的坏人，却能保持沉默。

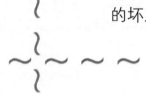

大声地生活 << 活

人生妙谛
R en sheng miao di

个人的力量总是有限的，我们无法像太阳一样普照大地，温暖万物，但是我们可以做一缕免费的阳光，奉献我们的爱心。爱心无论多少，量力而行最好。如果每个人都能做一缕免费的阳光，世界将会充满温暖与爱。

免费的阳光

● 罗 西

有个流浪街头的老婆婆，几乎每天黄昏时分都会在我家附近一条小巷子边上的一张废弃沙发上坐着、喘息着，灰白的头发胡乱地用草扎着，浑身上下脏得"像苍蝇的家"(我女儿的语言)。我常常会买一个面包或一袋牛奶给她，她总是面无表情地接过去，开始我有点恼，起码你老人家也得给我一个反应，比如点头或微笑什么的，后来，我也习惯了，心想如果她反应强烈，又是跪又是谢的，我反而授受不起，反而给自己平添许多压力。我承认自己不是一个彻底的好人，我只能做力所能及、举手之劳的好事。

有一天，我心血来潮带着读四年级的女儿一起去看那老婆婆，想给小孩一个"机会教育"，以培养她的爱心。当女儿小心地走过去，羞涩地把面包递给那婆婆时，老人家惊喜的笑了，虽然表情绽放得有点古怪，但我看到她眉宇间有舒展的阳光，但这只是刹那间的事，老太太伸出的手不是去接面包，而是要去抚摸我女儿的脸，这下把小女给惊吓了，她尖叫起来，扔下面包，迅速脱身……我担心老婆婆受到什么刺激，便一个人上前问他："没事吧？你！"她却仍然看着躲在不远处的我的女儿，招着手说：如果我有个孙女该多好！"先是重复着，渐渐声音小了，像喃喃自语，然后目光又黯淡下来。正值华灯初上，我心里有点痛，因为我无能为力，我们不能满足老人家"抚摸"一个亲人的要求。

当我把掉在地上的面包捡起来重新交到老婆婆的手上时，我看到了那双奇丑无比的脏手，也许它也很温暖，但我女儿害怕它，其实，我也害怕它，我没有勇气说："奶奶，那你摸摸我的脸。"

回家后，女儿第一件事是去洗手。我没有怪她。其实我也洗手了，因为我动了那老婆婆的背包，一个黑得发出油光的包。女儿有点惭愧地对我说："老爸，对不起，我真的只能爱到这里。"我抚摸她的头，不知说什么好。最后我如实说出自己的想法：我也办不到，如果那老人要摸我的话。我们必须承认，自己的爱心，很多时候只做到点到为止，我们可以是一抹免费的阳光。如果做不了伟大的可以照耀到每一个角落的太阳，那就学会仰望吧，是的，除了同情，我们还可敬仰，敬仰一些我们办不到的事和比我们更好的人。

成人的世界总是有太多顾忌，反而失去了大声说话的勇气。而孩子们，因为天真，所以善良；因为"无知"，所以无所畏惧。他们大声地说话，大声地笑，让我们这些大人自惭形秽。

人生妙谛
Ren sheng miao di

大声地生活

● 林 夕

那天，我领女儿上街，在一个书摊前选了两本书，手伸到兜里掏钱，突然碰到一只陌生的手，吓了一跳，禁不住"哎"了一声，就见一个男人"嗖"地一下转身离开了，留给我一个穿黑色皮夹克的背影。女儿在旁边连忙问："妈妈，怎么了？"

我小声说："有小偷。"

女儿大声说："在哪儿？快抓住他！"

我用手指了指那个背影，小声说："就是他，不过没偷着，别吱声。"

想不到女儿冲着那个背影大声地喊道："坏蛋，小偷，谁让你偷我妈妈？我给你告警察！"我吓得用手猛拉女儿两下："别喊了，你爸爸也不在这儿，小心他来打我们！"

"他敢，有警察呢。妈妈，快把电话拿出来，打110。"女儿理直气壮地大声说。

我有些害怕地看看那个背影，生怕他回转身来打我们母女二人。可是，他没有，他走得更快了，走到街角拐弯处，急忙钻进胡同里，看不见了。我这才松口气。这时女儿拉拉我的手，生气地说："妈妈，你为什么不报110？看你把坏人放跑了，他又去偷别人了。"让她这么一说，我有些脸红，周围的人都看着我，我心里有些别扭，就冲她说："你大声嚷嚷什么？"

"我就大声嚷嚷，好让坏人怕我们，你那么小声，好像我们是坏人似的！"

我望着才8岁的女儿，哑口无言，想了一会，只好说："算了，算了，我们买了书走吧！"我又从兜里

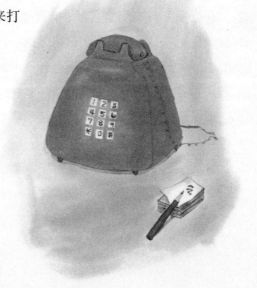

掏钱,想不到女儿拦住我,又冲那卖书人大声说:"我看见你刚才用那样的眼光看我妈妈,你肯定是看见小偷掏我妈妈的兜,可你为什么不说?你帮助坏人,我们不买你的书了!"说完,拉着我就走。我这才想起来,刚才小偷在我旁边,我和小偷正对着书摊,卖书人看着我往外掏钱,一定也看见了小偷正在掏我的钱。我不满地看着他,他也看着我,把头扭到一边去,什么也没说。我牵着女儿的手,大声地说:"走,我们不买了!"

我领着女儿上了公共汽车,女儿瞪着一双眼睛,东瞧瞧,西望望,好像在找什么,我拉了她一下,小声问她:"你干什么呢?"

"我看有没有小偷?"声音洪亮,传遍整个车厢,周围的人愣了一下,接着哄笑起来。

旁边一个小伙子逗她说:"就你这嗓门,有小偷也早让你吓跑了!"另一位中年妇女好心地说:"要是你真看见小偷,可别这么喊,他会打你的。"

女儿扬起脸,冲他们说:"我就要大声喊,让那些坏人怕我们,让他们不敢再做坏事!"

我张了张嘴想说她,却没有说出口,周围突然变得安静起来,人们都闭紧嘴巴不再说话了。车停了,我领着女儿下了车,走了两步才想起来忘了给女儿买票,回过身来看见那个平时总是凶猛地盯着小孩查票的女售票员冲我们友好地笑了笑,车就开走了。

我领着女儿在人群之中穿行,女儿还是那样,看见什么新鲜好奇的事就大声地说:"妈妈,你看前边的那个叔叔梳着小辫儿!""妈妈,你看那个阿姨抱着小狗在亲它呢。""妈妈……"她就是这样爱大声说话。平常,她一开口,我这心就提到嗓子眼,因为不知道什么时候就冒出一句让你啼笑皆非的话来,而且越是有人的时候,越是人多的地方,她越说个不停,真是烦死我了!弄得每次领她出门前,我总要警告她:"不许说话!有话小声说,别让别人听见!"

要是从前,像她这样大声嚷嚷,我早就警告她甚至威胁她了,可那天,我什么也没说,让她大声地说个够。

女儿赶上了中国第一代独生子女这班车,我这个独生子女的家长,既无参照,又无经验,也不知为什么她长成这个样子。去年,我送她回老家住了一个月,临接回家时,我母亲对我说:"我把你从小养活到大,都没有带她一个月累!这孩子,太不听大人话了!"不听大人话,也许是所有孩子的共性,但从来没有像这一代独生子女这样突出,我想:也许我们大人的话,不一定就是对的,至少我们在使用声音这个问题上,就不如小孩子。我们对自己的孩子大声嚷嚷,我们对父母也曾加大过嗓门,我们对朋友同事也曾高声叫喊,唯独,我们面对危害我们的坏人,却能保持沉默。

风雨中,能够守候在电话亭旁,本身就代表了一种珍贵的品质——坚持。坚持,是为山九仞的最后一篑,是珠峰登顶的最后一步,是破釜沉舟的最后一搏,是龙门前的最后一跃,也许过程伤痕累累,但是下一步,就是成功。

Ren sheng miao di 人生妙谛

等电话

● 谢振华

大学毕业后,我给全国很多公司都发了求职函,一直没什么音讯,心里挺急。去年寒冬的一天,好容易北京有家公司愿与我谈谈。那天早上,我用街头的公用电话与北京的刘经理通了话,还没说上几句,就听到他办公室另一部电话响了。刘经理请我稍等,他去接听那个电话,一会儿他说:"我现在有点急事要办,你告诉我电话号码,我待会给你打过去。"我没电话,又怕掉价,只好把这个公用电话号码告诉他。

挂断电话后,我只得站在寒风中等待。才站了几十分钟,我就受不了啦。刺骨的寒风裹着雨丝和雪粒只往我脖子里钻,我不由自怜自悯,记得大学生中曾流行一句顺口溜——"保研的是猪,考研的是狗,找工作的不如猪狗",真是不假。举起冻僵的手,拨到刘经理电话的倒数第二位数字时,我犹豫了。也许刘经理的事情还未处理完,这样打过去显得我没修养,也不够尊重他。我悻悻然挂上听筒。

我不敢走远,怕听不见铃声。等着等着,我恨起电话机来,它偏偏装在路口,也没个遮风挡雨的地方。耐着性子又等了半个多小时,电话突然响了,我像弹簧一样接过电话,对方打错了,气得我真想骂人。

将近三个小时后,电话再次响起,谢天谢地,是刘经理打来的,我冻得几乎握不住话筒了。他说:"你最好下个星期三到北京面谈。对了,这是你的寝室电话吧,有什么变动我再通知你。"我赶快老实交待:"我没通讯工具,这是街头公用电话。"听得出,刘经理大吃一惊:"我有个武汉朋友刚给我打电话,说武汉今天是雨夹雪,这么冷的天,你在公用电话旁等了这么长时间?"我故作轻松地说:"这有什么,年轻人嘛!"

刘经理很感动,说了一句话差点没把我乐晕。他说:"不用面谈,你被录用了,下星期三来北京报到吧。"

人生妙谛
Ren sheng miao di

> 成功不会主动降临到你身上，而是需要你去努力寻找，敢于不断尝试。固步自封只能眼睁睁地看着机会从面前溜走，就像西方谚语所说："如果山不走过来，那我就走过去。"

成功，只是推开那扇门

● 王小慧

肖涵是某大学市场营销专业的毕业生，为找工作，她跑了不少人才市场，但因种种原因未能如愿。刚刚走出校门的她，第一次感到了空前的就业压力。前6次求职均以失败告终，她第七次参加人才招聘会后，参加了一家大型合资企业的笔试竞选，并顺利进入前10名，参加最后的面试。

面试时间定在早上7点。她有些不解，初冬的夜是相当长的，7点时天才刚蒙蒙亮，但为了这次面试，她还是精心准备了一番，并早早地赶到应试地点。

出租车在经过一个十字路口时，她突然感到一阵揪心的胃痛。她想坚持一下，但不行，她不得不到附近去找药店，等敲开一家药店的门，从极不情愿的医生手中接过药服下后，离应试时间还有20分钟。"上帝，帮帮我！"她在心中默默祈祷。

赶到应试地点，她来不及等电梯，匆匆跑上6楼。见走廊里已经站满了前来面试的人，她看了看表，7点零2分。她嘘了口气，整了一下衣服，径直走到那扇银灰色的办公室门前，轻轻敲了敲门。这时身后传来一阵唏嘘声：傻帽！我们都在这儿等半天了，没见考务人员半个人影，她还去敲什么门……

肖涵没有回头，仍然执著地敲响那扇门。这时，那扇门突然自动打开了——原来，那扇看似紧闭的大门原本就是开着的。里面传出一声雄厚的男中音："请进！"

身后人群一阵骚动，肖涵从容地走进门

去,门在她身后轻轻关闭。

屋内没有开灯,茶色的玻璃窗使室内光线有些昏暗。浅棕色的流线型办公桌后坐着一位微微有些卷发、眼睛犀利的中年男子,侧面是两位衣着考究的工作人员。

"你叫肖涵?"中年人发话。

"是的,主考官!"

"我看过你的资料,在笔试中你的成绩是第七名。今天,你可能是参加面试的人员中最后一个到达应试地点的。"中年人的神色有些严肃。

"不错,主考官。"肖涵从容作答,"但是,尊敬的主考官,我虽然是最后一个到达这里的,但是在应试时间开始后,我却是第一个推开这扇门的人……"肖涵看着主考官,略微停顿了一下。

主考官脸上露出一丝不易觉察的微笑,示意肖涵继续说下去。"是的,外边的人的确来得很早,但他们只是一直在等待。而我认为,商场,需要的不是等待,而是随时随地为自己创造机会。"肖涵继续娓娓而谈。

中年男子侧身在工作人员身边耳语着什么。工作人员随即宣布面试结束。

肖涵是唯一被该公司留用的人。

其实,成功,有时也很简单——只是再向前走一步,推开那扇门!

在冲向成功的赛道上,希望第一个冲到终点的人不仅仅是你自己。与对手的竞争充满了残酷的搏杀,也充满了睿智的争斗。请敬畏对手,因为他们的存在,才使你有更大的动力去迎接挑战,点燃自己人生更强的斗志。

有对手才有动力

● 呆先亮

日本的北海道盛产一种味道鲜美的鳗鱼,许多渔民都以捕捞鳗鱼为生。

鳗鱼的生命力很脆弱,只要一离开大海,要不了半天就会死亡。奇怪的是,渔村有一位老渔民天天出海捕捞鳗鱼,上岸后,他的鳗鱼总是活蹦乱跳的。而其他渔民,无论如何处置捕捞到的鳗鱼,回港后鳗鱼全都死了。由于鲜活的鳗鱼比已经死了的鳗鱼价格几乎要贵出一倍以上,所以几年后,老渔民成为远近闻名的富翁,周围的渔民却只能维持简单的生活。老渔民临终之前,才把让鳗鱼不死的秘诀传授给了儿子。原来,老渔民每次出海,都在鱼舱中放进几条狗鱼。鳗鱼和狗鱼是出了名的死对头,几条势单力薄的狗鱼一旦遇到成舱的鳗鱼对手,便惊慌地在鳗鱼堆里四处乱窜。而鳗鱼遇到狗鱼就会立刻警惕起来,这样一来,几条狗鱼就把满满一舱死气沉沉的鳗鱼全都给激活了。

一种动物如果没有对手,就会变得死气沉沉。鳗鱼因为有了狗鱼这样的对手,才重新激起生存的活力。社会生活中,一个人如果没有竞争对手,他就会甘于平庸,养成惰性,最终导致庸碌无为。一个群体、一个行业如果没有竞争对手,就会因为安于现状而失去进取的动力,逐步走向衰落。这样的事例不胜枚举。有了对手,才会有危机感,才会有竞争力。有了对手,你便不得不奋发图强,不得不锐意进取,否则就只有等着被吞并,被替代,被淘汰。

有人把对手视为眼中钉、肉中刺,其实,换一个角度看问题,拥有一个强劲的对手并不是坏事。因为一个强劲的对手,会让你时刻有危机四伏的感觉。为了生存和发展,你就必须以更加旺盛的斗志去迎接挑战,从而在与对手的竞争中不断完善自己,不断进行自我扬弃,永葆生机和活力。正是从这个意义上说,要感谢对手给你带来了生存的压力和前进的动力!

绳锯木断，水滴石穿。在执着的信念面前，再坚硬的冰也将被融化，再高的山峰也将被登顶。正如文中的乔女士，执于一念，屡败屡战，终于将机遇抓住。虽然一路风雨，但是前途阳光明媚。

人生妙谛

R en sheng miao di

命运需要执著

● 月 阙

曾听过这样一个故事。

乔女士曾是一位企业的员工，后因公司破产下岗了，几个月也没有找到满意的工作，一次她偶然得知一家著名的香港公司要在上海成立公司，总裁正在寻觅一个合适的人选，公司正好同乔女士原先供职的企业生产同一种产品，对业务她是轻车熟路，但公司的条件却固执而霸道：男，博士生，35岁以下，精通业务。乔女士的文凭只是大专，性别不符，已经38岁，成功的概率几乎为零，但她决定试试，顶着朋友、家人、现实的重重压力，她做好充分的准备，当然也做了接受失败的准备。

在总裁下榻的宾馆房间里。她礼貌的递上自己的简历，可总裁一见她是女的，连看也没看，便要赶她出去。面对拒绝，她没有灰心，不敢再去总裁门口惹麻烦，便守在电梯门口，等他下楼吃饭时，将浓缩成精华的语言告诉总裁，竭力说明自己可以干好这份工作，就这样，一连6天，她如此这般，趁总裁吃饭或外出的空档恰到好处地推销自己。第七天，老板收下了她的简历，并微笑着告诉她："我很敬佩你的执著，但我也已录用了一个男博士，请你回吧。"

第九天，上海下了大雨，乔女士不顾家人阻拦，毅然又出发了，她想找一个低一点的工作也行呀，天下着瓢泼大雨，大风卷起一尺高的水气斜掠过来，乔女士艰难地来到总裁住处，却只见总裁一人坐在沙发上抽烟，脸上有些不耐烦的神情，原来总裁在等他的男博士，已经过了约定时间，只可惜这个男博士是个娇贵的人，自认为总裁会取消约定，于是在家等总裁电话，乔女士则趁这次机会向总裁详细的讲述了她的看法和经营理念，总裁感到女子也是优秀的。

中午，风停雨消，博士匆匆赶来，总裁怒道："你已经被辞退了，虽然你还未上岗，这位女士将代替你管理公司。"乔女士和博士都怔在那里，总裁说："我曾给过你机会，你不知珍惜，而这位乔女士，虽然条件不及你，但她执著而坚定，公司需要的正是这样的人，乔女土，谢谢你让我做出了正确的决定，你的热情感动了我，祝贺你。"从此，乔女士刻苦钻研，终于在事业上前途似锦。

命运不是天定的，事情也不会一成不变，关键要把握机遇，勇敢而执著的向目标迈进，风雨过后是彩虹，下定决心，定能成功。

罗曼·罗兰说"：灵魂最美的音乐是宽容。"宽容是一种修养，更是一种美德。宽容不是胆小怕事，而是海纳百川的大度。将宽容根植于爱，有了这种爱，可以融化心头之冰，可以唤回昔日的自信。

伊莎贝拉的蓝勋章

● 蝴 蝶

母亲去世那年，26 岁的伊莎贝拉主动申请转调到克罗耶镇医院做脑外科主治医师。和伊莎贝拉一起在克罗耶医院脑外科工作的，还有一位年近 50 的萨尔博医生，让伊莎贝拉头痛的是，这位资深的萨尔博医生，却是个不折不扣的酒鬼，经常因为酗酒不肯对患者进行治疗。好在克罗耶镇人口稀少，每天来医院就诊的病人并不多，伊莎贝拉这才能勉强应付过来。

克罗耶镇一年中有大半时间都浸润在绵绵的细雨中，丰润的雨水滋润着土壤里的喜水植物，高大或低矮的树木在这里随处可见，特别是到了春夏两季。镇上的每一寸土壤都被那些碧绿的植物覆盖着，间或钻出的各种不知名的小花，鲜艳夺目、色彩缤纷，把整个小镇装点得像一幅世界名画。

然而，这些雨水对植物来说是天赐的甘露，对克罗耶镇的交通警察来说，却时不时地像一场灾难。因为人口密度不大，镇上的公路也不宽，一般的道路还好，但偶有的环山路段，遇上密集的雨水，可真就是险象环生了。

就在一个下雨的凌晨，环山路段上三辆小车发生追尾事件，四个人都受了伤，其中有两人还是脑部受创，需马上动手术清除脑内淤血。情况紧急，送去城里的大医院肯定是来不及了，伊莎贝拉赶紧安排手术室准备手术。可就在这时，护士长却告诉伊莎贝拉，她们怎么也联系不上萨尔博医生。

墙上的时钟一秒一秒地向前走，伊莎贝拉心急如焚，她知道，此时，对于患者来说，早一分钟手术，就多一分生存的机会。作为医院不多的脑外科手术医师之一，萨尔博完全有责任携带随时能联系得到的通讯工具。此时此刻，伊莎贝拉心里对这个不负责任的老头充满了愤怒。好在 15 分钟后，终于有人在医院后巷的酒吧里找到了萨尔博。

萨尔博一听说要动手术，怎么也不肯拿手术刀，声称自己刚刚喝了酒，现在不能动手术。可此时两个病人的血压和呼吸都开始发生变化，再不动手术就会有生命危险，伊莎贝拉已经没有选择余地，她只好央求萨尔博说："萨尔博医生不管您现在的状态有多么糟，但现在不实施手术的话，他们肯定就会死去。如果动手束，也许还会有一线生机，我们都是医生。救死扶伤是我们的职贵。"

也许是伊莎贝拉的话震撼了萨尔博，也许是病人痛苦的表情打动了他的心。最终，萨尔博同意手术。

5个小时后，手术结束了，两位患者的手术都很成功。伊莎贝拉疲惫地推开手术室的门出来，正好和萨尔博医生正面相遇，闻到他身上隐隐的酒味儿，伊莎贝拉不由得怒火中烧，气愤地瞪了他一眼，转身就走了。

身心疲惫的伊莎贝拉坐在医院的图书室里小憩，她怎么也不明白，萨尔博医生既然选择了这样一个职业，为何又要以这样消极的态度来面对自己和患者。无意中，伊莎贝拉抬头看到了墙上挂的一些老照片，其中一张是年轻的萨尔博医生正微笑着将自己胸前的一枚蓝勋章送给一个满脸泪水的小姑娘。伊莎贝拉当然认识这枚蓝勋章，它在当地是一种最高荣誉的象征。这让伊莎贝拉非常吃惊，她怎么也没想到，这样颓废的萨尔博医生竟然还是蓝勋章的获得者。

经过详细了解，伊莎贝拉才知道了真相。原来，萨尔博在克罗耶镇从医二十几年，医术高超，又甘守清贫，是当地非常有名的脑外科医生，救过不少人的命，还获得了小镇上的最高荣誉——一枚蓝勋章。那张老照片，就是他将自己的蓝勋章送给一个被他治愈的病人的女儿时拍下的。那时的萨尔博是那样意气风发，对他来说，挽救患者的生命胜于获得一切荣誉。

然而，一次暴雨后，镇上发生了泥石流，很多人都受了重伤，其中还包括萨尔博的女儿。面对奄奄一息的女儿，萨尔博医生在激烈的思想斗争后，做出了一个自私的决定，先给自己的女儿做手术。然而，事与愿违，最终，女儿还是死在了萨尔博的怀里。这件事对萨尔博的影响很大，他总认为这是上帝对自己的惩罚。从那以后，萨尔博不再相信自己的医术，终日借酒消愁。

伊莎贝拉也知道，有不少人都劝过萨尔博，说那次选择并不是他的错，换作任何一个人都可能做出那样的决定，有几个父亲愿意眼睁睁地看着自己的女儿就这样死去呢？但这样的劝解始终无法抚慰萨尔博那颗痛苦的心，他固执地认为，正是自己的私心毁灭了自己的信仰，所以才无法救活自己的女儿。

伊莎贝拉再次看到照片中的那枚蓝勋章时，感觉已经完全不同，她深知，萨尔博是名优秀的医生，只不过是暂时被一种错觉蒙蔽了心灵，一旦有一天阳光再次照进他的心房，他一定会重新成为蓝勋章的主人。

第二天的黄昏，青翠的叶子上闪着淡淡的光，伊莎贝拉摘了一片最新鲜的叶子，展转找到了萨尔博常去的那间小酒吧。昏暗的灯光下，萨尔博医生正在独饮白兰地，影子被拉得很长，看起来很孤独。

看到伊莎贝拉，萨尔博有些意外，但很快就无所谓地淡淡一笑，说："怎么，又是来数落我的？还是来劝我的？都没用了，我喜欢这样的生活，没人可以改变我。""不，我是来把这个还给你的。我想，它不再属于您了，所以我也不能再保留它，您应该把它还给克罗耶镇。"伊莎贝拉伸出手掌，碧绿的叶子上托着一枚闪闪发光的蓝勋章。哦，是的，正是克罗耶镇上只有英雄才配拥有的蓝勋章。

"你怎么会有这个？"看着这枚蓝勋章，萨尔博一脸惊诧。

"是您送给我的，您不记得了吗？"伊莎贝拉有些激动。"那时，我还是个不谙世事的孩子，我的母亲在这个小镇上受到了致命的伤害，是您的手术刀将她从死神手里夺了回来。您在手术后笑着对她身边的那个小女孩说：'孩子，你放心。你妈妈不会死的，我以这枚蓝勋章向你保证。'您用精湛的医术挽救了孩子的母亲，又用蓝勋章来安抚了一个孩子不安的心。那时，我就在心里发誓，长大后一定要做一个像您一样伟大的医生。每个不眠之夜，我看着这枚蓝勋章，想起您的笑容，就觉得什么困难都可以克服。然而，当我终于可以拿着手术刀来向您说声谢谢的时候，您却已经放下了手术刀，我可以告诉您，现在我用这把手术刀救了不少人，也让不少孩子能够继续依偎在母亲的怀抱里，而您呢，因为您的放弃，也许有的孩子就会成为孤儿……"

"哦，是吗？"萨尔博的脸色黯淡下来，调侃的笑容变成了尴尬的沉默，他接过伊莎贝拉手里的蓝勋章，细细地抚摸，翻看，眼里流露出温柔。这枚突然出现的蓝勋章对他而言，不只是荣誉，还有那些沉甸甸的回忆。

没人知道萨尔博医生为何一夜之间突然有了那么大的变化，戒了酒，穿上了整洁的衣服，细心地诊治每一位病人，只有伊莎贝拉脸上有洞悉一切的微笑。

数日后，伊莎贝拉做了可口的甜点，到镇左大街的阿尔法教授家中，去感谢他无偿地送给她那枚珍贵的蓝勋章。喝下午茶的时候，阿尔法教授笑着问伊莎贝拉："亲爱的，你为什么那么喜欢那枚蓝勋章呢？"伊莎贝拉不好意思地说："不是的，我不是自己想要，是送给别人。"

"是吗？"阿尔法教授有些意外，善意地提醒伊莎贝拉说："那你可事先要告诉人家呀，因为我们镇上的蓝勋章背面都有获得者的签名，以证明身份。""啊？"伊莎贝拉呆住了，她这才想起萨尔博医生拿着那枚蓝勋章翻看时，脸色曾经有过一瞬间的变化。

但，这一切已经不重要了，不是吗？伊莎贝拉记得萨尔博医生走出酒吧前曾经说过的一句话："谢谢你颁给我的蓝勋章，这一定会是我新的荣誉！"那时，萨尔博医生刚刚走到酒吧门口，落日的余晖照在他消瘦的身体上，他看上去意气风发！

人不能仅限于满足物质上的单纯自给自足,精神上的富足才是真正的富有。品尝过酸甜苦辣的滋味,你才会领略生活真正的意义。

雨中的小贩

● 莫小米

从早晨起就大雨滂沱,路边几个卖叫食品的小贩一直无生意。

快到中午,卖烤饼的大概是饿了,就吃一块自己烤的饼。他已烤好一大叠,反正也卖不出去。

卖西瓜的坐着无聊,也就敲开一个西瓜来吃。

卖辣香干的开始吃辣香干。

卖杨梅的也只好吃杨梅了。

雨一直下着,四个小贩一直这样吃着。卖杨梅的吃得酸死了,卖辣香干的吃得辣死了,卖烤饼的吃得口渴死了,卖西瓜的吃得肚皮胀死了。

这时从雨中嘻嘻哈哈冲过来四个年轻人,他们从四个小贩那儿把这四样东西都买齐了,坐到附近的亭子里吃,有香有辣,酸酸甜甜,味道好极了。

人生妙谛
Ren sheng miao di

> 一点点的人情味比十足的精明更容易得到回报,给与他人一点点关爱胜过锱铢必较。生活中多一些温情,世间也就多一分美好。

两辆中巴

● 文 燕

家门口有一条汽车线路,是从小港口开往火车站的。不知是因为线路短,还是沿途人少的缘故,客运公司仅安排两辆中巴来回对开。

开 101 的是一对夫妇,开 102 的也是一对夫妇。

坐车的大多是一些船民,由于他们长期在水上生活,因此,一进城往往是一家老小。

101 号的女主人很少让船民给孩子买票,即使是一对夫妇带几个孩子,她也是熟视无睹似的,只要求船民买两张成人票。有的船民过意不去,执意要给大点的孩子买票,她就笑着对船民的孩子说:"下次给带个小河蚌来,好吗? 这次让你免费坐车。"

102 号的女主人恰恰相反,只要有带孩子的,大一点的要全票,小一点的也得买半票户她总是说,这车是承包的,每月要向客运公司交多少多少钱,哪个月不交足,马上就干不下去了。

船民们也理解,几个人就掏几张票的钱,因此,每次也都相安无事。

不过,三个月后,门口的 102 号不见了。听说停开了。它应验了 102 号女主人话:马上就干不下去了,因为搭她的车的人很少。

当贪婪的双手伸向了圣洁的土地,当欲望的眼睛污染了纯净的湖水,那么圣洁与纯净不再是原来的颜色。大自然赋予我们美丽的纯净,不应该被贴上价格的标签,因为出卖了纯净,就等于出卖了自己。

人生妙谛
Ren sheng miao di

出卖纯净

● 莫小米

有个人很想致富,见人家卖矿泉水卖得好,就出发到处去找水。

乘火车乘到铁路尽头,换乘汽车乘到公路尽头,再沿小路走了七八公里,终于被他找到了好水。取样化验,不仅富含几十种有益人体健康的微量元素,更可贵的是,那水没受过任何污染,纯净极了。专家说:用它做成的矿泉水,品质绝对一流。

他欣喜若狂,立即贷款、修路、投资办厂。第一批产品出来了,信心十足地投放市场,一检查,却道细菌超标。检查了全部生产环节找不出原因,再回头化验生产所用的好水,毛病正出于此,水已被严重污染,急问可有办法对付,专家说:办法只有一个,从现在起完全停用,细加保养,5 年后可望重新启用,投入生产,但想要它回复到从前的纯净,怕是不可能了。

不幸的他顿觉五雷轰顶,他知道祸首正是自己,是自己派去修路盖房的人污染了它。他终于明白,纯净可以被赞美、被欣赏,甚至可以被享用,但纯挣是无法出卖的,一旦出卖,纯净就再也不纯净了。

> 涓涓细流，最终汇聚成汪洋大海；粒粒轻沙，最终凝结成巨石险峰。不要放弃自己的梦想，设定一个小小的目标，每天用一点点时间坚持下去，心中的天堂就会成为身边美丽的花园。

Ren sheng miao di 人 生 妙 谛

秘密花园

● 李 耕

一个星期前，女儿卡罗琳打电话过来，说山顶上有人种了水仙，执意要我去看看。此刻我在途中，勉勉强强地赶着那两个小时的路程。

通往山顶的路上不但刮着风，而且还被雾封锁着，我小心翼翼，慢慢地将车开到了卡罗琳的家里。

"我是一步也不肯走了！"我宣布，"我留在这儿吃饭，只等雾一散开，马上打道回府。"

"可是我需要你帮忙。将我捎到车库里，让我把车开出来好吗？"卡罗琳说，"至少这些我们做得到吧？"

"离这儿多远？"我谨慎地问。

"3分钟左右，"她回答我，"我来开车吧！我已经习惯了。"

10分钟以后还没有到。我焦急地望着她："我想你刚才说3分钟就可以到。"

她咧嘴笑了："我们绕了点弯路。"

我们已经回到了山顶上，顶着像厚厚面纱似的浓雾。值得这么做吗？我想。

到达一座小小的石筑的教堂后，我们穿过它旁边的一个小停车场，沿着一条小道继续行进，雾气散去了一些，透出灰白而带着湿气的阳光。

这是一条铺满了厚厚的老松针的小道。茂密的常青树罩在我们上空，右边是一片很陡的斜坡。渐渐地，这地方的平和宁静抚慰了我的情绪。突然，在转过一个弯后，我吃惊得喘不过气来。

就在我的眼前，就在这座山顶上，就在这一片沟壑和树林灌木间，有好几英亩的水仙花。各色各样的黄色怒放着，从象牙般的浅黄到柠檬般的深黄，漫山遍野地铺盖着，像一块美丽的地毯，一块燃烧着的地毯。

是不是太阳倾倒了？如小溪般将金子漏在山坡上？在这令人迷醉的黄色的正中间，是一片紫色的风信子，如瀑布倾泻其中。一条小径穿越花海，小径两旁是成排的珊瑚色的郁金香。仿佛这一切还不够美丽似的，倏忽有一两只蓝鸟掠过花丛，或在花丛间嬉戏，她们品红色的胸脯和宝蓝色的翅膀,就像闪动着的宝石。

一大堆的疑问涌上我的脑海:是谁创造了这么美丽的景色和这样一座完美的花园子为什么? 为什么在这样的地方? 在这个荒无人烟的地带?这座花园是怎么建成的?

走进花园的中心,有一栋小屋,我们看见了一行字:

我知道您要什么,这儿是给您的回答。

第一个回答是:一位妇女——两只手,两只脚和一点点想法。第二个回答是:一点点时间。第三个回答:开始于 1958 年。

回家的途中,我沉默不语。我震撼于刚刚所见的一切,几乎无法说话。"她改变了世界。"最后,我说道,"她几乎在 40 年前就开始了,这些年里每天只做一点点。因为她每天一点点不停的努力,这个世界便永远地变美丽了。想象一下,如果我以前早有一个理想,早就开始努力,只需要在过去每年里每天做一点点,那我现在可以达到怎样的一个目标呢?"

卡罗琳在我身旁看着,笑了:"明天就开始吧。当然,今天开始最好不过。"

> 没有永恒的幸福,却有永恒的爱。爱是一种坚持不懈的追求,爱是人类拥有的最伟大的情感。让我们播撒爱的种子,使人间到处都开出最美丽的花朵。

为爱种一片树林

● 沉 石

法国南部的马尔蒂夫小镇上,有一位名叫希克力的男孩。在他16岁那年,相依为命的父亲不幸患上了一种罕见的肺病。希克力陪同父亲辗转各大医院,医生们都束手无策,只是建议说:"如果病人能生活在空气新鲜的大森林里,改善呼吸环境,或许会有一线生机。"但这到底有多少希望,他们也不清楚。

遗憾的是,希克力父亲的身体已经非常虚弱,无法忍受长途旅行去有森林的地方生活。看着父亲的病越来越重,希克力心急如焚。突然,他灵机一动:"我为什么不自己种植一些树呢?等这些树长大了,也许父亲的病就真的好起来了。"

父亲听说儿子要为自己种树后,很是感动,却苦笑着对希克力说:"我们这里缺少水源,气候干燥,土壤贫瘠,让一棵树存活谈何容易?还是算了吧!"但希克力还是暗暗下定决心,一定要在自家门前种出一片茂密的树林来,因为这是唯一让父亲的生命得以延续的方法。

从此,希克力攒下父亲给他的每一分零花钱,有时早餐都舍不得吃,周末他还会到镇上去卖报纸和做些小工。攒了一些钱后,希克力就乘车到三百多公里外去买树苗。卖树苗的老板杰斐逊劝他不要做无用功,因为小镇自然条件恶劣,树木很难成活。可是当得知希克力是为了拯救父亲的生命时,他被深深地感动了。此后,他卖给希克力的树苗常常收半价,有时还会送给他一些容易成活的树苗,并教他一些栽培知识。

希克力在自家门前挖坑栽培,吃力地提着一桶桶水灌溉树苗。由于当地干旱少雨,土壤缺乏养分,大部分树苗种下后很快就干枯死去。镇上的很多人都劝希克力放弃这个"愚蠢"的想法,但他总是一笑了之。每天早晨,希克力起床的第一件事就是去看看树苗有没有枯死、长高了多少。一年下来,他最初栽下的一百多株树苗成活了43株。

此时的希克力已经高中毕业了,但为了照顾父亲,他主动放弃了上大学的机会。有人说希克力神经错乱,有人说他太迂腐,更没有人相信这些跟人差不多高的植物能够挽救一个连医生都治不好的病人。希克力从不把这些流言飞语放在心上,只是一如既往地种着树苗。

一年又一年过去了,希克力种的树苗越来越多,许多树苗已渐渐长高长粗。希克力经常搀扶着父亲去树林里散步,老人的脸上也渐渐有了红润,咳嗽比以前少多了,体质大为增强。

此时,再没有人讥笑希克力是疯子了,因为所有居民都亲眼目睹了绿色树木的魔力。树林带来了新鲜的空气,引来了歌唱的小鸟,小镇变得越来越美丽了。

希克力种树拯救父亲生命的故事在巴黎国际电视台第六频道播出后,不少媒体纷纷转播。许多人被希克力的孝顺、爱心、挑战自然的勇气,以及不屈不挠的精神感动得热泪盈眶。一些绝症患者还向希克力索要树叶,说那象征着生命的绿色。

小镇的人也纷纷投入到种树的行动中,树林越来越多,面积扩大到了数百公顷,放眼望去,小镇四周都是绿色的屏障。

2004年,39岁的希克力被巴黎《时尚之都》杂志评为法国最健康、最孝顺的男人。令希克力欣喜万分的还不止这些,2005年初,医学专家对希克力父亲再次诊治时发现,老人身上的肺部病灶已经不可思议地消失了,他的肺部如同正常人一样。

医生感慨地说:"在这个世界上,爱是最神奇的力量,有时它比任何先进的医疗手段都有效!"是呀,只要心中有爱,无论在多么贫瘠的土壤里,都能长出最粗壮的树木。

人生妙谛
Ren sheng miao di

"勿以恶小而为之，勿以善小而不为。"不要放弃劝人为善的机会，要理解别人的苦难与窘迫，敞开心扉，用真诚的行动与智慧的方式把善心无私奉献给需要帮助的人。每一个生命都将因此而焕发善的光彩。

骗局

● 须 兴

大院里有一棵大槐树，没事时，大家爱凑在那里吹吹牛、下下棋。老木会坐在石礅上，慢慢地摇着扇子，时不时地插上几句话。

槐花在头顶飘香的时候，大院里来了一个人，穿着很旧的西服，头发也乱得很，身上充满了风尘与疲惫。那人可怜兮兮地掏出一张纸条来，却是一份证明。大约是怕把它弄皱了和弄湿了，那证明被装在一个透明的塑料袋里。证明上的文字是：兹有我县某某乡某某村某某人因家庭遭受火灾，致两死两伤，现经济困难无法生活及治疗，故外出乞讨，希各单位和个人给予帮助。证明的落款处是邻省某县民政局的大红印章。

这可怜兮兮的人和他手中的纸条引起了大家的议论。小李翻来覆去地看着纸条说："民政局还鼓励人外出乞讨？没听说过。"老张伸着脖子说："当地政府不可能不过问呀。"那人一副为难的样子说："哪怕是有一丝办法，我一个大老爷们也不会跑出来求助呀。"大家都不信任地看着那人，不再说话。老木摇着扇子过来，从口袋里掏出5元钱，放到那人手上。那人收了钱，一次次对大家拱手，可是再没人掏钱了。

那人走后，大家都开始奚落老木。小李撇着嘴说："骗子，十足的骗子！"老张不屑地瞟一眼老木说："弱智啊，弱智！"就连老木的女儿也不满意地瞪了老木一眼。老木呢，宽厚地笑笑，看人家下棋去了。

几日之后，又来了一个人，与上次那人一个口音，看起来极像个憨厚的农民。来人同样拿出一份装在塑料袋中的证明，同样乞求大家帮助，证明也同样盖着邻省某某县民政局的公章。只不过证明上的内容有所不同，称该县某某乡全境惨遭水患，痛失家园。小李"噗"地笑道："又来了又来了！"老张讥刺道："火灾、水灾都让你们赶上了。拿我们当什么人啦？"来人便有些木讷地笑，慢慢红了脸。老木依旧摇着扇子过来，递上一杯水说："大老远地过来，不容易，不容易。"说着，竟又掏了5元钱放进来人手中。来人接过钱，急匆匆逃一般走掉了。

老木的行为引起大家一片嘲笑。小李摇头说："世界上最愚蠢的人，就是不知道接受教训的人。"老张叹息说："老木呀老木，你是不是脑子有病呀？"老木不说什么，仍是宽厚地笑笑，自顾摇着扇子。老木的女儿生气了，撅着嘴对老木说："这5元钱要是买一块肉，够全家饱饱吃一顿呢，为什么要便宜一个骗子？"

老木不笑了，收起折扇对女儿说："骗子的伎俩是够笨拙的，怕是连小孩子都能看出来呢。你想，他的诡计这么容易被人识破，他还骗得了谁？骗不到钱怎么办？他可能会'改善'或重新设计大的骗局。别忘了，所有的大骗子都是从小蒙小骗开始的。我看他累了一天，饿了一天，也蛮可怜的，给他5元钱让他吃顿饭，他也许会好好想一想：有人明知他是骗子还偏偏给他钱，可见这人心并不坏，他还忍心继续骗人吗——你见过他们当中有人来过第二次吗？没有！他们也许因为羞愧洗手不干了。我虽然花了5元钱，可这世上从今以后可能会减少一个骗子，甚至是一个大骗子，这有什么不好？孩子，做人，有时候心甘情愿地受骗，也是一种享受呢！"

老木的话说得他女儿愣愣的，也说得大家久久沉默着。

人生妙谛
Ren sheng miao di

> 生活中的美好就像手中的沙，抓得越紧，撒得越多。不要给自己太大的压力，放轻松一些，其实美好的东西就在你的身边，只是你未曾发觉。

窗台上的异鸟

● 董玉洁

差不多每个星期天的下午，我都在书桌前雄心勃勃地盘算着、折腾着……

那天，一抬头，透过窗子看见对面楼房的窗台上歇着一只奇异的鸟，金黄的背羽，头上扬着根红色的长翎，气宇轩昂地踱着步，然后悠闲地梳理起羽毛。

这只长翎彩鸟我从未见过，但一点儿也不觉得陌生，似乎是等了很久盼得很苦的那只，一下子就抓住了我的眼神、我的心。我要它歇上我的窗台！

我小心地打开窗子，异鸟警惕地停止了梳妆。我弄了些面包屑撒在窗台上，异鸟平静下来，兴致勃勃地打量起我。我小声地唤着它，异鸟不停地冲我转动着脑袋和脑袋上的长翎，我知道那是它微笑的方式。但一不小心，我碰倒了桌上的茶杯，异鸟一展翅就消失了。

我抓起望远镜冲上楼顶四处寻望，可了无踪影。

返身回屋，我把茶杯砸向楼底的垃圾堆！

接下来的好几个星期天，我都守在书桌前，欣赏彩鸟在对面的窗台上踱方步、梳羽毛。可无论我如何大献殷勤，它就是不肯接近我的窗台。几次抱着相机想进到对面人家的房子里去拍几张鸟的照片，可主人总是不在。

终于有一次，鸟在的时候，主人也在。说明来意，女主人很爽快地引我进去。为了拍得更逼真，我努力靠得更近，差不多到了极限近距点才停住脚步。就在我对好焦距准备按下快门的那一瞬，鸟发现了我，一跃就从取景框里消失了。

我直跺脚：为什么一定要靠得那么近，我真贪！

女主人问："你干吗费这么大的劲？"

"你可不知道，这鸟非常漂亮非常奇异！"我答道。

"不是，我是说，你干吗费劲跑来跑去的，其实那鸟常常就歇在你们家窗台上。"

"你是说，那鸟也歇在我家的窗台上？不会吧？"

"怎么不会呢？我还对我们家人说过，那鸟说不定是你们家养的呢。瞧，瞧，你快瞧，现在不又歇上你们家窗台了吗？"

真的，那神奇的彩鸟正悠闲地在我的窗台上踱着方步，还好奇地往窗里探望着，一定看见了我书桌上那些记述它的文字。

我转身下楼的时候，中年妇女不经意地说："有些东西，只要你不刻意守着，说不定它就会来。"

人生妙谛
Ren sheng miao di

有勇气说真话的人，就像是一盏灯，可以照亮世间的任何一个角落，让明亮的地方更加温馨，让黑暗的角落藏不住罪恶的身影。让我们为他们而骄傲吧，让真理的灯在世间点亮。

为说真话的人骄傲

● 陈大超

现年 24 岁的美国陆军专业兵达比在虐囚风波前是美驻伊第三百七十二宪兵连的一名普通士兵。如今，虐囚丑闻曝光后，他一跃成为美国家喻户晓的知名人物。正是这位勇敢的达比，凭着良知捅开了阿布格莱布监狱令人发指的虐囚黑幕。7 日，在虐囚风波中处于尴尬境地的美国国防部长拉姆斯菲尔德，在国会参议院军事委员会的听证会上也不得不赞扬达比："有许许多多尽职尽守的士兵，其中的一位就是约瑟夫·达比——他提醒上司，虐待正在发生。""达比所做的事照亮了那个正在发生这种丑行的黑暗的地方。"正因为如此，达比母亲才为自己的儿子感到骄傲。虽然达比的母亲布兰克患了癌症，为此已失去了一只眼睛，还患有糖尿病，但是"本周，她过得非常愉快"。布兰克说："说真话，永远对自己说真话，对你的国家说真话。我认为他这三个方面都做到了。"采访她的记者说："这就是她为什么为儿子感到骄傲的原因。"

不论是"对自己说真话"，还是"对国家说真话"，都是一个人具有良知和勇气的表现。在人类历史发展的过程之中，正是一个又一个具有良知与勇气的人敢于说真话，才使得一个又一个"黑暗的地方"被照亮——让那些制造邪恶和罪恶的人被无情揭露、绳之以法，从而让尽可能多的人逐步享受到尽可能多的文明与进步。从某种意义上说，具有良知和说真话勇气的人，是人类共有的英雄和"福星"，这样的人既是家人的骄傲，也是国家的骄傲。

一个人能够为说真话的人感到骄傲，并不是一件容易的事，它既需要一个健康美好的心态，更需要有一种将真理和人类的根本利益置于首要位置的忠诚的理念与胸怀。达比让虐囚丑闻曝光，是让包括美国总统在内的许多人脸上无光的，甚至至今还难于下台。但达比的母亲却认为自己儿子的行为是"没对国家说假话"——也就是说，是忠诚于国家的表现。达比的母亲的这种见识，自然是非常有价值的。

一个国家，只要有足够多的人能够为说真话的人感到骄傲，就会有足够多的人勇于站出来说真话，一个国家也才能因此不断地让真话的光芒、真理的光芒照到那些"黑暗的地方"——虽然丑闻不断，但却总是能唤醒更多的人对丑恶的东西保持足够的警惕，让邪恶的势力不可能一天天扩大。只有达到这种境界，一个国家才能保持足够的生机与活力。

滴水之恩当涌泉相报。对于别人的帮助，我们应当怀着一颗感恩的心，去体味那渗透心灵的温暖，用自己力所能及的力量帮助他人，惠及更多的人，这样才是对帮助过你的人最好的报答。

Ren sheng miao di
人 生 妙 谛

黑熊报恩

● 张新平

20世纪70年代的一个秋天，我随中南森林研究组赴大兴安岭考察。汽车在雪地中艰难地行驶着，尽管越野车的轮胎宽，花纹深，并有前后驱动力，但依然在雪地上不停地打滑。

突然，前面二百多米处出现几个黑点，慢慢向我们靠近。正当我们惊疑、猜测时，鄂伦春老汉大声急呼道："上车，赶快上车！这是群饿熊。"

恐惧中司机发动了车，加大油门，可车轮还是打滑。这时黑熊已靠近汽车，好家伙，总共6只，领头的大黑熊竟有成人那么高，一个个肚子瘪瘪的。

随行的解放军战士举起自动步枪瞄准了黑熊，"不能开枪！"老汉一把夺过他手中的枪说，"如果枪一响，它们会钻到车下或跑进树林里，那我们就完了。它们会不顾一切地咬烂车胎，把我们看起来，然后召集更多的黑熊来和我们拼命。"

"那怎么办？"大伙把目光转向老汉。

老汉说："别急。如今大雪封山了，黑熊很难找到吃的东西，一个个都饿疯了，车上不是带有吃的东西吗？"

于是，同志们七手八脚地把车上的面包、香肠、腊肉一块块地抛出车外。

6只黑熊扑上去，狼吞虎咽，很快就吃了个精光。但它们并没有离去，而是排成一排坐在雪地上，盯着汽车。老汉说："把剩下的食品都丢下去。"为了保命，我们把车上能吃的全扔了出去。6只黑熊吃的速度明显放慢

了。几只熊的肚子也渐渐鼓了起来，它们的目光也慢慢温和起来。那个较大的黑熊绕着车转了一圈，便带着其余 5 只朝一片松林奔去。

好险哪，大伙悬着的心终于放了下来。我们又跳下车，继续推车。可用尽了全身力气，车就是不动。正当大家一筹莫展时，6 只黑熊从树林里转了回来，奇怪的是每只熊的嘴里叼着一根粗大的树枝。只见黑熊把叼来的树枝，分别放在了汽车前后车轮的下面。

熊听见人叫，便朝车厢里望了望，那一双双小眼睛里，没有丝毫敌意。接着 6 只黑熊全钻到车底下，车子周围腾起一片白雾。熊在为汽车扒雪哩。没多久，熊又从车下钻出来，跑到汽车前边，头朝前屁股朝后排成一队，用头一起朝前拱，之后又头对头地用四只爪子向后扒雪，路面很快露了出来。

老汉激动地说："快发动车，熊在为我们扒雪。"

车走不多远又打滑了。熊又朝后跑去，把树枝叼起来重新放在车轮下，先打眼、后扒雪，如此这样反复了四五次，车走了约半里路，终于到达了坡顶。再向下是下坡了，黑熊们不再叼树枝，气喘吁吁地坐在雪地上，最大的那只黑熊坐在前面。

老汉说："那是只老母熊，主意都是它出的。"

我们非常激动，一齐向黑熊鼓掌致敬……

我们每个人每天都面临两种选择：积极的和消极的。无论哪种选择都源于我们自己的心态，心态决定了我们的心情，而选择决定了我们的人生方向。让我们积极地面对生活，理智地作出选择吧！

R 人生妙谛
en sheng miao di

每天你有两种选择

● 晓 商

每天，当你从睡梦中醒来，睁开眼睛，你便面临两种选择：快乐地迎接这一天，或者是一整天都闷闷不乐。

杰里是一家餐厅的老板，他生性乐观，善于激励别人。如果谁有烦心事向他求助，他总会告诉求助者要看到事情好的一面。

一次，杰里遭人抢劫，腹部中了三枪，生命垂危，可是不久他便出院了。杰里的同事很惊讶："身体这么快就好了？"杰里哈哈一笑："当然，想不想看一看我的伤疤呀？""可是，你的伤势实在是很严重啊！中弹时，你在想些什么呢？"同事不解地问。杰里拍了拍同事的肩膀："我想到我有两种选择，一是选择生，一是选择死。而我毫不犹豫地选择了生。所以，我认定我去的那家医院是全国最好的，那里医生的技术更是一流的。"

杰里喝了点儿水继续说："可是，他们在手术时好像是把我当成死人来治疗，我向医生们做了个鬼脸，使劲地喊了起来：'啊，我过敏呀！'他们问我对什么过敏，我指了指小腹，假装哭了起来：'肚子里有三颗子弹啊！'那时，我简直像个孩子，惹得医生们都大笑了起来。就这样，我的手术顺利地做完了，而我也从死人变成了活人。"

一天，一个朋友问杰里："我不明白，你不可能一直都保持积极乐观的心态吧，你是怎样做到的呢？"杰里笑着回答说："每天早晨我醒来后就对自己说：'杰里，今天你有两种选择。你可以选择一个好心情，也可以选择一个坏心情。'我选择了好心情。每次坏事发生的时候，我可以选择成为受害者，也可以选择吸取教训，我选择了吸取教训。每当有人向我抱怨时，我可以选择听取抱怨，也可以选择给他们指出生活中积极的一面，我选择了指出他们生活中积极的一面。其实，生活就是由许许多多的选择构成的呀！"

目标如同人生路上的灯塔，为你指引着前进的方向，即使路途遥远，荆棘丛生，转角颇多，它始终在远方闪着独具魅力的光芒，吸引你、鼓励你、牵动你，让你不惜历尽千辛万苦去追随它、走近它、获取它。

清晰你的人生目标

● 崔修建

哈佛大学的一个人力资源研究课题组曾经对数百名智力、家庭、学历、生活环境等综合条件相差无几的年轻人进行了一次问卷调查。其中关于人生目标明确度与长度的统计结果如下：

27%的人没有人生目标；60%的人有模糊的人生目标；10%的人有清晰的短期人生目标；3%的人有清晰且长远的人生目标。

25年后，该课题组对当年接受问卷调查的人进行了跟踪调查，统计的结果表明：被调查者当前的生活状况，与他们当年的人生目标调查情形联系极为密切，密切得颇为耐人寻味。

当年占3%的人生目标清晰而远大者，在随后的25年中，每个人的经历各不相同，其中有的还遭遇过令人难以想象的人生挫折，但每个人都不曾改变过自己当初的人生目标，他们朝着自己年轻时选定的人生目标奋斗不止。结果，他们都成了社会各界的顶尖成功人士，其中不乏白手起家的创业者。

当年占10%的那些人生目标清晰却短暂的人，各自经过一番努力拼搏后，大都拥有了一份相对体面的工作，成为各行各业的专业人才，如教授、医生、工程师、部门经理等等，他们如今大都生活在社会的中上层，事业和生活状况都在稳步上升。

当年占60%的人生目标模糊者，他们在后来的日子里大都没有进取的动力，喜欢随遇而安，虽然大多数人都拥有了一份较为稳定的工作，但他们的生活大多较为平淡，也没有什么特别的成绩可言。

而剩下的那27%当年没有什么人生目标的人，25年后几乎不约而同地沉落到了社会的最底层，他们许多人没有稳定的工作和收入，生活窘迫，情绪低落，常常自怨自艾，常常抱怨他人、抱怨社会。

主持这一课题研究的比尔·坎贝斯博士在他的研究报告中深切地总结道："其实，有些问题非常简单，赢得人生的辉煌，最重要的便是拥有一个清晰的人生目标。那些旗帜一样飘扬在每个人生命旅途中的目标，越是远大而清晰，越能够激发人们奋斗的热情，越能够促使人们挖掘出自身的巨大潜力。"

是的,无论是眺望历史,还是打量现实,我们都会十分容易地发现:那些业绩卓然的成功者,原本综合素质与众人并无多少明显的差异,只是他们因心中有了明确的追求目标,有了梦想热烈的召唤,从而有了顽强拼搏的激情,有了不断进取的坚韧,有了虽经坎坷依然坚定向前的执著。最终,他们才拥有了令人羡慕的骄傲人生。

印在《中国青年》封面上的那句励志语——"奋斗改变命运,梦想让我们与众不同"——之所以受到无数年轻或已不年轻的读者的广泛喜爱,就在于它告诉了人们:目标与奋斗,在每个人的生命中都是不可或缺的。有时,即使仅仅只是一个绚丽的甚至遥不可及的梦想,也同样可以迸发出神奇的力量,可以推动着我们走向理想的彼岸。

能够朝着自己清晰的人生目标,自信而从容地设计自己的人生,这是我们梦寐以求的最佳生活境界。难怪歌德这样感慨:"能够把自己生命的终点和起点连接起来的人,是这个世界上最幸福的人。"如是,我们就没有理由拒绝那闪耀在心灵高地上的清晰而绚丽的目标,没有理由不为那样美好的目标而抛洒心血和汗水。

R人生妙谛
en sheng miao di

确定远大的目标固然重要，但也不要忽视了实现这个目标的过程。量变的不断积累才能达到质的飞越，将目标明确化、具体化，你就会产生强大的动力去完成它、实现它。否则，你的目标将永远只是一个远大而又遥不可及的梦想，永远都不会有实现的那一天。

推销员的发现

● 姚娜

山田是一位拥有出色业绩的推销员，他一直都希望跻身于最高业绩的推销员行列中。但是一开始这只不过是他的一个愿望，他从没真正去争取过。直到三年后的一天，他想起了一句话："如果让愿望更加明确，就会有实现的一天。"

于是，他当晚就开始设定自己希望的总业绩，然后再逐渐增加，这里提高 5%，那里提高 10%，结果顾客就增加了 20%，甚至更高。这激发了山田的热情，从此他不论遇到什么状况，做任何交易，都会设立一个明确的数字作为目标，并在一两个月内完成。

"我觉得，目标越是明确，越感到自己对达成目标有种强烈的自信与决心。"山田说，他的计划里包括"我想得到的地位，我想得到的收入，我想具有的能力"，然后，他把所有的访问都准备得充分完善，相关的业界知识加之多方面的努力积累，终于使他在第一年的年终创造了空前的业绩。以后的年头效果更佳。

山田自己做了一个总结："以前，我不是不曾考虑过要扩展业绩、提升自己的成就，但是因为我从来只是想想而已，不曾付诸行动，当然所有的愿望都落空了。自从我明确设立了目标，以及为了切实实现目标而设定具体的数字和期限后，我才真正感觉到，强大的推动力正在鞭策我去达成它。"

同一道题在不同人的眼中,答案却各不相同,这说明人与人之间思维方式的不同,一个智慧的人必将前途无量,一个智慧的民族必将繁荣昌盛。生活中,智慧引领人进步,让人博采百家之长并从中汲取力量,从而成长为巨人,只要轻松地迈出一小步便能到达光辉的顶点。

R 人生·妙谛
en sheng miao di

同一道题

● 郝亚平

教授收了四个学生,他们分别来自中国、美国、俄罗斯和日本。开学第一天,教授让他们解决一个问题:桌上有一只烧杯,杯内盛有水,比水面低一点的杯壁上有一个小孔,水从孔里不断涌出。现在要解决的问题是迅速采取办法阻止杯中的水向外流。教授给了四位学生一天的思考时间,第二天要他们把各自的办法演示一遍。

美国人看了一眼烧杯便走了。

中国人打量了几眼也走了。

俄罗斯人端起烧杯仔细观察一阵离开了教室。

日本人拿着尺子围着烧杯量了半天,记录下一串数字,最后一个离开了教室。

美国人回到宿舍若无其事地喝着咖啡,玩着游戏,晚上又看电视到深夜。一天里他都没有考虑有关烧杯的事情。

中国人想:真是小题大作!重要的是不能在老外面前丢人现眼,明天一定要精神饱满。晚上他便早早地睡觉了。

俄罗斯人放下烧杯就定了一项名为玻璃容器在泄漏过程中修补技术的课题。他查阅资料,寻找工具,摆弄机械设备和电子元件……他想他自己代表着俄罗斯,自己的办法一定要领先于全世界。他从白天一直忙碌到晚上10点。

日本人一天都在计算机面前度过。晚上他打印了一叠材料,然后冲了个热水澡就上床休息了。

第二天,教室里围了许多观众。

俄罗斯人第一个上台演讲。他搬来一只笨重的箱子,用一套设备把烧杯上的小孔堵起来。全场观众爆发出热烈的掌声。

中国人和日本人也都用各自的方法解决了问题。全场两次响起掌声。

最后上台的是美国人。他上台前向前三位同学询问:"谁愿意把您的方法转让给我?"只有日本人微笑和他搭话。不久,美国人和日本人做成了交易。日本人把昨夜打印好的材料给了美

国人。材料上详细说明了水面到小孔的距离与垫几枚硬币的关系,同时还给出了烧杯的直径、水的高度与烧杯的倾斜的最大角度和计算公式。

美国人上台把日本人的办法重复了一遍,这次观众没有鼓掌,却有人喊:"那是日本人的办法。"美国人耸耸肩微笑着说:"对! 这是日本人的办法。我的办法是根据自己的需要投资引进别人开发的技术。在我们美国使用的最先进武器中同样少不了日本人的电子集成块!"全场第四次响起了掌声。

教授微笑着说:"你们的成绩是优! 俄罗斯人的方法最先进;中国人的方法最巧妙;日本人的方法最经济;美国人的方法最实用! "

机缘是幸福的契机,仿若一叶小舟,荡漾在人生的湖畔,不时让人邂逅生命中的悲喜。人如果一味追求幸福,躲避悲伤,实则是庸人自扰。但人有选择自己幸福的能力,或许只是一顶草帽,只要懂得把握,得到它也能获得一生的幸福。

人 生 妙 谛
Ren sheng miao di

多亏了那顶草帽

● 史铁生

她说:"我等待了这么多年,到底是把你等来了。"

他说:"我好像从一生下来就开始找你,找得我已经有点儿信心不足了,却忽然找到了你。"

她说:"我简直不敢相信命运之神会把你赐给我,我简直不敢相信我会这样幸福。"

他说:"我们真是应该感谢命运之神,要不是他点拨了我们,我们肯定又互相错过了,很可能互相再也找不到了。"

她说:"真的,真是多亏了那个老人,多亏他那一天戴了一顶草帽,多亏了那阵风。"

那阵风已经不存在了,他们决定去谢谢那个老人。那个老人在黄昏的时候总是独自坐在湖边,望那片大湖,望远处的树林和天空。那天,他们走过老人身边,她朝南走,他朝北走,正当他们就要擦肩而过的时候,一阵风把老人的草帽刮掉了。草帽沿着湖岸滚,她去追,可是草帽落进了湖中。他跑到湖边看看,挽起裤子下到水里,把草帽捡回来。这样他们认识了。后来,他们各自发现对方正是自己寻找和等待了多年的人。现在,他们已经是夫妻了。

他们又来到湖边,见那老人仍坐在夕阳中静静地望。他们恭敬地向老人说明了来意。

老人闭目沉思片刻,问道:"你们总要有孩子的吧?你们的孩子也是要有孩子的,你们的孩子的孩子总归也是要有孩子的吧?"

他们说:"是。"

老人说:"可我不能担保他们一代一代都是幸福的人,我想是不是把这顶草帽埋在这湖边,让他们之中随便哪一个不幸的人,也能到这儿来寻找他们不幸的最初原因。"

人生妙谛
Ren sheng miao di

顺流的鱼永远得不到强健的体魄,迎风的草永远长不成参天大树,只有傲雪的松才有坚强不老的躯干。人同样如此,逆境的千般困苦固然包含着血泪和汗水,却能让人坚强淡定,充满了生生不息的力量,从而品尝到生命之泉的甘甜。

流血不一定都是伤害

● 张 翔

2000 年,是我最伤痛的一年。因为就在那年,我苦心经营的超市倒闭了。合作伙伴一哄而散,只留下我来收拾残局。我的情绪低落到深谷。

父亲并没有直接安慰我,他知道安慰的话都被我的亲朋好友说遍了,于是就和我聊起了多病的表哥。

表哥天生贫血,长大了也没有什么好转。于是,家里人拼命地为他补血,市面上各式各样的补品他都吃遍了,却依旧没有什么改善。但一次事故,却改变了表哥的一切。

那是一场突如其来的车祸。那天,正在念高中的表哥上了一天的课,放学从学校回家。一路上,他又感觉到自己非常的疲惫,头又有些昏沉了。正当他穿过一条大道的时候,出了车祸。

那一次,他流了很多的血,把家人的魂魄都吓飞了。连医生都说,再迟 10 分钟,这个本来就贫血的孩子就会因为流血过多而丧命。

然而,令人吃惊的是,他的伤好得非常快。病好后,他变得生龙活虎起来,脸上也泛起了大大的红晕。

于是,家人再带他去检查,竟然发现他的贫血症也没了,因此他不再贫血,变得健康起来。

医生是这样解释的:正是因为他先天贫血,所以在成长的过程中一直都被人呵护,没有受过什么伤害流过血,所以他本来不好的造血机制一直都没有被激活。而这一次大出血,正好激活了他的造血机制,生出许多新鲜血液,让他的血液系统变得规律起来,身体也就健康起来。

没想到一次事故,一次大出血,却让表哥从长久的顽症中挣扎出来,健康地活在世间。

父亲讲完表哥的故事后,意味深长地对我说:"孩子,其实流血并不一定都是伤害,或许也有它有益的一面。"

听罢,我恍然大悟,开始总结自己的失败,然后再重整旗鼓,投入到新的事业当中,一切都变得更加明朗起来。

人生妙谛
Ren sheng miao di

有时，人的思想有如荆棘，过多的顾虑如刺牵绊住人前进的脚步，但当生活向你敞开它的真实面，人却发现自己本以为复杂的事情背后原来那么简单，只是自己庸人自扰。试着让自己的生活返璞归真，试着斩断无聊的猜忌和顾虑，一切烦恼自然迎刃而解。

其实很简单

● 流 沙

自从邻居在屋檐上装了遮雨篷后，一到雨天，我再也无法入睡了。

雨篷是塑料的，雨打在上面，发出清脆的声音。白天倒罢了，到晚上，那声音特响，像铍锣一样，聒噪得让人头皮发麻。

好几次想去理论，但一想到他是某单位的领导，有过一段"横行"的故事，心里便怕怕的。

有几次，我在楼下遇上他，他们一家三口站在花圃边，那辆小车播放着音乐，他呢，翻着报纸。我就有一种欲望，和他沟通一下。但一看到他旁若无人的姿态，心中便打了退堂鼓。

前些天父亲来城里，刚好下大雨，父亲被那雨篷发出的声音吵得一夜无法入睡。第二天早晨，父亲对我说："那邻居家怎么能这样，装这样一个雨篷，吵得四邻五居都不安生。"

我对父亲说："他有权有势，咱惹不起。"

父亲却说："有权有势又怎么了，总不能影响老百姓睡觉吧。"我苦笑着，不再说话。

有一天傍晚，我下班回家，刚走到楼下，邻居那车也到了，他从驾驶室里出来，唤住我，说："那老人是你爸吧，他说我家那雨篷一到雨天特吵人。真是对不起，我家前面那几个房间一直空着，是个储物间，我们自己没发现。我已经叫工人在上面铺了一层薄海绵，以后就不会响了。"

他关了车门，走上楼去，回头又笑笑："真是不好意思。"

我呆住。

一个困扰我多年的问题就这样轻而易举地解决了。可是，这小小的意见我怎么就不敢提呢？为什么我宁可忍受痛苦也不敢把自己的想法说出来？我突然发现，我是多么胆小的一个人，多么保护自己的一个人，我怕受伤，像一只都市蜗牛，小心翼翼地活着。

这是不是一种悲哀？

面对困难，一味地躲避是弱者的做法，盲目地乐观是莽夫的行为，只有用智慧和勇气去直面它才是智者的选择。其实世事本没有难易之分，只是我们怯懦懒惰。"车到山前必有路"，不妨做个有心人，你会发现任何坎坷都将化为坦途。

监狱可能还不够用

● 高宜远

拿破仑·希尔曾经做过一个这样的试验，他问一群学生："你们有多少人觉得我们可以在30年内废除所有的监狱？"

学员们觉得很不可思议，这可能吗？他们怀疑自己听错了。一阵沉默以后，拿破仑·希尔又重复了一遍："你们有多少人觉得我们可以在30年内废除所有的监狱？"

确信拿破仑·希尔不是在开玩笑以后，马上有人站起来大声反驳："这怎么可以，要是把那些杀人犯、抢劫犯以及强奸犯全部释放，你想想会有什么可怕的后果啊？这个社会别想得到安宁了。无论如何，监狱是必需的。"

其他人也开始七嘴八舌讨论："我们正常的生活会受到威胁。""有些人天生就坏，是改不好的。""监狱可能还不够用呢！""天天都有犯罪案件发生！"还有人说有了监狱，警察和狱卒才有工作做，否则他们都要失业了。

拿破仑·希尔不为所动，他接着说："你们说了各种不能废除的理由。现在，我们来试着相信可以废除监狱，假设可以废除，我们该怎么做？"

大家勉强地把它当成试验，开始静静地思索。过了一会儿，才有人犹豫地说："成立更多的青年活动中心应该可以减少犯罪事件。"不久，这群在10分钟以前坚持反对意见的人，开始热心地参与讨论，纷纷提出了自己认为可行的措施。"先消除贫穷，低收入阶层的犯罪率高。""采取预防犯罪的措施，辨认、疏导有犯罪倾向的人。""借手术方法来医治某些罪犯。"……最后，总共提出了78种构想。

这个试验说明：当你认为某件事不可能做得到时，你的大脑就会为你找出种种做不到的理由。但是，当你真正相信某一件事确实可以做到，你的大脑就会帮你找出能做到的各种方法。

人生妙谛
Ren sheng miao di

所谓"标准答案"只存在于理论之中,现实生活中任何一点细微的改变,都可能在开始时差之毫厘,在答案上谬之千里。所以不要迷信"标准答案",运用你的智慧,所有设想都将带来美丽的结果。

标准答案

● 熊佳田

从报上看到一个脑筋急转弯题,觉得挺好玩儿,回家时就想考考儿子。吃晚饭时,我问儿子:"有一个女孩从海边的沙滩上走过,她的身后为什么没有脚印?"

儿子顿了顿,问:"当时天黑了吗?"

我说:"这跟天黑有什么关系?"

儿子回答说:"如果天黑了,连人都看不见,自然就看不到沙滩上的脚印了。"

儿子说得有点道理,我只好说天没有黑。

"那么,是黄昏的时候吧?"儿子接着问。

我有点儿不耐烦了:"这有关系吗?"

"如果是黄昏,开始涨潮了,潮水就把脚印冲刷掉了。"

我耐着性子说是中午,心里想这回儿子可该说出答案了吧,没想到儿子继续问:"这个女孩是个杂技演员吗?"

我简直有点恼火了："这有关系啊？"

儿子不紧不慢地说："当然，如果她是个杂技演员，那么她可能是用两手在沙滩上行走，沙滩上只有手印，没有脚印。"

我强压怒火尽量克制自己说："她不是杂技演员。"

"那么就只有两种可能了，一是她在水中走……"

没等儿子说完，我便忍无可忍地喊道："她没有在水中走！"

"那么就只剩下一种可能，她是倒退着走，脚印在她的前面，而身后没有脚印。"儿子终于说出了标准答案。

是啊，现实生活中哪有什么标准答案，一个不起眼的元素，就会使全盘改变。

R人生妙谛
en sheng miao di

> 人们感到不幸福的原因不是拥有太少，而是欲求太多，贪心太大。如果总是把目光锁定在自身所缺乏的事物上，即使拥有再多，也会觉得自己是世界上最痛苦的人。

幸福在每一秒的呼吸里

● 秦 明

大四第二学期，由于还差两个学分，我便选修了《心理学》这门课程。

授课的先生是一个身材魁梧、满头银发的老教授。老实说，我对心理学并没有太大的兴趣，我关心的只是那两个学分。所以，整整一个学期，这门课我只去过两次：第一次是去交选修卡；第二次是这门课的最后一堂课。

在最后一堂课快要结束的时候，先生跟我们说了这样一番话："这是我给同学们上的最后一节课，可我知道，这么久以来，你们中间并没有多少人真正学到了我的知识。今天，我将把毕生所学倾囊相授！"紧接着，先生问了大家一个问题："活在这个世界上，你幸福吗？"

教室里顿时哗然一片，大家都纷纷议论起来。那时候我还没有找到工作，属于未就业一族，加之女朋友正和自己闹分手，心情糟糕透了。于是，我站起来回答道："我很不幸福！"

先生叫我走到教室前面去，面对大家站在他面前，我依法照做。突然，先生用他那强劲有力的一只大手紧紧地把我抱住，又用另外一只手把我的嘴和鼻子捂起来！虽然我当时刚 23 岁，正值年轻力壮之时，无奈先生虎背熊腰，无论我怎么努力，硬是动弹不得，只好任凭他把我死死捂着，不能呼吸。等我实在受不了的时候，先生终于松了手，笑嘻嘻地问道："小伙子，现在是不是很幸福呀？"这件事情发生得太突然，充其量就一分多钟的时间，经过刚才的一阵窒息，我惊魂未定，赶紧大口大口地呼吸开来，果然感觉到一种从未有过的痛快和幸福！

面对大家惊讶的目光，先生说道："同学们，我们这代人经历的事情比你们多得多，我学心理学一辈子，人到晚年，才终于悟到了幸福的真正含义：无论世事多么不顺，其实我们每时每刻都是幸福的，因为我们还能够自由呼吸！"

在沉默了好几分钟后，教室内终于响起了一片热烈的掌声！

生活中，有些东西看不见摸不着，但是它却实实在在存在着，就像呼吸，有多少人会注意到呢？可是一旦你注意到了它的存在，你就拥有了幸福！

> 一个廉价的笔记本记载了主人公成功的全部心得,那是岁月的积淀、智慧的结晶。每一个人的成功都是偶然中的必然,任何人都不可能坐享其成。用汗水浇灌出智慧的花朵,用心灵捕捉机遇的翅膀,用积极的心态去赚取自己人生的财富。

最好的投资

● 张建伟

在 2006 年《福布斯》杂志的全球富豪排行榜上,沃伦·巴菲特的个人资产达到 420 亿美元,他坐上了全球富人的第二把交椅,被人称为华尔街股神。

最近,英国《泰晤士报》的一位记者采访他:"在您至今所进行的投资中,哪一次的收益最高?"沃伦·巴菲特想了想,从办公桌抽屉里拿出一个发黄的笔记本,笑呵呵地说:"就是这个了。"记者不信,说:"您在开玩笑吧?"这时,他严肃起来:"不,先生,这是真的。这个笔记本是我小时候以 0.5 美元买的,现在已成为我最珍贵的财富了。"记者带着疑问打开笔记本,想看看里面到底有什么宝贝,才发现上面记录了他突然闪现的投资想法以及一些生活和投资经历,后面附有一些评论性的感受。其中几段是这样的:

7 岁那年,我向父亲要一点零花钱,买一本很好看的漫画书,父亲不给,让我自己想办法。于是,我只好像别的孩子那样去送报或做点别的短工。

(第一次拿到自己挣钱买的东西,有一种很高兴和自豪的感觉。)

11 岁时,当许多同龄孩子读报上的体育新闻或玩球时,我以 38 美元的价格购买了城市服务公司的股票,没多久股票跌至 27 美元,我坚持不卖,最终以每股 5 美元的盈利脱手。

(要学会自己作决定,要有自信和耐心。)

12 岁时,再次购买股票,价格一路暴跌,最后,股票在低价上徘徊很久,遭受挫折。

(不要轻易涉足自己不熟悉的地方,不然很容易因为光线灰暗而跌倒;明亮的道路也不需要去了,那里太挤了。)

14 岁时,我已经打了好几份送报的零工,并把它当做一项业务来经营。当时,我每天送 500 份报纸,我把送报的路线安排得极为合理。我还利用送报的机会向客户推销杂志,最大限度地增加收入。

(有时候,努力还不够,还必须用点智慧,更要有一个积极的心态。)

15岁时，我与伙伴联手在理发店安装了一个弹球机，这项业务每月挣50美元。17岁时，我以1 200美元卖了弹球机。随后，我又和人合作买了一辆劳斯莱斯，并以每天35美元出租。

（开始创业时，一个人的力量是弱小的，我们需要一个伙伴。）

从开始上学我就养成了一个习惯，每天放学后，我都要阅读股票指数和图表以及《华尔街日报》。读大学后，我阅读了能够接触到的各种投资和商业类书籍，总共读了一百多本，并把学到的知识应用到实际中，尝试各种投资方法，力图找到一套框架体系，犯了很多错误，也吸取了许多经验教训。

（要想做好一件事，必须了解它，学习它，实践它。虽然遭受了不少失败，但是总算掌握了一些规律。）

……

"这真是一笔无穷的财富啊！"记者由衷地赞叹道。

沃伦·巴菲特稍稍一顿，接着说："这笔财富已经创造的物质财富以及它本身都在随时间而不断地增值，因此，可以说，它是我最成功、最漂亮的一次投资了。"

人生妙谛
*R*en sheng miao di

> 有的人眼中的幸福是征服高山,有的人眼中的幸福是征服世界,但是世界只有一个,高山也不够多,怎么办呢?我们还是关注一下花花草草吧,因为那些征服者永远不会分清那些美丽的花草。我们有我们自己的快乐,幸福就是这么简单。

比征服者更有力

● 小 七

> 观众而言,探险者实际上跑了三万多千米路这件事,似乎就把他一大堆其实待在家里也可抄袭到的老生常谈和平淡闲话,都神奇地变成有重大意义的启示录了。
>
> ——列维·斯特劳斯《忧郁的热带》

从雪山归来,有人告诉我:人真渺小。

但我们似乎并不需要长途跋涉,到雪山上去寻觅这一朵真理的小花。人的渺小,并不需要去远处找来一个超级庞然大物做对比。世界上最高、最庞大的事物是天空。不需要到雪山上,在马路上一抬头,就能看见它,无可企及,笼罩一切。

在雪山上,也许天空更澄澈,星星更大。但那是一个更美的天空,不是一个更大的天空。

之所以在雪山的天空下才感到自己的渺小,是因为在城市的天空下,人们已经不再思考这一类问题。一些人回到城市两天,就把刚刚得来的启示又统统还给了雪山和记忆,一切又周而复始。在雪山之巅,他不曾幻想过占有一两颗星星,而在城市里,太多没有被占有之物,使他感到永恒的匮乏和焦虑。

据说,登山已经变成了富豪们的新游戏,似乎人世间已经没有更值得征服的东西,似乎富豪们已经成功到只匮乏一样东西:下一个征服对象。

当年,拿破仑在自己周围找不到哪里还有敌人,哪里还有帝国可

以夺取,于是决定出征俄罗斯。他的舅父菲舍红衣主教恳求他不要同时招来天上和地上的敌意。拿破仑拉着舅父的手,把他领到一扇窗户前,问道:"您看到那颗星了吗?"——"看不见,陛下。"——"仔细看看。"——"陛下,还是没看见。"——"可是,我看见了。"

把看不见的星星留给目光深远的征服者吧,我们可以满足于仰望被他忽视的其他星星。

拿破仑晚年身体虚弱,他在圣赫勒拿岛的花园里挖了一个小水池,在里面养了几条鱼,但是不久鱼就全死了,他叹息道:"跟我有关的东西,都躲不过打击。"1812 年 2 月底,拿破仑躺在床上,再也没有起来,"当年我搅得世界天翻地覆,现在却连眼皮也抬不起来了。"

懂得一点养鱼的技艺,能够灵活地闪动眼皮,你就可以在某个时刻,比征服者更有力、更自由。

生活增长了我们的智慧,一心一意地对待生活,生活才能真诚地对待你。欲望使我们的灵魂不堪重负,无暇顾及生活的美好和意义。珍惜自己的拥有,坚定对幸福的信念,你才会发现生命中真正值得你追求的东西。

人生妙谛
Ren sheng miao di

不留余地的狼

● 陈仓

有一天,狼发现山脚下有个洞,各种动物由此通过。狼非常高兴,它想守住山洞就可以捕获到各种动物。于是,它堵上洞的另一端,单等动物们来送死。

第一天,来了一只羊,狼追上前去,羊拼命地逃。突然,羊找到一个可以逃生的小偏洞,从小洞仓皇逃窜。狼气急败坏地堵上这个小洞,心想,再也不会功败垂成了吧。

第二天,来了一只小兔子,狼奋力追捕,结果,兔子从洞侧面的更小一点儿的洞口逃生。于是,狼把类似大小的洞全堵上。狼心想,这下万无一失,别说羊,就算与兔子大小接近的鸡、鸭等小动物也都跑不了。

第三天,来了一只松鼠,狼飞奔过去,追得松鼠上蹿下跳。最终,松鼠从洞顶上的一个通道跑掉。狼非常气愤,于是,它堵塞了山洞里所有的窟窿,把整个山洞堵得水泄不通。狼对自己的措施非常得意。

第四天,来了一只老虎,狼吓坏了,拔腿就跑。老虎穷追不舍。狼在山洞里跑来跑去,由于没有出口,无法逃脱。终于,这只狼被老虎吃掉了。

对这一案例,各界人士说法不一。

哲学家说:绝对化意味着谬误。

宗教家说:堵塞别人的生路意味着断自己的退路。

环境家说:破坏原生态及其平衡者必自食其果。

经济学家说:预算和计划都要留有余地。

军事家说:除非你是百兽之王,否则,别想占有整个森林。

法学家说:凡规则皆有例外,恶法非法。

政治学家说:绝对的权力导致绝对的腐败,绝对的腐败必然导致绝对的失败。

渔民说:一网打尽,下一网打什么?

农民说:不留种子就是绝种绝收。

人生妙谛

*R*en sheng miao di

> 出身是父母给予的先天条件，人生却是自己要去描绘的宏伟蓝图。不要抱怨他人的不公，不要退避别人的白眼，直面命运中的挫折，让自己的人生绽放出耀眼的光芒。

只要你想

● 陈明聪

一个黑人母亲带着女儿到伯明翰买衣服。一个白人店员挡住女儿，不让她进试衣间试穿，并傲慢地说："此试衣间只有白人才能用，你们只能去储藏室里一间专供黑人用的试衣间。"可母亲根本不加理睬，她冷冰冰地对店员说："我女儿今天如果不能进这间试衣间，我就换一家店购买。"女店员为留住生意，只好让她们进了这间试衣间。

又一次，女儿在一家店里因摸了摸帽子而受到白人店员的训斥。这位母亲再次挺身而出："请不要这样对我的女儿说话。"然后，她对女儿说："康蒂，你现在把这店里的每一顶帽子都摸一下吧。"女儿快乐地按照母亲的吩咐，真的把每顶自己喜爱的帽子都摸了一遍，那个女店员只能站在一旁干瞪眼。

对这些歧视和不公，母亲对女儿说："记住，孩子，这种不公正不是你的错，你的肤色和你的家庭是你不可分割的一部分，这无法改变也没有什么不对。要改变自己低下的社会地位，只有做得比别人更好，你才有机会。"

从那一刻起，不卑不屈成了女儿受用一生的财富。

后来，这位出生在亚拉巴马伯明翰种族隔离时期的黑丫头，荣登"福布斯"杂志"2004年全世界最有权势的女人"宝座，她就是美国国务卿赖斯。

赖斯回忆说："母亲对我说，康蒂，你的人生目标不是在'白人专用'的店里买到汉堡包，而是只要你想，并且为之奋斗，你就有可能做成任何大事。"

凭着"一条道走到底"的这种精神,孟乔波将茶庄开到了国外,从她的身上,我们看到了专注地做一件事而产生的神奇的力量。仔细想想,现实中的你我是否也能一心一意办好一件事,是否也有那种坚持不懈的精神呢?

一条道走到底

● 蔡 成

她说她只是卖茶的,也永远会是卖茶的。

1987年,她14岁,在湖南益阳一个名叫衡龙桥的小镇卖茶,一毛钱一杯。茶水盛放在一个个透明杯子里,上面盖块方方正正的小玻璃片遮挡灰尘。镇上的农贸市场人来人往,她的茶水小摊就设在市场旁边。因为她的茶杯比别人大一号,所以卖得最欢。没人清楚一毛钱一杯的茶水一天下来她能有多少收成,大家看到的,只是她总在欢欢喜喜地忙碌着。

1990年,她17岁,原来的同行要么嫌卖茶收入太低而早早鸣金收兵,要么赚点钱赶紧转行另谋出路。唯有她,还在卖茶。只是,她不再在小镇上卖了,而把摊点搬到了益阳市里;不再卖最简单的从大茶壶里倒出的茶水了,而改卖当地特有的"擂茶"。擂茶制作起来很麻烦,但也卖得上价,小杯3元,大杯5元。而不管大杯小杯,她的杯子又是比旁人的都要"胖"一圈。所以,她的小生意又是忙忙碌碌。

1993年,她20岁,仍在卖茶。不过卖的地点又变了,在省城长沙,摊点也变成了小店面。屋子中央摆一张雕花茶几,客人进门,她必泡上热乎乎的茶请客人品尝。客人尽情享受后出门时,或多或少会掏钱再拎上一两袋茶叶。

不知我们中间有几人能把一杯茶水坚持卖10年之久,何况在如今风起云涌的商界,总是不时冒出各种各样快速致富的神话。但她做到了。长达10年的光阴中,她始终在茶叶与茶水间打滚。她已经拥有37家茶庄,遍布于长沙、西安、深圳、上海等地。福建安溪、浙江杭州的茶商们一提起她的名字,

莫不竖起大拇指。这是 1997 年，她 24 岁，正是一个女人最美丽而成熟的年龄。事业有成又天生丽质的她，甜美的笑容在一本知名财经刊物的封面上格外灿烂地绽放，在照片下面有行文字：我的成功没有秘诀，只不过是一条道走到底。

翻开那本杂志的第一页，就能读到有关她的详细报道。在文中的最末一段，她说了本文开头那一句："我只是个卖茶的，也永远会是卖茶的。"接着她又说，"我一定会一条道走到底。若干年以后，你会发现本来习惯于喝咖啡的国度里，也会有洋溢着茶叶清香的茶庄出现，那也许就是我开的……"

她的名字叫孟乔波，我认识她是在 2003 年 10 月 16 日。仔细看了她递给我的名片，我发现那上面印有香港和新加坡的茶庄地址。她果真已经把茶庄开到大陆以外去了！面对我采访时的一连串发问，她旧话重提：成功没什么秘诀，仅仅需要一条道走到底。

一分钟改变人生 <<

你曾付出一分钟来感动他人吗？花一分钟告诉他人，你真挚地喜爱或欣赏他。只需一分钟，就可能改变一个人的人生。

人生妙谛
Ren sheng miao di

带着肯定上路，世界都会春暖花开，埋怨只能产生更深的误解，敌对只会两败俱伤。每个人都有他最优秀的一面，肯定他人是一种美德，拯救他人是一种功德。

一分钟改变人生

● 李群　编译

美国作家谢尔曼·罗杰斯上大学时，曾利用暑假在爱达荷州的伐木队打工。工头准备休几天假，在此期间，他让罗杰斯代理他的工作。

"如果有人不服从我的指挥怎么办？"罗杰斯问道。说此话时，他心里想的是托尼。这个移民工人整天发牢骚，经常跟别的工人闹冲突。

"炒掉他。"工头回答。然后，仿佛是看穿了罗杰斯在想什么，他又补充道："我想如果有机会的话，你一定会炒掉托尼。如果你那样做，我会很难过的。我从事伐木工作40年了，托尼是我带过的最可靠的工人。我知道他是个牢骚大王，对世界满怀仇恨。但是他每天第一个出勤，最后一个收工，他在这里工作了8年，从没出过一次事故。"

罗杰斯第二天就接手了工头的工作。他找到托尼谈心："托尼，你知道从今天起这里由我负责了吗？"托尼咕哝了几声。他告诉托尼："本来我的打算是，如果你不听话就立刻辞退你，但我改变了主意。"然后他就把工头昨天说的话告诉了托尼。

听完罗杰斯的话，托尼手中的铁锹掉落地上，泪水沿着他的脸颊淌下："为什么他以前没有告诉我呢？"那天托尼干得比往常更加起劲，而且他居然笑了！后来他对罗杰斯说："我告诉妻子，你是头一个跟我说'干得不错，托尼'的工头。她高兴得像过节一样。"

暑假结束后罗杰斯便回到了学校。12年后他与托尼再次相遇，托尼已经加入西部最大的一家伐木公司，并做了铁路建设主管。罗杰斯问他何以取得了这样的成功，托尼答道："如果没有你在爱达荷的那一分钟谈话，总有一天我会杀人的。你只用了一分钟，就改变了我的人生。"

你曾付出一分钟来感动他人吗？花一分钟告诉他人，你真挚地喜爱或欣赏他。只需一分钟，就可能改变一个人的人生。

> 奉献爱心也会"上瘾",看似奇怪,但这却是真的,因为奉献爱心的过程同时也是自我心灵净化的过程,其中自有温暖灵魂的东西,它闪耀着友善和爱的光芒。

R 人 生 妙 谛
en sheng miao di

虚职实爱

● 星竹

　　一位原本家境就很贫寒的女大学生从遥远的乡下来到北京上学还不到 10 天,家中就传来噩耗:父母、姐妹在制作花炮的过程中,竟然在一声爆响里全被炸死了。家中房倒屋塌,不剩片瓦。从此女大学生举目无亲,再也没有经济来源。

　　她含着眼泪向学校提出退学。看来这是唯一的办法。老师问她以后打算怎么办,她说家中有一亩一分地的水田,还有一头老牛。19 岁的她面临着另一种生活,回家种地,做一名乡野农妇。

　　老师听完哭了,同学们开始迅速地为这名还来不及熟悉的同学赞助车费。可过了几天老师告诉她,自己的爱人在学报工作,编辑部正需要一人看稿,一月 350 元。其他的钱再想办法。

　　她没有想到会绝处逢生,又生出这样一线希望。她点点头,再次流出了泪水。

　　于是,她入学 10 天便成了一名学报的编辑。当然是业余的。学校总计 8 000 人,学生 6 500

人。学报十天一张,稿子不多。她常闲着没稿儿看。但工资照发,每月350。报社5个人,老张、老王、小李……人人对她都很好。她因课紧不能天天都去编辑部,居然没人找她。就是看稿也十分简单,改改错字,提些意见。她一度以为,做学报编辑真是轻松。

时光飞逝,落雨过后,又是落雪,四年的大学生活一晃而过。她始终不知道,四年中的每月350块钱,并非学报所发,而是5名编辑从工资里均摊给她的。她更不知道学校并不需要这样一位看稿编辑,一切都是为她专门设立的。

四年,没有人说破这个秘密,四年,她一直被蒙在鼓里。她离校的那天,学报的全体编辑与她合了影,从此,她的相片高高地挂在了编辑部的墙上。她走了,五位编辑突然觉得失落。到发工资的时候,他们已经习惯了将每月工资取出一部分,聚在一起。习惯了这种安慰与自我心灵的净化。献出爱心,原来是一种人生的收获和乐趣。于是他们决定,再帮助一位贫困生,将这种爱永久地延续下去。

他们又雇用了一名因交不起学费而要中途退学的山里孩子。

于是,每隔四年,他们墙壁上的合影中都要换一名新人——一位并不需要的编辑。看着墙壁上的这些合影,他们的内心总是充满了友善和爱的光芒。编辑部的工作也因此变得更有意义和乐趣。

人的潜能需要挖掘,需要激发,身处相应的环境中,你会做好许多你认为不可能做到的事情。相信自己,发现自己,你会感叹生命的力量,会得到更多的收益。

R人 生 妙 谛
en sheng miao di

帮你发现自己

● 纪广洋

走出校门的第二年,我曾参加过一期刚刚组建的中日合资企业的短期培训,在不到半个月的时间里,通过日式的启发和激励,我真有一种脱胎换骨的感觉。

第一节课是参观名人(伟人)图像展,长廊一样的展厅里,摆放着世界各地、各个历史时期、各个领域的有着丰功伟绩的人的图像。让人感觉新奇的是,在伟人像之间,镶嵌着一块块与伟人像同样大小但弧度不同的凸面镜,在你景仰伟人的过程中,总能自然而然地瞥见凸面镜中自己或高或胖的影像。仔细看看,自己那种被"扭曲"得挺胸腆腹的傲慢劲儿,自命不凡的模样,让人在忍俊不禁的同时,也不免重新审视自己一番,品味自己一阵。

接下来的实习场地和环境,让人耳目一新而又兴奋不已——在车间或办公室的墙上、桌上、机器上鲜明地书写着每个受训实习者的名字,还为每个学员按照工种和职业另外起了一个名字,培训负责人时不时地叫你一声,让你既紧张又觉醒,老是忘不了自己。而更令人自豪和出乎意料的是,一个星期之后,在公司的内部资料和宣传册上几乎可以找到每个学员的大幅彩照和事迹简介……

实习结束后的一个星期日的清晨,我忽然接到总裁办的一个电话,让我马上回公司,说有一个非常重要的会议,并强调说,总裁亲自点名要我务必参加……我忽然觉得,自己在公司里挺重要的,是个人物,甚至有一种说不出来的主人翁般的豪气。说来也怪,在原单位一向业绩平平的我,在这里居然发挥出连自己也觉得不可思议的积极能动性和超常才干,当月就做了总裁办的主管,三个月后又荣升为副总经理。

当我和日方负责培训的藤木先生交流自己的心得时,他笑着对我说:"其实,也没什么,你只是发现了你自己。"是的,是企业的人性化管理,帮我发现了自己。

人不能因为一时一事的得失而黯然神伤,也不能因为充满坎坷的生活而怨天尤人,试着学会自信,学会自强,这样才能坦然面对人生的风雨,获得真正的胜利,从而为自己在人生中树立起一座不朽的丰碑。

人生妙谛 *Ren sheng miao di*

我竖起了自己的魔法鸡蛋

● 苏馨

我是21岁的时候来美国的,那时我长发,瘦弱,爱笑……是一个再普通不过的女孩。来到美国后,我应聘过很多份工作,包括做干洗店的服务员、做酒吧侍应生、送报纸以及在唐人街贩卖蔬菜。贩卖蔬菜时,我亏了很多钱,又不愿意向父母开口,于是,我开始谋划着找一份薪水更高的工作。这时,我得到了一个重要的信息:伊力诺伊州有个电视台的国际频道正在招聘员工。

想到自己从小在贵族学校接受双语教育,口音还算标准,于是我决定应聘这家电视台的配音员。抱着试试看的心理,我将自己的个人资料以及一盒录音带寄了过去。5天后,我居然接到了面试通知。我兴高采烈地跑到电视台,却被接待小姐的话吓了一跳,她问:"您就是新来的主持人苏吗?"

主持人?天!我不是应聘配音员的吗?在发了几分钟的呆后,我找到了即将成为我主管的杰瑞。证实他们需要我做的工作的确是主持人后,我告诉他,我从来没有主持经验,更别说上电视节目了。而且我来美国的时间比较短,还不能完全自如地用英语表达我的思想。我问他能否给我换个工种,让我做配音。

听完我结结巴巴的陈述,杰瑞瞪着蓝眼睛傲慢地摇了摇头:"你只有两个选择:第一,下星期一来试镜;第二,离开。"

被他一激,我天性里叛逆的一面就露出来了:有什么了不起,不就是上个电视吗?

幸运的是,我的电视处女秀还算顺利,就这样,我到美国后的第二年,便阴差阳错地成了"非常聊吧"的主持人。

正式工作后我才发现,美国的主持人和国内区别很大,这里的主持人更接近于制片人的概念,你不仅要具备形象和语言上的专业能力,还得具备全盘指挥的能力。你需要寻找主题、撰写策划方案、邀请嘉宾、组织现场;需要自己去雇导播、化妆师、音乐师和摄影师……

刚开始的时候,无数琐碎的事务常常将我弄得焦头烂额。因为太累,好几次坐车回家时,我都在地铁上睡着了。但是我的辛苦并没有换来期待的效果,我们的节目还是不断地出错。比如有一次做节目时,我到现场才发现用于道具的一群小海鱼居然全死了;做一个关于"城市建筑"的话题时,本来是罗马风格的建筑被字幕师误打成了希腊;而我一向自我陶醉的英国口音,被观众投诉为不够地道……

接连不断的打击让我有些心灰意冷,我开始想打退堂鼓。尤其是不久之后,又发生了一件更令我难堪的事。由于我在做节目前清场不够仔细,在采访现场,我身上的手机居然响了,打断了正在进行的谈话。本来这也不算一个特别大的失误,完全可以剪辑掉再重录,哪知道那位叫做麦克的嘉宾是个特别爱较真儿的美国人,他认为我的失误导致他"遗忘了需要表述的将在公众中造成重要影响的某个重要观点",竟以"侵犯人权"和"渎职"为由,将我告上了法庭,最终法院判我交付罚金50美元,并向这位嘉宾公开道歉。

判决下来后,我被台里暂时停职两期。我沮丧极了,也许我真的不是做主持人的料,我想到了辞职甚至回国。然而,就在我录制"最后一期"节目时,一个场面打动了我。我的嘉宾,一位著名的纽约魔术师,用四个鸡蛋将一张沉重的铁床撑了起来,然后他自己睡在了床上面,而那四个鸡蛋居然没有破。后来魔术师公布了谜底:他的魔法鸡蛋其实没有任何特别——你只要把它竖起来,它就会表现出这种力量。

这个节目给了我很大的启发,我们每个人何尝不是一只魔法鸡蛋呢? 也许问题仅仅在于我没有寻找到合适的放置方式。

我又信心百倍地开始了新的冲刺。每期我为录制节目搜集的资料就有两百页之多;我曾在一个小时里打28个电话去求证某个数据的真伪;为了纠正一个不够地道的发音,我可以将同一个单词念上5 000遍……

2004年11月,乔治·布什竞选连任总统成功,消息传出后,各大媒体都派出了最强的人手伺机而动,我们也一样。在对全体主持人做了工作经验、沟通能力、社会阅历等全方位的权衡之后,这一艰巨的采访任务落在了我头上。

奔走辗转了很多天后,我终于在得克萨斯州捕捉到了总统的身影。但当时他被保卫人员和前来的市民一层层包围着,我根本无法近身。急中生智,我想出了一个主意:我买来白布和彩笔,做了一面画着布什的爱犬曼波狗的卡通旗,每当总统的视线朝我的方向望过

来时，我就努力地摇晃它，以期引起他的注意。同时我还全力以赴地朝前挤。在预定见面会结束之前的五分钟，我终于挤进了总统视线里的"第一集团"，当很多记者像我一样争先恐后地问他"可以问您一个问题吗"的时候，我欣喜地看到，总统很自然地把眼光转向了我和我手上的卡通旗。很显然，我已经在他心里建立了良好的先期印象。

接下来，我经历了我成为主持人以来最为重要的5分钟。这次采访的成功，对于扩大我们节目的影响和我个人的影响，都起到了极其重要的作用。

随着时间的推移，"非常聊吧"在本州乃至美国的影响力也越来越大。在已经做过的近百期节目中，我们采访过轰动全球的辛普森杀妻案、组织过涉及12个国家的环保绿色宣誓、探讨过关于非洲儿童饥饿的重大国际话题。陈冲、布兰妮、贝聿明、谢德瑞夫人、玫凯瑟琳等很多美国社会的主流人物都曾做过我的嘉宾。我个人也因为在电视行业中的突出贡献，当选了年度最佳主持人。

在颁奖仪式上，满面春风的我对着麦克风说了一句话："你也可以像我这样，因为我们每个人其实都是一个魔法鸡蛋。"

一杯牛奶,给了贫穷的小男孩面对生活的勇气和信心。岁月流转,当年的爱心之花也结出了累累硕果,故事有了一个如童话般完美的结局,也让我们对人生充满美好的向往。

R en sheng miao di 人 生 妙 谛

一杯牛奶

● 吕 航

一天,一个贫穷的小男孩为了攒够学费正挨家挨户地推销商品,劳累了一整天的他此时感到十分饥饿,但摸遍全身,却只有一角钱。怎么办呢?他决定向下一户人家讨口饭吃。当一位美丽的年轻女子打开房门的时候,这个小男孩却有点不知所措了,他没有要饭,只乞求给他一口水喝。这位女子看到他很饥饿的样子,就拿了一大杯牛奶给他。男孩慢慢地喝完牛奶,问道:"我应该付多少钱?"年轻女子回答道:"一分钱也不用付。妈妈教导我们,施以爱心,不图回报。"男孩说:"那么,就请接受我由衷的感谢吧!"说完,男孩离开了这户人家。此时,他不仅感到自己浑身是劲儿,而且还看到上帝正朝他点头微笑,那种男子汉的豪气像山洪一样从他心中迸发出来。

其实,男孩本来是打算退学的。数年之后,那位年轻女子得了一种罕见的重病,当地的医生对此束手无策。最后,她被转到了大城市医治,由专家会诊治疗。当年的那个小男孩如今已是大名鼎鼎的霍华德·凯利医生了,他也参与了医治方案的制定。当看到病历上所写的病人的来历时,一个奇怪的念头霎时闪过他的脑际。他马上起身直奔病房。

来到病房,凯利医生一眼就认出床上躺着的病人就是那位曾帮助过他的恩人。他回到自己的办公室,决心一定要竭尽所能来治好恩人的病。从那天起,他就特别地关照这个病人。经过艰辛努力,手术成功了。凯利医生要求把医药费通知单送到他那里,在通知单的旁边,他签了字。

当医药费通知单送到这位特殊的病人手中时,她不敢看,因为她确信,治病的费用将会花去她的全部家当。最后,她还是鼓起勇气,翻开医药费通知单,旁边的那行小字引起了她的注意,她不禁轻声读了出来:

"医药费—— 一满杯牛奶。霍华德·凯利医生。"

> 幸福是一种生命的满足，它透过平凡的生命，折射出的是人性的光辉。体味沁人心脾的感动，感悟芳香四溢的爱心，幸福会在不经意间来到，在你的身边散发着芬芳……

幸福已经满满的

● 郭葭

中专毕业后我当了一名护士，和大多数人一样，我的生活平凡而平淡。我不太留意这个忙碌的世界，这个世界也以它的现实漠视着我。随着时间的推移，我发现我曾经不太留意的这个世界对我有着越来越多的诱惑。于是平静被打破了，我便总想得到更多。

我不是彻底的物质主义者，但我愿意享受生活。我希望可以过上一种足以称之为"幸福"的生活，却不能为"幸福"下一个准确的定义。上小学时有一篇课文《幸福是什么》，我想现在没有人愿意相信小学课本里的东西了，包括我。

去年夏天的一个极普通的下午，我百无聊赖地在街上走着。街上人多车多，一辆摩托车撞倒了一个农村小女孩。小女孩跟着她的父亲，那父亲苍老而贫寒。车主是城里所谓的"痞子"，撞了人后扬长而去。我看着街头相依的父女俩我默默叹息着，于是走上去看了小女孩的伤口，说："算了，我带她上医院包扎一下。"老农感激地带着女儿跟我去了医院。他在路上说他没法子，乡下人穷，进城来卖点儿水果，没想到遇上这样的事。对我，他谢了又谢。我帮小女孩包扎好，说不碍事，过几天就好了。老农从口袋里掏出一卷零钞，战战兢兢不知要付多少医疗费，我说不用了。父女俩千恩万谢地走了。

这件小事我很快忘了，我策划着一种又一种的生活方式，然而却一次又一次地碰钉子，于是我在一个夜班时悲哀地想，幸福离我是越来越远了。那一个夜班我心乱如麻。清晨七点，我伏在窗口看外面忙碌的世界，不知道自己的位置在哪里。

有人叫我："医生，医生！"我回头，叫我的不是病人或家属，但似曾见过。想起来了，是不久前我帮助过的农村父女！

小女孩拉拉她父亲的衣角："是那天的阿姨。"老农放下背着的大口袋，口袋看样子很沉，可他这么大岁数却背得稳稳的。老农笑着说他女儿头上的伤全好了，多亏好心的我。这次进城，他们是专程来谢我的。说着便把沉沉的大口袋解开，天哪，里面是满满一口袋桃子！又红又大，多得让我吃惊。老农说那是他全家细细挑的，乡下人没什么好送，就送些桃子表表谢意吧。我惊讶得说不出话来。真的，那一刻我竟有点儿眼睛湿润的感觉，为父女俩简单而质朴的谢意。

我请他们坐下,突然想起现在才7点,哪儿有这么早的车? 对我的询问,老农说,他们早上五点就出门了,走了两个小时才到这儿。我说怎么不晚点儿好乘车来呢? 老农憨然地笑了,说乡下人不比城里人,走惯了……

送走父女俩,我看着那足有三十多斤重的桃子,想到他们一家人在那摘,在院子里细细地挑,想到他们走了二十几公里的路把桃子送给我,想到他们简单而淳朴的心愿:希望报答好心的医生,希望小女儿上城里的高中,希望成绩好的小女儿像我一样,有好的工作和生活……

我从不知道我是如此的幸福——年轻、能干,有学问,有一份好工作,有一颗好心。看着那满满一口袋鲜艳的桃子,我知道我拥有满满的幸福。那幸福就像这又大又红的桃子,一个一个真实可触,是那么满满的、满满的。

我想我可以为幸福下一个定义了。珍惜你所拥有的每一样东西,你会发现,幸福简单得让人无法置信。

人生妙谛
Ren sheng miao di

人生是一个巨大的舞台,每天都上演着一幕幕精彩纷呈的戏剧。我们只有找到自己喜欢并且合适的角色,才能演绎出真实的自我,取得巨大的成功。用心生活,寻找你真正想要的,让青春在阳光下奏出生命的最强音。

寻找自己喜欢的方向

● 孙进

从小到大,我一直在寻找着自己喜欢的方向,寻找适合自己的那条道路。

我的第一个梦想是做一名伟大的科学家。在 27 岁之前,我狂热地痴迷于自然科学的研究,并深信自己会成为继某大科学家之后的又一位集大成者。最好的青春在 21 岁到 27 岁之间,被我完全献给了神圣的激光物理学。最终,天分、努力程度、机遇、科研环境等诸多因素综合的结果,使我错失了为人类的自然科学作出贡献的机会。那可是 10 年基础教育加四年高等教育,再加上 2 000 多个不眠夜晚的努力之后得到的最最真切的实验结果啊!研究表明,如果一个人在 27 岁(通常是博士毕业的那一年)还未对自然科学做出过突出贡献,那么他这一生就很难作出什么能够称得上贡献的东西了!牛顿在 27 岁时已经在思考万有引力定律,爱因斯坦在 26 岁时就发现了光电效应,并创立了狭义相对论……而我呢?在 27 岁那一年除了获得了一张所谓的工学博士文凭之外,一无所获!结果无情地嘲弄了初衷!

当你经过漫长的积累和钻研,付出了全力,终于站到一个相对客观的层面上去放眼世界,仰望着人类群体文明的高度发展和精英智慧的璀璨成果,对自己做出客观评价的那一刻,你会感觉自己是如此的渺小、孱弱乃至虚无。信心随着清醒消失殆尽!瞬间的痛楚让我惊觉,在科学研究上我是一个失败者!答辩结束,我走出实验室的那一刹那,就知道再也回不去了,因为事实证明了我不适合。那一年我 27 岁,除了激光物理学科的科研我什么都不会,而一旦离开了实验室,我就什么都不是。于是我在心里一直盘算今后能做什么、该做什么、适合做什么、想做什么。

爱因斯坦在对自己的人生做出审视后,断然放弃了毕生追随莫扎特专攻小提琴的想法。他之所以伟大,是因为他很早就知道了自己最想做什么,最适合做什么,最擅长做什么,并且做了一生!如果最想做的事是最适合做的事,那该多么幸运啊!

走出学校的第一份工作是销售,我并没有从一个又一个的销售合同中找到过自己,找到过喜悦和成功的感觉。相反,钱始终没能让我真正地兴奋起来,日子总是空空的。终于,在那个深秋难眠的夜晚,凌晨三点半,我的脑子里竟然鬼使神差地出现了一段旋律,挥之不去,于是我起身用笔记下了这段旋律。谁知这段旋律竟然奏响了我崭新生活的乐章！

至此，我开始了人生的第二个梦想——音乐创作！幸运的是，在第一个梦想破灭到第二个梦想产生之间，我并没有迷失太久，生活也随着音乐梦想的出现很快又变得充满生机、希望和无穷的想象！

人生妙谛
Ren sheng miao di

丢掉千辛万苦淘到的金子，在别人看来或许是可笑的行为，但对于文中的"祖父"来说，他丢掉的却是对金钱和财富疯狂追求的病态，他获得了比金子还宝贵的财富，那就是和平、宁静、安详的生活。

抛掉金子始得"金"

● 义之

两个墨西哥人沿着密西西比河淘金，他们从下游一路上行，在一个河汊分了手，因为一个认为去阿肯色河可以淘到更多的金子，一个认为去俄亥俄河发财的机会更大。这两条河都是密西西比河的支流，一条在东，一条在西。

10年后，到俄亥俄河的人果然发了财，他在那儿不仅找到了大量的金沙，而且建了码头，修了公路，还使他落脚的地方成了一个大城镇。现在俄亥俄河岸边的匹兹堡市商业繁荣、工业发达，无不起因于他的拓荒和早期开发。

进入阿肯色河的人似乎没有那么幸运，自分手后就没了音信。有的说他已葬身鱼腹，有的说他已回墨西哥。直到50年后，一个重2.7公斤的自然金块在匹兹堡引起轰动，人们才知道他的一些情况。当时，匹兹堡《新闻周刊》的一位记者曾对这块金子进行过追踪，他写道：这颗全美最大的自然金块来自于阿肯色，是一位年轻人在他屋后的鱼塘里捡到的，从他祖父留下的日记看，这块金子是他祖父扔进去的。

随后，《新闻周刊》刊登了那位祖父的日记，其中一篇是这样的：昨天，在溪水里又发现一块金子，比去年淘到的那块更大。进城卖掉它吗？那就会有成百上千的人涌向这儿，我和妻子亲手用一根根圆木搭建的棚屋，我们挥洒汗水开垦的菜园和屋后的池塘，还有傍晚的火堆、忠诚的猎狗、美味的炖肉、山雀、树木、天空、草原、大自然赠给我们的珍贵的静谧和自由都将不复存在。我宁愿看到它被扔进鱼塘时荡起的水花，也不愿眼睁睁地望着这一切从我眼前消失。

18世纪60年代正是美国开始创造百万富翁的年代，每个人都在疯狂地追求金钱和财富。可是，这位淘金者却把淘到的金子扔掉了，有很多人认为这是天方夜谭，据说，直到今天还有人怀疑它的真实性。可是我始终认为它是真的，因为在我的心目中，这位抛掉金子的人，是一个在生活中淘到宝贵真金的人。

地位的差异，贫富的差距并不能阻挡人们伸出爱心之手，这手温暖而有力，这手善良而美丽，在钢筋水泥的都市里，为人们撑起了一个爱的天堂。

深深一躬

● 王国华

郊外的一个别墅小区里，有一位老花匠。老花匠每天种花、浇花、修剪花，日出而作，日落而息。他服务的对象，是这个城市里最有身份和地位的人。那些人腰缠万贯，一呼百应，每天开着轿车往来于城市中心和这个别墅群之间。那些人脚步匆匆，左右着上海前进的步伐。老花匠则不紧不慢，穿梭在花丛之间、树枝之下。

他向西装革履、高贵优雅的先生女士们微笑、点头，甚至还和他们打招呼，那些人很有礼貌，对他的问候总是报以矜持的微笑。但老花匠明白，自己和人家永远是两个世界的人。他不知道那些人在忙些什么，想些什么，自己只是一个从乡下到城里来打工的人，没资格认识他们。自己只要照料好每一块泥土，让泥土上的鲜花愉悦那些匆忙的人，就足够了。

有一天，老花匠倒在了泥土上。他得了急病，昏迷过去。保安赶紧报告物业公司的经理："老花匠病了，需要送医院，现在他身上没有一分钱，请大家伸一把手吧！"小区的广播立即播出了这个消息。一些门打开了，一些急匆匆的脚步停下了，就在等救护车的几分钟里，一张张票子揣进了老花匠的兜里。

几天后，老花匠顺利出院了，从乡下赶来的女儿把他扶回小区。那些西装革履的业主，见到他，依然矜持地对他笑笑，和他擦肩而过。但老花匠感到自己和他们不再有距离。他找到物业经理，找到保安，要谢谢那些解囊相助的人。可是，没有人能提供一份名单。显然，他也不能挨家挨户敲开门去询问。

女儿搀着老人，徘徊在小区的楼群之间。天色渐晚，灯光亮起来了。整个小区星星点点的光亮，晃在老人的脸上。他在每一栋楼前停下，认真地站好，深深地弯腰、鞠躬！

坚硬的城市，在坚硬的外表下还有这么多柔软的地方。

他向这永不蜕变的柔软鞠躬！

博爱和道德不只是用来宣扬的,它们存在的真正意义是让人们用实际行动来实现它们的价值,同时体现做人的价值。只要我们从身边的事做起,把一些善举和关怀放在心里、放在手上,那么你会发现世界将变得美好而动人。

半截铅笔

● 叶丹

我毕业于 2003 年 7 月,当时,市里刚好举行国家公务员考试,我去了。第一场考试刷下了一半的人,但我很幸运地过了关。接下来的那场考试还是笔试,考的是"专业知识和公共道德"。

进入考场没多久,监考老师突然大声说道:"各位同志,你们有谁多带了 2B 铅笔吗?请借一支给这个同志用一下。"我抬头看了一下,那是一个中年人,两鬓已经微白,皮肤黝黑粗糙,正在焦急地环顾着整个考场,盼望着哪位好心人伸一下援手,但是没有一个人搭话。监考老师第二次询问:"各位,发扬一下爱心,借支铅笔给这位同志吧!"沉默的教室里,寂静无声。监考老师第三遍询问过后,我急了,虽然我只带了一支铅笔,但我实在受不了中年人那种渴望的目光在我身上掠过的感觉,于是我举起了手,然后用力折断那支唯一的铅笔,把半截递给了中年人。

考试结束后,我在楼道碰到一位同样来参加考试的同学,相互询问考得怎样,都回答说题目挺简单,考得挺好的。其间,我提到刚才考场里那个中年人借铅笔的事,谁知那同学竟然瞪大了眼睛说,他们那个考场也有个借铅笔的,但没人借给他。

到了公布面试人员名单时,一千多人竟然又刷下来九百多个,只剩下四十多人。这份面试名单中,有我,但没有我的那个同学。主持面试的考官让我大吃一惊,竟然就是考场上向我借铅笔的那个中年人,而他正微笑地看着我,亲切地对我说:"小姑娘,还记得那半截铅笔吗?"

原来,那些借铅笔的人就是市招录办的工作人员;而第二场考试真正考的不是专业知识,而是一个国家公务员必须具备的奉献精神和博爱精神,一种真正的公共道德。在 2004 年春天,我正式成为了一名国家公务员。

善意的谎言是生活中动听的音乐。这是一种美丽的语言，渗透着理解与宽慰。生活环境有贫富之分，但真情却没有界限与隔阂，因为它是爱的使者。一张张贺卡载着朋友真挚的关怀与问候，温暖了一颗孤寂的心，也为天边画上了爱的彩虹。

Ren sheng miao di 人生妙谛

美丽的谎言

● 王伶俐

高三那年，好友相聚话别。草草杯盘共笑语，昏昏灯火话平生。说不完的豪言壮语，道不尽的离愁别绪。曾年少轻狂的我们，那一刻笑得好开心，竟掉下了泪……

我们约定了种种联系和相聚的方式，其间好友恒建议元旦时不互寄贺卡，以示我们的清高，以表我们不媚俗从众。我听后便把头埋得很深，沉默不语。这一直是我最不愿谈的话题。自从爸爸因车祸花去了大笔的药费，我和妹妹的学费便成为父母每日劳作但有时仍入不敷出的负担。此后，每逢元旦前夕的那些日子，我都似度日如年般的难过。纵使我节衣缩食，单买贺卡的那笔不大也不小的开支，也足令我愁肠百结，焦虑万千。何况又身置一个重视"礼尚往来"的社会，那些日子，我简直是谈"卡"色变。而今，贺卡的档次也是突飞猛进，更是令人"可远观而不可亵玩焉"。

大家纷纷发言，各抒己见。慧更是慷慨陈词："我赞同恒的意见，我们就要成为大学生了，应有自己最独特的方式，这些天真、幼稚甚至是俗气的形式主义，将会被我们所摒弃。"

每个人都发表了意见，最后一致通过元旦不寄贺卡。我如释重负般的松了口气，暗自庆幸我的这些朋友居然无意之中替我解决了一大难题。那天，我们洒泪分别后便天各一方。

时间在静如流水的生活中飞逝。转眼佳节将至，想起当初的约定，看着街上形状各异的贺卡，心中没有负担，倒也轻松自如。圣诞节前，大学的室友们便开始收到朋友们寄来的贺卡，看着她们兴高采烈的样子，一种不平衡的感觉在我心中油然而生。难道在这个热闹的季节里，单把我一人留在这个被人遗忘的冷清角落

吗？我面无表情地坐在一边,心中有种怅然若失的感觉。

今天便是元旦了,室友们都出去玩了。我独坐在阳台上,呆呆地望着远方,心乱如麻。猛然间,我听到有人在叫我,回过头,生活委员把一摞厚厚的信放到我的手中:"新年快乐!"我愣住了,一脸的茫然,继而是一阵狂喜。我迅速拆开信封,一张心形的贺卡便迫不及待地滑了出来。看着上面熟悉的字体、幽默的话语、亲切的问候,我说不出话来。每拆开一封信,就有一股温馨的气息扑面而来,眼前就会浮现出一张张熟悉的笑脸,就会再一次加重我眼角的湿润……我的手颤抖着,竟无语哽咽。仔细看看信封上的邮戳都是同一天,她们计算着我刚好在元旦这天收到,让我身处"绝境",不留丝毫"礼尚往来"的回旋余地,霎时间,我明白了,当初的约定……

我泪流满面地笑了。其实从约定的那一刻起,我就应明白这本是一个美丽的谎言。而那时我实在是太"聪明"了。忽然我想起了那句诗:"眼中有泪,心中才有彩虹……"

每个人都渴望获得成功,殊不知,盲目的找寻只会使人心力交瘁,一无所获。只有明确方向,采取正确的行动,勇敢地迈出那关键的一步,才能到达成功的目的地。

R人生妙谛
en sheng miao di

钓鱼的秘密

● 李楠

罗杰走下码头,看见一些人在钓鱼。出于好奇,他走近去看当地有什么鱼,好家伙,他看到的是满满一桶鱼。

那只桶是一位老头儿的,他面无表情地从水中拉起线,摘下鱼,丢到桶里,又把钩抛回水里。他的动作更像一个工厂里的工人,而不像是一个垂钓者在揣摩钓钩周围是否有鱼。无疑他知道鱼会来的。

罗杰发现,不远的地方还有7个人在钓鱼,每当老头儿从水中钓上一条鱼,他们就大声抱怨一阵,抱怨自己仍然举着一根空竿。

这样持续了半小时。老头儿猛地拉线、收线,7个人嘟嘟囔囔地看他摘鱼,又把钩抛回去。这段时间其他人没有一个钓上过鱼,尽管他们就在距老头儿十几米远的地方。真是太有意思了!

这是怎么回事儿?罗杰走近一步想看个究竟。原来那些人都在甩锚钩儿(甩锚钩儿是指人们用一套带坠儿的钩儿沉到水里猛地拉起,希望凑巧挂住一群游过来的小鱼当中的某一条)。这7个人都拼命地在栈桥下面挥舞着胳臂,试图钓起一群群游过的小鱼中的某条鱼。而那位老头儿只是把钩沉下去,等一会儿,感到线往下一拖,然后猛拉线,当然,他能钓上鱼来。老头儿收获了鱼,而他百发百中的秘密在于:只在钩子上方用一点诱饵而已!他一把钩放下去,鱼就开始咬饵食,他感觉线在动,就把鱼钩从水中一拉,便钓上来一条鱼!

真正使罗杰吃惊的不是那位老头儿简单的智慧,而是这样的事实:那一群嘟嘟囔囔的人很清楚地看到老头在干什么,他是怎样使用最简单的方法获得超级效果的,但他们却不愿学习,因此,他们没有收获。

人生妙谛
Ren sheng miao di

> 每个人都可以奉献出爱心去帮助那些需要帮助的人，只要我们每个人都有奉献精神，我们的生活便多了一些美好，只要我们心中有爱，都可以成为带给别人快乐的圣诞老人。

圣诞老人的助手

● 杨洋

我还记得和祖母度过的第一个圣诞节。那时我还是个孩子，骑着自行车穿过城镇去找我的祖母。因为我的姐姐对我说："根本就没有圣诞老人。"这句话对我而言无异于晴天霹雳。

祖母在家，我把事情一五一十地告诉她。

"没有圣诞老人?！"她嗤之以鼻，"胡说八道！别相信那个。这谣言已经流传好多年了。现在穿上你的大衣，我们走。"

"走？去哪儿，奶奶？"我问。

"那儿。"原来是克比百货店。祖母递给我 10 美元。"拿着这钱，给需要的人买点东西，我在汽车里等你。"说完她转身走出了商店。

这是 8 岁的我第一次自己做主买东西。好一会儿，我只是呆呆地站在那儿，手里拿着 10 美元，绞尽脑汁地想买什么东西，给谁买。我把我认识的人一一想了个遍：我的家人、朋友、学校里的伙伴，还有一起去教堂的人。当我突然想到波比的时候，我有了主意，波比没有大衣，他从不在冬天课间出外运动。他母亲总是带口信给老师说他感冒了。但所有的孩子都知道他没有感冒，他只是没有大衣。我手里捏着 10 美元，渐渐地激动起来。我选中了一件红色灯芯绒带风帽的大衣。它看起来够暖和，波比会喜欢的。

那天晚上，祖母帮我把大衣用玻璃纸和彩带包好，然后在上面写上"给波比。圣诞老人。"祖母说圣诞老人总是要保密的，然后她开车带我去波比家，她解释说这样做以后我就成为圣诞老人的正式助手了。

祖母把车停在波比家旁的街上，她和我悄无声息地潜行到波比家旁的灌木丛中藏好。祖母推了我一把，"好了，圣诞老人，"她低声说，"去吧。"

我深吸了一口气，冲到波比家的前门，把礼物放在台阶上，按响了门铃，然后飞快地跑回灌木丛，和祖母待在一起。我们在黑暗中屏息等待着，门打开了，波比站在那儿。

时光已经过去40年了，但我和祖母一起守在波比家门前灌木丛中的激动和兴奋丝毫没有退色。那天晚上我认识到，那些关于没有圣诞老人的可恶谣言就像祖母说的是"胡说八道"。圣诞老人不仅活着，而且活得很好。我们都是他的助手。

> 人首先要先自尊、自重,才会得到别人的尊重;懂得爱惜自己,才会得到别人的关注,用实际行动成为他人的榜样。

R 人生妙谛
Ren sheng miao di

人是因被爱而有价值

● 李阳波

有一位新老师被安排在贫民区一所偏僻的小学教书。第一天上课,她发现班上有个女孩长得相当清秀,但是身上脏兮兮的,而且有酸馊的味道。

她每天耐心地为这小女孩洗脸,发现脸洗干净后,小女孩显得精神多了。她猜想家长一定是为养家糊口而奔波劳碌,无暇照顾孩子的生活起居,她很想帮这个孩子和她的父母,而又不会伤害他们的自尊心。

有一天,她买了一条蓝色的裙子送给小女孩,小女孩开心地带着新裙子回家了。她的爸爸看到女儿脏兮兮的,穿上那么干净漂亮的裙子,显得极不协调,就让妻子将女儿彻底地清洗了一番,再穿上蓝裙子后,他突然发现,原来自己的女儿长得真可爱。

这位爸爸环顾四周,发现这个脏乱的家实在配不上清秀可人的小佳人,就花了几天时间,将家里打扫得干干净净,标致的女儿在窗明几净的家中,果真顺眼多了。但是,他一跨出家门,看到附近垃圾成山,藏污纳垢,又觉得不顺眼了。于是,他发动全家人,开始打扫家附近的环境,他发现干干净净的居住环境住起来还是蛮有尊严的。左邻右舍看到他这么勤劳,又看到打扫的成果,也纷纷打扫自己的家。就这样,几周之内,原来龌龊的贫民区变成了模范社区。

当一个人觉得自己一无是处时,很容易就自暴自弃,索性坏到底,就像待在一个脏乱的大环境里,再脏一点也无所谓。但是当有人付出爱,付出行动,让被爱的对象开始看到自己的美,或许他就能从那一点看到改变的曙光,甚至因这人的改变,让别人看到希望,从而走出生活的黑暗。

我相信,人不是因有价值而被爱,而是因被爱而有价值。任何人,如果感受到自己的存在是尊贵的,自然会用好的表现来衬托内在的优点。多么希望每个人都能发现自己的智慧,能够自尊并得到别人的尊重。

> 潭里的小鱼就像是温室中的花朵,经不起风雨的吹打,而大风大浪中的鱼儿就如同傲雪的梅花,在经历了苦难的磨砺后散发出沁人的花香。苦难的境地并不是让人颓废的地狱,而是磨炼人们意志的天堂。

渔夫的经验

● 姜子渔

一群年轻人常常结伴在一泓深潭边钓鱼,令他们奇怪的是,有一个渔夫总是在深潭上边不远的河段里捕鱼,那是一片水流湍急的河段,雪白的浪花哗哗地翻卷着。

这群年轻人都觉得这个渔夫很可笑,在浪大且水流湍急的河段里,怎么会捕到鱼呢?有一天,有个好事的年轻人终于忍不住了,他放下钓竿走到渔夫面前,只见渔夫提起他的鱼篓往岸边一倒,顿时倒出一团银光。那一尾尾鱼不仅肥,而且大,一条条在地上翻跳着。年轻人一看就傻了眼,这么肥这么大的鱼是他们在深潭里从来没有钓到过的。他们在潭里钓上的,多是些小鱼,而渔夫竟在河水这么湍急的地方捕到这么大的鱼。这是为什么呢?

渔夫笑笑说:"潭里风平浪静,所以那些经不起大风大浪的小鱼就自由自在地游荡在潭里,潭水里那些微薄的氧气就足够它们呼吸了。而这些大鱼就不行了,它们需要水里有更多的氧气,没办法,它们只有拼命游到有浪花的地方。浪越大,水里的氧气就越多,大鱼也越多。"渔夫又得意地说,"许多人都以为风大浪大的地方是不适合鱼生存的,所以他们捕鱼就选择风平浪静的深潭,但他们恰恰想错了,一条没风没浪的小河里是不会有大鱼的,而大风大浪恰恰是鱼长大长肥的条件。大风大浪看似是鱼儿们的苦难,但这些苦难却是鱼儿们的天然给氧器啊!"

大风大浪这些"苦难"是鱼的"给氧器",而那些人生坎坷和困苦是不是我们人生的"给氧器"呢?我们总是在为自己寻觅人生的风平浪静,我们总是在为自己追寻生活里的和风细雨,我们是不是也如静潭里的那一尾尾小鱼呢?

水流湍急浪花飞溅之处出大鱼,那么,命运沉浮遭遇坎坷将砥砺出巨人。

谁说"大风大浪"一定是灾难呢?鱼儿就是在大风大浪中才能长大。

教授所讲的"离开"和"靠近",实际上指的是我们对人生中一些事物的取舍态度。当你认为做一件事是正确的时候,就要努力争取;当面对一些不可能和不值得的事时,便要学会放弃。

离开还是靠近

● 李阳波

在一场讲授如何做好人生规划的专业课中,老师问学生:"假设你一个人外出旅游,来到了一个峡谷,发现几米深的地方有一个手提包,而且手提包是打开的,里面明显装着一沓钞票。同时,你还发现,在悬崖边有一些看起来不是很牢固的树根,这些树根可以帮助你到达手提包的位置,得到这笔意外的财富,当然,你更有可能因此而摔断脖子。请问:你会选择离开还是靠近?"

一半以上的学生选择了离开,毕竟,再多的财富也比不上可贵的生命。

老师没有发表意见,继续问:"如果那个装钱的手提包换成一个失足落下的小男孩,他此时奄奄一息地发出求救的呼唤——你又会怎么选择呢?"

学生们考虑了几秒钟后,全部选择了靠近。

"面对相同的环境,相同的危机,相同的后果,你们却作出了不同的选择,这是为什么呢?"老师问。

"因为目标不同,一个目标是为了取得财富,一个目标却是为了营救生命,相比较当然生命要比财富重要。"一个学生说。

"只是因为个人所设定的目标不同,所以你们的价值观也就不同了。现在,我们换个内容。"老师接着说,"如果你有一个心仪的女朋友,你希望能和她厮守终身,但对方却不这样认为,也许她不是真的喜欢你。这时候,如果你一意孤行地付出自己的情感,那么结局会有两个:要么她被你感动,被动地和你在一起,但这段感情可能随时都会出现问题;要么她仍旧冷漠地离开了你,任你对她再好也没有用——这时,你是选择毅然离开,还是坚持靠近?"

学生陷入了两难的思考。毕竟,面对自己所爱(甚至可能是此生唯一的爱情),在尚未出现绝望的信号之前,怎能轻易放弃? 有些人甚至想,只要能够挽回恋人的心,自己牺牲一切也在所不惜。

"假若角色互换,"老师看到大家都不吭声,话题一转,"你是那个被人苦苦追求的女孩,在你根本没有打算接纳对方的前提下,你会选择离开,叫对方彻底死心,还是选择靠近,听任感情

自由发展？"

互换了角色之后，学生们变得不再迟疑，纷纷表示："既然不爱人家，就该及早离开，免得耽误了对方的青春和幸福！"

老师微笑着说："既然你们能够明白，在不喜欢一个人的时候，一定要给对方一个明确的答复，不要耽误、伤害别人，那么换位思考一下，当你是一个追求者时，又何必让自己深陷泥沼之中，糟蹋自己的青春与幸福呢？"

学生们噤声不答，过了几秒钟后，他们提出了这样的疑问："请问老师，我们今天讨论的课题与人生规划之间有什么直接的关系吗？"

老师平和而郑重地说："在人生的课题中，离开与靠近是一门学问。有很多人在面对问题的时候，本该离开却选择了靠近，本该靠近的却又选择了离开，所以他们在人生路途上走得跌跌撞撞，痛苦不堪。如果你们连分辨离开与靠近的智慧都没有，分不清什么是'势在必行'，什么又是'势所不行'，那么，所有的人生规划都将沦为空谈，再怎么学也是枉然啊！"

> 做人应该脚踏实地，只有给自己打好坚实的基础，才能学到真正的本领和技能，才能更稳定地向前发展，才能给自己建造一座坚实漂亮的房子。

R 人 生 妙 谛
en sheng miao di

建造自己的房子

● 鲁先圣

　　当我们在为一个企业、组织或者国家做事的时候，我们是否会像在为自己做事一样尽心尽力呢？

　　有一个有趣的故事是这样的：一个上了年纪的木匠准备退休了。雇主很感谢他为自己服务多年，问他能不能再建最后一栋房子。木匠答应了。可是，木匠的心思已经不在干活上了，他干活马马虎虎，偷工减料，用劣质的材料随随便便地把房子盖好了。完工以后，雇主拍拍木匠的肩膀，诚恳地说："房子归你了，这是我送给你的礼物。"

　　木匠惊呆了。如果他知道他是在为自己建房子，他一定会用最优质的建材、最高明的技术，然而现在呢，房子却建成了"豆腐渣工程"！可是一切都已经来不及了。

　　我们每个人都可能是这个木匠。每天，我们砌一块砖，钉一块木板，垒一面墙，最后我们发现，我们居然不得不居住在自己建成的房子里。可是，到那时，一切都已经注定，已经无法回头了。这就是人生，充满了遗憾和嘲弄。

　　再也没有比"我只是为别人在工作"这种观念更伤害我们自己的了。人生中最重要的事，就是及早认识到，我们是自己命运的播种者。我们今天所做的一切，都会在将来深深地影响到自己的命运。种瓜得瓜，种豆得豆，几分耕耘，就有几分收获。

　　认识到我们是在为自己工作，就意味着自我负责和自我激励。一个人只有自己对自己负责，自己激励自己进步，才能掌握自己的命运。这是最根本的问题。如果我们甚至不愿意对自己负责任，不愿意自己督促自己进步，那将不会再有力量使我们在这个社会上站稳脚跟了。有些人得过且过，做一天和尚撞一天钟，整天混日子；他们的心思没有放在工作上，只有在老板面前才会装装样子；有些人看上去忙忙碌碌，可是并不是真正的用心，只是用这种忙碌的假相欺骗自己；有些人见了责任就躲，不肯多做一点事；有些人无法面对挑战，自己给自己设限，认为自己这也做不了，那也做不了，稍微有些难度的工作自己就先打退堂鼓了。

　　没有付出，当然不会有回报，即使你的环境、你的工作、你的老板、你的同事有再多不令人满意的地方，你也应该知道，你的所作所为，是为了你自己，而不是为了他们。这是我们自己的工作，我们自己的人生，一切的恶习，最后受伤害的人只能是我们自己。你能伤害到别人吗？不能！你不努力，你的老板可能受损失，但是你失去的更多！你失去了一个充实美好的人生。

不论我们处于何种境地，事实上我们都是在为自己工作，我们时刻都在建造自己的房子。如果明白了这一点，命运也就掌握在了自己手中。

生活如风云般变幻莫测,而这也正是生活的精彩之处。不要随意去立下不现实的誓言,那样会让你身心疲惫,更会让你的眼睛里只有誓言而看不到其他美好的东西。

渔夫的誓言

● 吴学安

有这么一个故事。

古时有个渔夫,是出海打鱼的好手。可他却有一个不好的习惯,就是爱立誓言,即使誓言不符合实际,8头牛也拉不回来,将错就错。

这年春天,听说市面上墨鱼的价格最高,于是便立下誓言:这次出海只捕捞墨鱼。但这一次鱼汛所遇到的全是螃蟹,他只能空手而归。回到岸上后,他才得知现在市面上螃蟹的价格最高。渔夫后悔不已,发誓下一次出海一定要只打螃蟹。

第二次出海,他把注意力全放到螃蟹上,可这一次遇到的却全是墨鱼。不用说,他又只能空手而归了。晚上,渔夫饥饿难忍地躺在床上十分懊悔。于是,他又发誓,下次出海,无论是遇到螃蟹,还是遇到墨鱼,他都要去捕捞。

第三次出海后,渔夫严格按照自己的誓言去捕捞,可这一次墨鱼和螃蟹他都没见到,见到的只是一些马鲛鱼。于是,渔夫再一次空手而归……

渔夫没赶得上第四次出海,他在自己的誓言中饥寒交迫地死去。

这当然只是一个故事而已。

世上没有如此愚蠢的渔夫,但是却有这样愚蠢至极的誓言。

有个孩子挺聪明,平时成绩也不错,他父母就一厢情愿地发誓,孩子将来一定要考上一流大学,非清华、北大不读。结果,孩子压力越来越大,临近高考,引发严重的神经衰弱症,连续几个月,每天睡不到四个小时。成绩如何,可想而知。

许多时候,目标与现实之间,往往有一定的距离,我们必须学会随时去调整。无论如何,人不应该为不切实际的誓言和愿望而活着。

每一个音符都有自己独特的声音,每一颗星星都在闪耀着自己的光芒。人也如此,无论别人怎样,自己的能量和价值都是独一无二的,选择适合自己的位置,你永远都是自己世界中的主人。

Ren sheng miao di
人 生 妙 谛

了解自己,确定目标

● 柯 钧

有一个 25 岁的小伙子,因为对自己的工作不满意,就跑来向柯维咨询。他给自己定的生活目标是:找一个称心如意的工作,改善自己的生活处境。他生活的动机似乎不全是出自私心而且是完全有价值的。

"那么,你到底想做点什么呢?"柯维问。

"我也说不太清楚,"年轻人犹豫不决地说,"我还从没有考虑过这个问题。我只知道我的目标不是现在这个样子。"

"那么你的爱好和特长是什么呢?"柯维接着问,"对于你来说,最重要的是什么?"

"我也不知道,"年轻人回答说,"这一点我也从没有仔细考虑过。"

"如果让你选择,你想做什么呢?你真正想做的是什么?"柯维对这个话题穷追不舍。

"我真的说不准。"年轻人困惑地说,"我真的不知道我究竟喜欢什么,我从没有仔细考虑这个问题,我想我确实应该好好考虑考虑了。"

"那么,你看看这里吧,"柯维说,"你想离开你现在所在的位置,到其他地方去。但是,你不知道你想去哪里,你不知道你喜欢做什么,也不知道你到底能做什么。如果你真的想做点什么的话,那么,现在你必须拿定主意。"

柯维和年轻人一起进行了彻底的分析。柯维对这个年轻人的能力进行了测试,他发现这个年轻人对自己所具备的才能并不了解。柯维知道,对每一个人来说,前进的动力是不可缺少的,因此,他教给年轻人培养信心的技巧。现在,这位年轻人已经满怀信心踏上了成功的征途。

现在,他已经知道他到底想干什么,知道他应该怎么做。他懂得怎样才能事半功倍,他期待着收获,他也一定能获得成功——因为没有什么困难能挡住他前进的脚步。

人生妙谛
Ren sheng miao di

冒牌的管家

● 怀 沙

一天中午，埃德蒙先生刚到客厅门口，就听见楼上的卧室有轻微的响声，那种响声对于他来说太熟悉了，是阿马提小提琴的声音。

"有小偷！"埃德蒙先生急忙冲上楼，果然，一个大约十三岁的陌生少年正在那里摆弄小提琴。他头发蓬乱，脸庞瘦削，不合身的外套里面好像塞了某些东西，毫无疑问，他是一个小偷。埃德蒙先生用结实的身躯挡在了门口。

这时，埃德蒙先生看见少年的眼里充满了惶恐、胆怯和绝望。那是一种非常熟悉的眼神。刹那间，让埃德蒙先生想起了往事……愤怒的表情顿时被微笑所代替，他问道："你是丹尼尔先生的外甥琼吗？我是他的管家。前两天，丹尼尔先生说你要来，没想到来得这么快！"

那个少年先是一愣，但很快就回应说："我舅舅出门了吗？我想先出去转转，待会儿再回来。"埃德蒙先生点点头，然后问那位正准备将小提琴放下的少年："你也喜欢拉小提琴吗？"

"是的，但拉得不好。"少年回答。

"那为什么不拿着琴去练习一下，我想丹尼尔先生听到你的琴声一定很高兴。"他语气平缓地说。少年疑惑地望了他一眼，但还是拿起了小提琴。

临出客厅时，少年突然看见墙上挂着一张埃德蒙先生在歌德大剧院演出的巨幅彩照，他的身体猛然抖了一下，然后头也不回地跑远了。

埃德蒙先生确信那位少年已经明白是怎么回事，因为没有哪一位主人会用管家的照片来装饰客厅。

那天黄昏，回到家的埃德蒙太太察觉到异常，忍不住问道："亲爱的，你心爱的小提琴坏了吗？"

"哦，没有，我把它送人了。"埃德蒙先生缓缓地说道。

"送人？怎么可能！你把它当成了你生命中不可缺少的一部分。"埃德蒙太太有些不相信。

"亲爱的，你说的没错。但如果它能够拯救一个迷途的灵魂，我情愿这样做。"看见妻子并不明白他说的话，他就将经过告诉了她，然后问道："你觉得这么做有什么不对吗？""你是对的，希望你的行为真的能对这个孩子有所帮助。"妻子说。

三年后，在一次音乐大赛中，埃德蒙先生应邀担任决赛评委。最后，一位叫里特的小提琴选手凭借雄厚的实力夺得了第一名时，他一直觉得里特似曾相识，但又想不起在哪里见过。

颁奖大会结束后，里特拿着一只小提琴匣子跑到埃德蒙先生的面前，脸色绯红地问："埃德蒙先生，您还认识我吗？"埃德蒙先生摇摇头。"您曾经送过我一把小提琴，我一直珍藏着，直到有了今天！"里特热泪盈眶地说，"那时候，几乎每一个人都把我当成垃圾，我也以为自己彻底完了，但是您让我在贫穷和苦难中重新拾起了自尊，心中再次燃起了改变逆境的熊熊烈火！今天，我可以无愧地将这把小提琴还给您了……"

里特含泪打开琴匣，埃德蒙先生一眼瞥见自己的那把阿马提小提琴正静静地躺在里面。他走上前紧紧地搂住了里特，三年前的那一幕顿时重现在埃德蒙先生的眼前，原来他就是"丹尼尔先生的外甥琼"！埃德蒙先生眼睛湿润了，少年没有让他失望。

R 人生妙谛
en sheng miao di

小露丝的手指唤醒了一个沉睡的灵魂,德洛克在爱与肯定中踏上守护正义的征途。美丽的心灵能够攻破万难,高贵的品质可以柔纳万物。只有爱和帮助,才能获得真正的尊重。

比良知柔软,比金钱坚硬

● 包利民

　　德洛克是美国阿肯色州的一个黑人青年,和许许多多的黑人一样,他在歧视与暴力中长大。他长得颇为高大健壮,络腮胡,脸上还有一道斜斜的长疤,令人望而生畏。最可怕的是他那对拳头,极大极硬,也是布满了疤痕。

　　18岁之前,德洛克几乎都是在打架中度过的,他打所有他看着不顺眼或者是看他不顺眼的人,那样的时刻,他有一种说不出的快感。他甚至开始了抢劫,在漆黑的夜里,劫单身的行人或过往的车辆,也不为钱财,只是想打人,这一切直到他18岁生日的那一天。其实生日对于他来说也只是一个平常的日子,没有任何特殊意义。不过他却记住了自己的生日,因为父亲曾告诉过他,母亲就是在他出生那天死的。

　　就在那一天,已近黄昏,德洛克在街上闲逛,不远的草地上一个七、八岁的白人小女孩正在追赶着一只皮球。德洛克的心情有些无由的慵倦,便倚在墙上看着小女孩出神。这时,几个十六七岁的小青年互相追逐打闹着奔跑过来,他们呼啸而过,其中一个将小女孩撞倒,另一个一脚将皮球踢上高空,小女孩倒在地上大哭起来。德洛克大怒,他猛虎下山般冲了过去,一拳将一个人打得趴在地上,其余几人见状,全围了过来,可在德洛克的铁拳之下,他们很快被打得落荒而逃。德洛克犹豫了一下,伸手将小女孩抱起来,然后走过去把皮球拾起来递到她手上,小女孩破涕为笑,德洛克的心底蓦地涌起一阵温暖。

这时候，一个妇女急匆匆地从远处跑过来，一见德洛克抱着小女孩，立刻变了脸色。因为这附近没有人不认识德洛克，没有人不知道他的名声。这个妇女身子有些发抖，叫了一声："露丝，快跟妈妈回家吃饭吧！"小女孩对德洛克说："哥哥，妈妈叫我回去呢！"德洛克一愣，忙轻轻地把小女孩放在地上，小女孩伸出小手轻轻地抚摸了一下德洛克脸上的伤疤，转身向妈妈跑去。跑到妈妈身边，小露丝转过身说："哥哥，你的手好柔软啊！"德洛克两手摩搓着，忽然觉得心里有什么东西一下子破碎了。

那一夜，德洛克几乎彻夜未眠，他把两手交叉于胸前，脸上的伤疤仿佛还残留着小露丝的指痕。那是他有生以来想得最多的一个夜晚，18年积在心上的厚厚茧壳，在一个小女孩的轻触下布满裂痕。

当太阳升起的时候，德洛克仿佛脱胎换骨般，对着天地深吸了一口气，是的，这个生日让他获得了重生！有很长的一段日子，他挥舞着拳头去铲锄那些不平之事，也因此坐过几回短暂的牢狱。他逐渐地找回了良知，找回了正义的感觉。人们也开始重新去审视他，那个粗暴蛮横的德洛克不见了，一个勇于助人的德洛克出现了。当他搀扶起那些需要帮助的人，那些人感受到了他双手的温暖与柔软；当他痛击那些不良之徒，那些人体会到了他两拳的坚硬与无情。

德洛克的名声越来越响，一些有钱人见他身手如此了得，便纷纷找到他，想花重金雇他当保镖，或者让他去为他们打人。虽然德洛克一贫如洗，虽然他也知道金钱在美国社会的地位，可当他真的面对那么多的钱时，他都断然拒绝，甚至挥舞拳头告诉那些人不要用钱来收买他！因为他是有良知的，即使给他再多的钱，他也不会去干坏事。人们都说，德洛克的双手，比良知柔软，比金钱坚硬。

后来，德洛克在别人的指点和帮助下，成了当地唯一的一名黑人警察，他对好人温和有礼，对坏人铁面无私，成了人们心中最值得尊敬和信赖的保护神。在他40岁那年，为了围追一伙毒贩而在激斗中中弹身亡。出殡那天，小城中的人几乎都去为他送行。在他的基碑上，就刻着那句"比良知柔软，比金钱坚硬"，旁边是一双粗糙的大手。

其实，比良知柔软的，比金钱坚硬的，并不是德洛克的双手，而是他重新拾回的美丽心灵。能拥有这样的心灵，便可坚破千难、柔纳万物，如此，人生自可无愧，生命自可无悔。

人生妙谛
Ren sheng miao di

> 创新是人最优秀的品质。不再拘泥于条条框框,敢于打破常规、变换思维,你会发现,荒芜凄凉的沙漠中也有令人惊喜的绿洲。

让画满字的白纸开出花朵

● 郑 鑫

进美院的第一堂课让我受益终身。

上课铃声响过之后,我正襟危坐,充满敬仰,甚至有些诚惶诚恐地等待着老师。老师终于走了进来,他是一位头发发白、精神矍铄的老教授。教授登上讲台后,什么也没说,自顾自地将一张白纸贴到黑板上。然后,教授转身扫视了一下同学,进行自我介绍后,说道:"现在,轮到我来认识你们了,你们每个人上来,将自己的名字写在这张白纸上。我这里有一盒彩笔,有很多颜色,可以随意挑选……"

教授和蔼的声调让严肃的课堂活跃起来。同学们按次序一个接一个地走上讲台,写着自己的名字……很快,黑板上的那张白纸就斑斓起来,写到最后,已经没有空白了。所有同学写完自己的名字后,教授问道:"谁能够在这张纸上画一幅画啊?画什么都可以,一只小猫、一棵树或者一朵花……"

同学们都面面相觑,没有人站起来。教授开始逐一地问每个同学:"为什么不上来画呢?"得到的回答非常统一:"已经没有空间,画不了了。"教授没再说什么,只是取下了黑板上的纸,然后伏在讲台上挥毫作画。少顷,当他将纸重新粘贴到黑板上的时候,一朵娇艳的花已经开在上面。原来,教授把纸翻了过来,用纸的另一面作画。

"不要只看到纸的一面,只要用心,就可以发现机会。"教授的话一直回响到今天。翻过来是绝境逢生,翻过来是柳暗花明,翻过山坡,山坡的背面竟然鲜花灿烂……

命运不是上天赐给你的，而是自己打造的。它需要不断地在生命的烈火中煅烧，不断在理智中冷却，才能放射出璀璨的光芒。所以，不要迷信命运，不要放任自流，相信你的双手，它才能为你创造美好的明天。

Ren sheng miao di

人生妙谛

主宰自己的命运

● 公孙欠谀

家乡最常见的粮食就是土豆，最常见的菜也是土豆，家乡那些地里也就只能产土豆。

土豆是从小吃土豆长大的，所以他爹就给他取名叫土豆。土豆是村里唯一的高中生，毕业那年考上了大学，他家里没有钱，土豆就把录取通知书往怀里一揣，到广东打工去了。

他的工作是扛电线杆，在新开发的大街两旁，几个人一起把汽车运来的电线杆卸下，每隔20米放下一根，再由其他人来挖坑立起。干这份工作每天赚20块钱，管吃管住；住的虽然是工棚，但能遮风挡雨，总比露宿街头要好；吃的虽然差些，但管饱，最主要的是每顿都有他爱吃的土豆。

土豆的吃法很多，但工地上的人只会做一种，永远是"民工土豆"。所谓"民工土豆"，就是把土豆切成片，用油炒水焖，有时放点葱段，有时放点酸菜，有时放点青椒。因为这种做法只有工地的民工常吃，就有人给它取名叫"民工土豆"。虽然"民工土豆"也很好吃，但常吃也会让人反感。有一天吃饭时，土豆说："这'民工土豆'什么时候也该换换了，咱们也来吃点'贵族土豆'。"旁边的人都笑他说："能吃饱已经不错了，还想什么贵族！"土豆不服气地说："等我做给你们吃，同样的土豆，我做的就一定好吃！"

这话刚好被路过的工地老板听到了，他停下脚步看着土豆问："此话当真？"

"当真！"土豆回答。

老板说："好，今天你就去厨房，让大家吃你的'贵族土豆'。"民工们一阵哄笑，说吹牛的遇上了较真的了。

一言既出，驷马难追，土豆立即就去了厨房。下午，民工们就吃上了凉拌土豆丝和南瓜焖土豆，还有土豆泥汤。土豆也因此一直留在了厨房。

一天，老板把土豆叫去要给他加薪，土豆说："薪也不必加了，我已经存了几千块钱，准备回家参加今年的高考，我想上大学。今后的学费，可以靠勤工俭学来解决。"

老板说："我知道你的价值不只是当一个民工，也不只是在厨房做土豆。"

土豆说："一个土豆如果在街边烤着卖，最多能卖5毛钱；如果拿到肯德基、麦当劳炸成薯

条,最少要卖 10 块钱。如何体现不同的价值,不在土豆本身,而在挑选土豆的人。"老板听了眯着眼睛一笑,然后说:"你不是有张大学的录取通知书吗?拿出来我瞧瞧。"土豆从包里取出通知书递过去,老板看了看说:"好的,你今年就回去参加高考吧,要是考上了由公司供你读书,毕业后回公司工作,怎么样?我们可以签份协议。"

四年后,土豆大学毕业回来,担任了老板的助理。一天他对老板说:"我们家乡有很多土豆,公司可以去开发相应的食品加工,我已经做好了市场调查。"

"你想把肯德基、麦当劳弄到那里去做炸薯条吗?"老板问。

"不一定要炸薯条,但一个土豆一定要卖 10 块钱。"土豆坚定地说。

老板看着土豆,慢慢地说:"早在几年前,我就看出来了,你的'贵族土豆'永远是卖不完的,给我拿份书面的论证出来。"

"是!"土豆坚定地说。

人最大的敌人就是自己,自己将自己打败,自己为心里设置了多种障碍,这么做只会陷入更深的困境无法自拔。试着放松心态,内外皆柔,你会发现战胜自己,自然就战胜了困难。

R 人 生 妙 谛
en sheng miao di

内外皆柔软

● 林清玄

日本京都大仙寺的住持尾关宗园,是当代著名的禅师,也是有名的演说家。

由于对自己的经验极有信心,有一次他接受了一个中学的演讲邀约,并没有约定题目,他心想大概和平常一样,谈一些教化的演讲。

演讲当天,学校的老师开车来接他,他问学校的老师说:"请问今天演讲的题目是什么?"

老师说:"学校的毕业旅行准备参观大仙院和市内的主要寺院,所以想请你对学生谈谈京都的历史、古寺和名胜的由来。"

尾关宗园听了大吃一惊,非常紧张。

因为他对京都的历史、古寺、名胜的认识浅薄,实在没有内容可以告诉学生。

中学老师看他不知所措的样子,还笑着安慰他说:"你别想得太难,只要放轻松就可以了。"

尾关宗园内心直打寒战,眼前一片迷蒙,感觉到学校的路上时间好像一个世纪那么长,直到和学校校长、老师打招呼时,心里还在想:"我究竟该说些什么?"

他在毫无准备的情形下上台演讲,因为太紧张,上阶梯时,突然绊了一跤。

全场学生哄然大笑,这一笑,使他释然了,他心想:"再也不会有比跌跤更糟的事了。"

于是,他说:"说真的,临时要我介绍京都的历史、古寺、名胜的由来,真是太难了,所以,我在半途就好想逃回去。"

学生又是一阵笑声,这次不是轻视的笑了。

尾关禅师完全释然放松,做了一次成功的演讲。

在讲台绊倒的那一跤,使他恢复了平常心,从"非这么做不可"转换成"这样做也可以""那样做也可以",本来的恐惧也因为无心的跌跤而消失了。

这是尾关宗园在他的著作《大安心》中的一段回忆,他的结论是:"因为时钟的滴答声而睡不着,心里总是惦记着时钟的声音,这是一个缺乏安定感的自己。在不知不觉中睡着,而不在乎时钟的声音,就等于与它合而为一、变为一体了。"

平常心也是无心的妙用,心里想着"要睡一个好觉"的人,往往容易失眠。心里计划着"要有一个美好人生"的人,总是饱受折磨。

"外刚内柔"的人,一旦受到挫折,就容易走极端。

"外柔内刚"的人,则会自我挣扎,难以放松。

唯有内外都柔软,没有预设立场的人,才能一心一境,情景交融,达到心境一体的境界。

我和尾关禅师一样,也常常去参加不知题目的演讲,也有惶恐、紧张的时候,我总是想到这句话就释怀了:"再也不会有比跌跤更糟的事了。"

爱心可以创造奇迹。两条金鱼喻示着生命的活力、生活的希望。生命中,有时一个善举就能给绝望中的人们带来无限的希望,这就是善良的力量。

Ren sheng miao di
人 生 妙 谛

爱心不是偶然的

● 李 化

在波斯尼亚的一个小村庄里,住着一个名叫弗西姆的妇人,她有两个可爱的儿子和一个善良的丈夫。她的丈夫在奥地利工作,有一天,丈夫从奥地利带回两条金鱼并把它们养在鱼缸里。

不久,波斯尼亚战争爆发了,弗西姆的丈夫为国家献出了生命,而战火也毁灭了他们的家园,弗西姆只好带着孩子到他乡逃难。临行前,弗西姆并没有忘记那两条金鱼,因为那也是两条生命啊,而且还是丈夫给自己和孩子的礼物。她把金鱼轻轻地放入一个小水坑里,然后出发了。

几年以后,战争结束了,弗西姆和孩子们重返家园,而家乡却是一片废墟。弗西姆不知道怎么才能使自己的家重现生机。

忽然,她发现在她曾放入金鱼的小水坑里,浮动着点点金光,原来是一群可爱的小金鱼。它们一定是那两条金鱼的后代。弗西姆突然间看到了希望,她像看到了丈夫的鼓励。她和孩子们精心饲养起那些金鱼来。她相信,生活会像金鱼一样,越来越多,越来越好。

弗西姆和她的金鱼故事逐渐传开来。人们从各地赶来观赏这些金鱼,当然,走的时候也不会忘记买上两条带回家。也许,那金鱼象征着希望。没用多长时间,弗西姆和孩子们凭着卖金鱼的收入,过上了幸福的生活。

Ren sheng miao di
人生妙谛

> 一根草编的簪子,一段散步的时光,看似平常,而其中蕴藏的深情厚意又怎能用金钱来衡量呢?对于我们来说,真挚的感情才是无价之宝,因为它能长久地留存在我们内心的深处。

真心无价

● 朵 拉

孔子有一天来到郊外,看见有个妇人在伤心地哭泣,就叫弟子去询问原因。

弟子来到妇人面前,问道:"我的老师孔夫子问你为什么哭得如此悲痛呢?"

妇人回答:"我刚刚割草的时候,把丈夫送给我的那支用薯草编的簪子弄丢了,怎么找都找不到,所以很难过。"

弟子不明白:"不过是一根薯草编的簪子,太普通了,也不值钱,你用得着那么悲伤吗?"妇人说:"那是亡夫送给我的定情之物,不是普通的簪子呀,所以我才会那样悲痛。"

孔子听过以后,对弟子们说:"真心真情,哪怕是一根草做的簪子,也比金和玉的簪子更有价值。"

礼物的价值不在于金钱的多寡,让人感动的是送礼人的真心情意。

曾经有个朋友收到过很贵重的生日礼物——一间双层独立式洋楼。许多认识的朋友听说了都羡慕她。可惜送她礼物的人仅过两年就不在她身边了,对他眷恋不舍的她黯然流泪问:"是不是可以用这间房子交换他的心?"

人心的价值又是多少呢?如果他的心是可以用物质来交换的,她还想要拥有吗?

在一个黄昏,几个朋友在喝茶,M突然站起来,说是要赶着回去,大家纷纷开口挽留他:"再坐一会儿嘛。""那么久才见一次,这样紧张要回去干吗?""好不容易老同学都有时间,你别急着走。"

"不行。"M摇头,"我答应太太每天黄昏陪她散步。"

"一天不散步也没关系呀!"

"是嘛,散步有那样重要吗?"

M 笑笑,坚决地说:"不可以,早就说好了,这是我今年送给她的生日礼物。"

真没想到"每天一同去散步"也可以成为一份礼物。时常为生意而忙碌不堪的 M,能够坚持天天挤出一段时间来陪太太散步,对他太太来说,这真是一份温馨可贵、意义深重的礼物。

年轻时候比较浅薄,认定凡是节日,非要送礼。在岁月的长河中不断淘洗后,终于明白真正有情,在乎一心。丰沛深长的情意,是任何礼物都不能替代的。

R 人 生 妙 谛
en sheng miao di

> 懂得迂回,懂得循序渐进,这其中蕴涵着人生的智慧。生命的进程如河水奔流,澎湃汹涌是不可或缺的过程,但是遇到暗礁,也要学会徐徐地蜿蜒而行,这样才能到达自己的目的地。

循序渐进的生命

● 马鑫良

　　在印度洋海岛上,有一种红嘴的鸟,它的颜色深浅决定了在异性眼里受欢迎的程度。那些一心想让自己变得更受异性欢迎的鸟,必须调整体内的胡萝卜素。研究表明,胡萝卜素是促使颜色变红的主要原因,但同时也是鸟体内免疫能力不可或缺的重要元素。在异性鸟眼里,深度红嘴的鸟是鸟中精英,因为它有足够的胡萝卜素。尽管生物学家证明有很大一部分鸟是打肿脸充胖子,事实上把太多的胡萝卜素集中到嘴角的颜色装饰上会削弱体内正常的免疫能力,但为了异于同类,在竞争中取胜,以至于鸟红"嘴"薄命。

　　关于鸟的故事让人往往想到人的生命。我们是不是会比这只鸟更聪明呢? 很多时候我们忽视了生命的能量正被我们的无知和幼稚一点点地消耗,在没有能力储蓄时却过早地耗费了生命的资源,缩短了生命。

　　我的一个朋友在考研的路上过多地透支了生命,尽管学有所成,但健康却成了问题。他感慨道:"其实我们的生命很长,没有必要一下子把生命的能量全部释放出来,循序渐进的生命对一般人来说是更重要的。"

　　我们的生命如同一张储存货币的卡一样,只有我们不断地往里面存,适当地往外取,才能保证这张卡的价值。当我们无限制地透支时,这张卡不但没有了价值,反而成了负担和累赘。

　　一位作家曾经讲述过一个故事:一位计算机博士在美国找工作,他奔波多日却一无所获。万般无奈,他来到一家职业介绍所,没出示任何学位证件,以最低的身份作了登记。很快他被一家公司录用了,职位是程序输入员。不久,老板发现这个小伙子的能力非一般程序输入员可比。此时,他亮出了学士证书,老板给他换了相应的职位。又过了一段时间,老板发觉这位小伙子能提出许多有独特见解的建议,其本领远比一般大学生高明。此时,他亮出了硕士证书,老板立刻提拔了他。又过去了半年,老板发觉他能解决实际工作中遇到的所有技术难题,在老板再三盘问下,他才承认自己是计算机博士,因为工作难找,就把博士学位瞒了下来。第二天一上班,他还没来得及出示博士证书,老板已宣布他就任公司副总裁。

　　这个作家的意思是一个人要懂得生命的迂回,在没有机遇时要善于储蓄智慧,而不可把自己看得过重。其实，这位博士遵循了循序渐进的人生哲学，适当地保存生命价值是非常重要的。而那红嘴鸟，只凭一时的勇气来展示自己，一不小心就会透支了生命，把整个生命都输进去了。

什么样的人生才具有生命力？像一条河流一样，它在行进过程中遇到山石或者草丛的阻挡时，懂得迂回而过，从而锻炼了生命。我们甚至可以认为，河水的流动是循序渐进的，如同我们的生命，总是能听到欢快的人生之曲。

> 思维定式仿佛一条可恶的绳索，缠住了我们前进的脚步，束缚了我们智慧的心灵。斩断这条绳索，你会发现，机遇大门已经向你打开，人生处处是美景！

R人生妙谛
en sheng miao di

什么堵住了机遇之门

● 刘萍

现在电脑与我们的生活息息相关，但今天使用的键盘上，字母排列的方式并不是很科学，为什么那些新推出的键盘排列样式却得不到推广呢？这恰恰说明了习惯的力量有多么强大。

在 19 世纪 70 年代，肖尔斯公司是当时最大的专门生产打字机的厂家。由于当时机械工艺不够完善，使得字键在击打之后的弹回速度较慢，一旦打字员击键速度太快，就容易发生两个字键绞在一起的现象，必须用手很小心地将它们分开，从而严重影响了打字的速度。为此，公司常常会收到客户对于这一问题的投诉。

后来，有一位聪明的工程师提议：打字机绞键的原因，一方面与字键的弹回速度有关，另一方面呢，也跟打字员的击键速度太快有关。既然我们无法提高字键的弹回速度，为什么不想法降低打字员的击键速度呢？

这个办法得到了大多数人的赞同，那么怎样降低打字员的击键速度呢？最简单的方法就是打乱 26 个字母的排列顺序，把比较常用的字母放在较为笨拙的手指下，而把那些不常用的字母放在比较灵敏的手指下面，比如字母 A 是使用频率比较高的字母，但却把它放在了左手的小指下面，同样的道理，V、R、U 等这些使用频率较低的字母却由最灵活的食指来操控。后来呢，由于材料工艺的发展，字键的弹回速度远远大于打字员的击键速度了，可是当时打字机的键盘字母排列顺序，直到今天还在被我们广泛使用着。

人一旦形成了思维定式，就会习惯地顺着思维的定式思考问题，不愿也不会转个方向，换个角度想问题，这是很多人的一种愚顽的"难治之症"。

比如说看魔术表演，不是魔术师有什么特别高明之处，而是我们大伙儿思维过于因袭习惯，想不开，想不通，所以上当了。比如人从扎紧的袋里奇迹般地出来了，我们总习惯于想他怎么能从布袋扎紧的上端出来，而不会去想想布袋下面可以做文章，下面可以装拉链。

在生活的旅途中，我们总是经年累月地按照一种既定的模式运行，从未尝试走别的路，这就容易衍生出消极厌世、疲沓乏味之感。换个位置，换个角度，换个思路，也许我们面前是一番新的天地，可以看到许多别样的人生风景，甚至可以创造新的奇迹。

没有人能告诉我们未来人生的道路究竟该怎么走，只有靠我们自己去摸索。我们应该每时每刻都对自己充满信心，决定了就坚定地走下去，脚踏实地地前行才能到达光辉的终点。

R人生妙谛
en sheng miao di

通往天堂的路

● 徐全庆

有一个年轻人想去天堂。去天堂必经一个路口，道路一分为二，一条往左，一条往右。路口有一个看路人。

年轻人停住了，他不知该走哪条路，于是就问看路人。看路人说："这两条路只有一条可以通往天堂，至于是哪一条，谁也不知道。但不论你要走哪一条路，一旦跨过路口，就永远不能回头。"

"那另一条路通往哪里？"年轻人问。

"不知道，也许是地狱，也许是……反正没有人能说得清。"看路人说。年轻人犹豫了，他在这条路口看看，又在那条路口瞧瞧，可是哪条路他都不敢跨过去。

不久，路口又来了一个人。那个人向看路人问了和年轻人一样的问题，当然也得到了和年轻人一样的回答。那个人想了想，便选了一条路往前走。就在他即将跨过路口的一刹那，年轻人喊住他问道："你怎么知道这条路通往天堂？"

"我不知道。"那个人说。

"不知道你怎么敢往前走？你难道不怕走入地狱？"年轻人奇怪地问。

"怕。"那个人说，"但我如果不往前走，就永远不可能到达天堂。"

"可是你可以和我一起等啊，也许我们将来能够知道哪一条路通往天堂。"年轻人说。

"可是如果我们永远也等不到那一天呢？"那人说着就头也不回地走下去了。年轻人摇了摇头，继续在路口徘徊。

以后，路口又来了很多人。他们有的问了一下路怎么走，就选一条路走下去了；有的甚至问都不问一声就走下去了。

对每一个经过路口的人，年轻人都会喊住他，问他是否能确定哪一条路通往天堂。但每一次他得到的都是否定的回答，所以年轻人就一直在路口徘徊。

年轻人不死心，他常常抱着一线希望去求那看路人："你一定知道哪一条路通往天堂，求你告诉我吧。"但每一次他得到的都是失望。他也常常向两个路口张望，希望有人能回过头来

说自己走错了,这样他就可以选另外一条路了。但他没有看到过一个人回头。

年轻人——我们姑且仍这样称呼他吧,因为他仍一直把自己当做年轻人——就这样在两条路口不停地徘徊。渐渐地,他发现自己的头发落了,胡子白了,背也驼了,他已经慢慢变得老弱不堪了。

他有些后悔,如果当初自己也像其他人一样,随便选一条路走下去,现在也许已经在天堂了,但现在……这样想时,他发现自己已经走不动了,他的一生就这样在犹豫徘徊中虚度掉了。

真诚的心像金子一般闪闪发光,不仅可贵,而且能感动别人,更能为自己带来快乐。一个拥有了诚信之心的人,就像生活在天堂一般,永远在天籁般的仙乐中轻盈地舞蹈……

R 人 生 妙 谛
en sheng miao di

一个贫穷的小提琴手

● 凡华

在繁华的纽约,曾经发生过这样一件震撼人心的事情。

星期五的傍晚,一个贫穷的年轻艺人仍然像往常一样站在地铁站的入口,专心致志地拉着他的小提琴。琴声优美动听,虽然人们都急急忙忙地赶着回家过周末,还是有很多人情不自禁地放慢了脚步,时不时会有一些人在年轻艺人面前的礼帽里放一些钱。

第二天黄昏,年轻的艺人又像往常一样准时来到地铁站入口,把他的礼帽摘下来很优雅地放在地上。和以往不同的是,他还从包里拿出一张大纸,然后很认真地铺在地上,四周还用自备的小石块压上。做完这一切以后,他调试好小提琴,又开始了演奏,声音似乎比以前更动听、更悠扬。

不久,年轻的小提琴手周围站满了人,人们都被铺在地上的那张大纸上的字吸引了,有的人还踮起脚尖看。上面写着:"昨天傍晚,有一位叫乔治·桑的先生错将一份很重要的东西放在了我的礼帽里,请您速来认领。"

人们看了之后议论纷纷,都想知道是一份什么样的东西,有的人甚至等在一边想看个究竟。过了半小时左右,一位中年男人急急忙忙跑过来,拨开人群冲到小提琴手面前,抓住他的肩膀语无伦次地说:"啊!是您呀,您真的来了,我就知道您是个诚实的人,您一定会回来的。"

年轻的小提琴手冷静地问:"您是乔治·桑先生吗?"

那人连忙点头。小提琴手又问:"您遗落了什么东西吗?"

那个先生说:"奖票,奖票。"

于是小提琴手从怀里掏出一张奖票,上面还醒目地写着乔治·桑,小提琴手举着彩票问:"是这个吗?"

乔治·桑迅速地点点头,抢过奖票吻了一下,然后又抱着小提琴手在地上疯狂地转了两圈。

原来事情是这样的:乔治·桑是一家公司的小职员,他前些日子买了一张一家银行发行的奖票,昨天上午开奖,他中了50万美元的奖金。昨天下午,他心情很好,觉得音乐也特别美妙,于是就从钱包里掏出50美元,放在了礼帽里,可是不小心把奖票也扔了进去。小提琴手是一名

艺术院校的学生，本来打算去维也纳进修，已经订好了机票，时间就在今天上午，可是他昨天整理东西时发现了这张价值50万美元的奖票，想到失主会来找，于是今天就退掉了机票，又准时来到了这里。

后来，有人问小提琴手："你当时那么需要一笔学费，为了赚够这笔学费，你不得不每天到地铁站拉小提琴，那你为什么不把那50万美元的奖票留下呢？"

小提琴手说："虽然我没钱，但我活得很快乐；假如我没了诚信，我一天也不会快乐。"

茉莉花,纯洁如玉、小巧芳香,仿佛是老人高尚的心灵。虽然贫穷,但他们的心灵之舟却不会因此沉没,因为,他们的心灵宽阔得容得下一片蔚蓝的海洋。

Ren sheng miao di
人 生 妙 谛

穷人的茉莉花

● 朱成玉

朋友去印度,回来后感触颇深,他给我讲了一个穷人的故事:

他刚到印度的时候,在孟买的大街上,看到一个上了年纪的老人在兜售一些不值钱的小玩意儿。那是孟买穷人中的一种,其实和乞丐没有什么区别。他们大多是一些孤寡老人,生活上没有任何依靠。

朋友是个心地善良的人,毫不犹豫地从兜里掏出零钱给他。老人便示意朋友在他的那些小玩意儿里随便选些东西。那些东西没有朋友瞧上眼的,所以他没有选就走了。可是没想到那个老人竟然收起那堆小玩意儿,紧紧地跟在他身后。

刚开始朋友没想那么多,只以为他收摊了要回家。可当他走出去很远,看到老人仍旧跟着他时,他便有些厌烦了,心想那老人一定是觉得他是个善心人,想从他那里再讨些钱吧。

朋友转过身对老人比划着,告诉他自己身上没多少钱,别再跟着了。可老人好像完全没有理解他的意思,嘴里嘟囔着什么,仍旧执拗地跟着他,背上那个偌大的包袱压得他汗流浃背。

朋友恰巧在街上遇见了印度的同事,听说了朋友的遭遇,他便转过身,问那个老人为什么跟着朋友。

老人气喘吁吁地说:"孩子,你给了我钱,却没有要我的东西,我总得给你点什么呀? 我看你是外国人,可能对我们这里不太熟悉,我只想跟着你,为你指指路,我能为你做的只有这些了……"

朋友的心灵受到了震动,他说不知为什么,那一刻他感觉那个老人很像自己的父亲,亲切而温暖。

朋友在印度待了将近半年，在这期间，他还经历了另外一些和穷人有关的事情。他说这些穷人都有一个共同点，那就是让人深深感受到他们的尊严。就连满街奔跑的小乞丐，都不会跪下来抱着你、纠缠你，或者说一些千篇一律的祝福的话，他们会拿着一束散发着清香的茉莉花来到你的面前——哦，那是泰戈尔曾经深情赞美过的茉莉花。他们的乞讨因这样的方式而让人心生感动。

印度还是一个正在发展中的贫穷的国度，这样一个贫穷国度的乞丐却仍坚守着他们的尊严。乞丐们不会因为你没有零钱给他而在心底咒骂你。他们从不抱怨上天给予他们的苦难，他们工作、学习，在闲暇时唱歌、喝酒，他们的心中，飘荡着茉莉花的清香。

印度人的生活，正如印度佛教复兴之父安贝卡所说："即使你穷得只剩一件衣服，你也应该把它洗得干干净净，让自己穿起来有一种尊严。"

一片叶子拥有树 <<

我们周围有很多看似平淡无奇的人，背后其实都有着一个个发人深省的故事……只要你放缓脚步，懂得在喧闹过后，于沉淀的平静中，换个角度看待周围的人和事，或许你就能从他人的生活经历中，咀嚼出生命的真味。

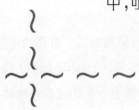

人生妙谛
Ren sheng miao di

> 一片叶子拥有树，一只小鸟拥有天空。在人生的险滩中，在生活的荆棘丛中，不要因为自己的渺小就放弃心中的愿望，要勇于开拓、积极进取，在生活中留下奋斗的痕迹，在生命中感悟无悔的青春。

一片叶子拥有树

● 邓康延

一片叶子在拥有一棵树之前，先拥有阳光和信心。

一位美国大学毕业生疾奔进加州报馆问经理："你们需要一个好编辑吗？""不需要。""记者呢？""也不。""那么排字工、校对员呢？""不，我们现在什么空缺也没有。""那么你们一定需要它了。"大学生从包里掏出一块精致的牌子，上面写着："额满暂不雇用"。

结果，这位年轻人被留下来负责该报馆的宣传工作。他从未怀疑他这片叶子最能使大树更风光。

在深圳人才市场门口，有一位来自江西的大学毕业生，长而蓬乱的头发透露出求职谋生的不顺。可他非常达观："来这儿的好多知识分子因为人才市场设在菜市场中而心理不平衡。为什么要那么看重形式呢？人才也是特殊商品，就得让买卖双方挑挑拣拣，让大家都有机会选择最佳契合。为了适合环境，我已调整了择业方向，今天也已经找到了一份工作，先干起来再说。"这位小伙子明白，要想绿满枝头，先要萌生枝头。在当今的深圳，有许多建基立业的青年，在初闯特区时，除了激情，曾是一文不名。

与西方青年相比，中国青年在求职、创业方面，似乎还缺少些自信与变通。可喜的是，飞速发展的商品经济社会正教会我们所缺少的东西。这一过程会充满痛苦，但也不乏幽默。我们何妨好运时揶揄自己一下，厄运时调侃自己一番，只是不要无为地静候下一个伤口。一片叶子只有一个季节，在这一个季节里，它完全可以是树的主人。所谓年轮便是由季节的叶子填写的。

"人生下来不是为了被打败的。"海明威隔着两万海里重洋说。"天生我材必有用。"李白隔着一千年的山丘说。

不只是一种精神状态，也是一种生存实践—— 一片叶子拥有树。

人生如戏,戏如人生。生活的道路蜿蜒曲折,岁月改变的可能不仅仅是你的境遇,还有你的心境。沉心静气,感受生活的美好,要知道,心灵宁静悠远,花香自然芬芳。

人生妙谛
Ren sheng miao di

性定菜根香

● 刘燕敏

他曾经是一位总统,如今住在寺庙的一间小禅堂里。没有重大问题等着决策,没有重要文件需要批阅,没有外国使节等着接待。他每天的工作只剩下两件事——拜佛和念经。

一天,寺庙的住持来探望他,他放下手中的经书,指着房前的一棵桂树,问:"师父,庙里的桂花为什么这样香?"

住持说:"哪儿的桂花不香呢?"他说:"总统府的桂花就没有香味!"

住持有些奇怪,说:"总统府的桂花全是从雪岳山移过去的,怎么能没有香味呢?"他说:"我在那儿十几年,总统办公室前面就有一棵桂花树,我从没有闻到过香味。"住持说:"据我所知,雪岳山的桂花有三种,没有一种是没有香味的。"言毕,唤一童子进来,说:"冬天快来了,送一盆夜来香,伴总统念佛。"

住持离去,一年后又来。总统指着小茶桌上的夜来香,说:"这盆夜来香一定是名品吧?"

住持不解其意,问:"何以见得?"总统说:"它不仅夜里香,白天也香!"住持说:"这是从房前随便挖来的一棵,它不是名品,是不能再普通的一种了。"总统说:"过去我家也有一盆夜来香,可是,白天从没有人闻到过香味。这盆不同。"

住持说:"过去一位禅师说过:'夜来香其实白天也很香,人们之所以闻不着,是因为白天心太躁了!'现在你能闻到香味,可能是心境不一样了。"

两年后,总统离开寺庙前往汉城,住持前来相送,说:"性定菜根香,心安茅屋稳。只要心安,东西南北都好。放心地走吧!"这位总统从1988年11月进来,到1990年12月离开,在这座名叫百潭寺的小庙里,共住了两年零一个月。出去后,被韩国大法院判处终身监禁。1997年

12月,又被新上任的金大钟总统赦免,重获自由。这个人的名字叫全斗焕,1980年~1988年任韩国总统。

现在他住在老家,过着平民的日子。

前不久,一位记者去采访他,谈起百潭寺的经历和如今的生活,他坦诚自然,心态平和。记者回去后,写了一篇题为《宁静安详,始知花香》的文章,最后有这么一段感慨:假如你现在感觉到吃什么都不香了,看美的景致都不激动了,住大房子,坐好车,都没有幸福感了。一定是你变了,变得离真实的生活愈来愈远了。

以君子之心度人，以宽容之心处世，以博爱之心奉献，你就能明白什么是真正的"慷慨之道"。所以，不要为今天的烦恼而放弃明天的美好。幸福虽然不一定总眷顾你，但帮助别人获得幸福不也令人愉悦吗？

人生妙谛
Ren sheng miao di

慷慨之道

● 顾克贤

冬日的黄昏，我和朋友围坐在熊熊的炉火边，气氛恬适，最宜促膝谈心。这位朋友平素沉默寡言，现在却娓娓讲述自己的心事。

"我常常感到痛苦，"她说，"我没有力量对别人慷慨一点。想要送人一点儿东西也办不到。"

我知道她的情形。她丈夫接连生了几场病，家里债台高筑，还有三个孩子在读书，所以她的手头非常拮据。可是她似乎并不知道，她自己实际上是小镇上最肯帮助别人的人。

"我觉得，你是最慷慨的人了，"我说，"让我把其中的道理说给你听。"

我们首先谈到钱，因为钱所代表的慷慨，是大家所最熟悉的。可是我认为，真正的慷慨是另外一种表现。

某年，纽约闹流行性感冒，病人使医生和护士应接不暇。纽约市某俱乐部的若干会员决定助一臂之力。他们都是上了年纪的富人，如果捐出一大笔钱来，实在易如反掌。但是他们没有那样做，却穿上白制服，为医院擦地，替病人洗澡，侍候病人，安慰垂死的病人和死者的家属。疲劳和传染都不能减少他们的热心。这才称得上真正的慷慨，因为他们不是出钱，而是献出自己。

一位朋友告诉过我，他的太太送他一株木兰作为生日礼物的故事。那一天，他回家比较早，看见邻家的孩子在他的前院挖坑，他觉得很奇怪。

"那孩子告诉我，他知道我的太太要送我一株木兰。他接着说：'我很穷，但我也想送你一件礼物。就是这个坑。'我心里感动极了！"

一方慷慨地给予，另一方应该欣然接受。受礼而不领情，反而伤感情。有一次，我在路上遇见一位朋友的丈夫，他提着一个漂亮盒子，满面春风地告诉我："我的太太一直想要一件皮大衣。这两年我省吃俭用，现在终于买来了——我要送给她，庆祝我们结婚十周年纪念日。来，你到我家来，看看她高兴的样子。"到家后，他的太太打开盒子一看，却说："哎，你怎么搞的？你晓得，我们现在多需要一块新地毯……"

我记得另外一种受礼的态度。一位有钱的太太，她想要的东西都有了。有一天，她无意中

谈到需要一样小东西,可是没有空上街。我觉得可以替她效劳。想不到她竟眼泪汪汪地说:"你真好,肯为我跑那么远的路!"我不过花点儿时间,她却那样感激涕零,使我觉得反倒欠了她的情似的。我发现,最好的礼物莫过于自己的时间。礼物没有送礼者自己的情分,便没有意义;任何礼物都不如时间所包含的自我情分多。可是许多人宁愿花钱,而吝啬时间。

许多做父母的,表面看起来非常慷慨,为孩子花许多钱,买这买那。有时自己省吃俭用,却往往宠坏了子女。明智的父母就知道,在子女身上花钱,不如花时间。

一位企业家问他的邻居:"你想不想知道,我送给儿子的圣诞礼物是什么?"

他的邻居以为一定是什么值钱的东西,事实却在他的意料之外,那礼物原来只是一张纸,上面写道:"儿子:我每天空一小时给你,星期天两小时,你高兴怎样我们就怎样。爸爸。"

送礼物不必花太多钱,送时间也不必太多。如果匀不出一个下午去探望朋友,可以打电话向他致意;如果写信太费事,可以寄一张明信片。

多数人都有慷慨之心,所幸表达慷慨的方式也很多。为别人的幸运和成功而庆幸,是一种慷慨;能从别人的观点看事物,容许别人有自己的意见和特色,也是一种慷慨。此外,圆通,避免鲁莽的言行;耐心,倾听别人的诉苦;同情,分担别人的悲痛,都是慷慨。

在一切慷慨行为中,最难能可贵的也许是以君子之心度人——不传播恶意的谣言;凡事往好处想,不往坏处想。不久前,这位和我围炉谈心的好友发现某人被造谣中伤,地方上的人都看不起他。她不辞辛劳,追究出谣言的来源,使造谣者不得不公开道歉。

"刚才我们所谈的这些慷慨,你都可以媲美,"我告诉她,"你为了别人,真是太慷慨了。"

炉火辉映下,我看见她面露笑容,虽然不能完全相信我的话,却也抑制不住喜悦,好像是得到了出乎意料的安慰。

"生如夏花之绚烂，死如秋叶之静美"，死生在所难免，生命不会因为你的留恋而永恒。所以，不要为生命的新陈代谢而困惑，把握今天，努力证明自己存在的价值，这样在生命的尽头，你才能安然快乐，无怨无悔。

Ren sheng miao di 人生妙谛

灯芯将残

● 刘洪顺

有一位医术高明的医师，不但热心救人，并且收费低廉，远近的居民都喜欢找他医病。

一天，来了一位半身不遂的白发老翁，坐在轮椅上，由儿子推着走。

"无论如何，拜托你救救我父亲……"四十多岁的大男人，哭得像婴儿一般，"看了好几位医师都没有起色，我只想让他多活几年。千万拜托，大夫。"

医师仔细量脉搏、血压，作了心肺检查后，开了一张药单，并特地叮咛："回家以前，不妨上三楼佛堂坐坐。"

男人听了一头雾水，只当医师是在安抚病患情绪，没放在心上。

匆匆地过了两个月，男人又推着老父来看诊。仔细检查、开药方后，医师再度嘱咐他陪父亲去三楼佛堂坐坐。

但男人依旧没在意，拿了药便推父亲走，心想这个医师还挺鸡婆的。

直到第三次看诊，开完药方后，医师拦住他，按下电梯一同前往三楼佛堂。

三人默默浏览素雅的茶几、盆栽和书架上的善书佛经。8坪大的空间里，除了清水和两碟笑香兰之外，橙黄的酥油在供桌上无烟焚烧，沉睡在火焰的梦里……

"我请你们上来坐的原因，是看看油灯里的灯芯……"医师指着前方说，"每一盏油灯都需要灯芯，有最好的油却没灯芯，还是无法燃烧。每当油快要烧光，灯芯剩下一小截时，我就会想：再添些油到容器里，应该可以延长灯芯的寿命吧，于是我真的这么做了，结果你们猜怎样？"

望着满脸疑惑的父子二人,他缓缓说道:"我总是贪心地倒进太多的油,结果不是火焰变得极微弱,就是灯芯根本烧不起来。试过好几次以后,我才明白:要让灯芯发出最自然的光芒,只有一个方法,就是在容器内注满油,让灯芯一路烧完,油尽灯枯,再重新添入新油、换上新灯芯,这才是点灯的正确方法。"

男人恍然大悟,默默点头,含泪推着轮椅上的老父离去。

容器是命运,油仿佛是我们身处的世界,而灯芯就像是肉体躯壳一样。

一个生命终止,另一个新生命诞生;有死才有生,生生不息。

油灯将残,就让它残吧,花之将萎,任它枯萎吧,残败枯萎只是一种游戏,灵魂却在不凋不残的大化时空里,穿梭旅行。

人非圣贤,每日都在尘世浮沉,在七情六欲中生活,因此难免经受烦恼的折磨,利欲的炽烤。这就需要我们保持乐观向上的心境,从容面对生活,敬畏生命,从而领悟人生的真谛。

人生妙谛
R en sheng miao di

不要预支明天的烦恼

● 慕 云

有个小和尚,每天早上负责清扫寺庙院子里的落叶。在冷飕飕的清晨起床扫落叶实在是一件苦差事,尤其在秋冬之际,每一次起风时,树叶便会随风飞舞落下。

每天早上都需要费许多时间才能清扫完树叶,这让小和尚头痛不已。他一直想找个好办法让自己轻松些。后来有个和尚跟他说:"你在明天扫地之前先用力摇树,把落叶统统摇下来,后天就可以不用辛苦扫落叶了。"

小和尚觉得这真是个好办法,于是隔天他起了个大早,使劲地摇树,这样他就可以把今天跟明天的落叶一次扫干净了。一整天小和尚都非常开心。

第二天,小和尚到院子一看,他不禁傻眼了。院子里如往日一样落叶满地。

老和尚走了过来,意味深长地对小和尚说:"傻孩子,无论你今天怎么用力,明天的落叶还是会飘下来啊!"

小和尚终于明白了,世上有很多事是无法提前完成的,唯有认真地活在现在,才是最真实的人生。

> 脚踏实地走好脚下的路,这才是正确的人生态度。一味地去捕捉明天的光彩,今天的你就始终待在黑影里。明天永远是虚幻的,就在今天此时,行动起来吧,朋友,不要再为明天徘徊。

人生妙谛
Ren sheng miao di

不要去看远处的东西

● 祝师基

英国有一位年轻的医科毕业生威廉·奥斯勒爵士,他的成绩并不差,但临毕业时却整天愁云满面。如何才能通过毕业考试,毕业后要到哪里去找工作,工作如果不称心怎么办,怎样才能维持生活……这些问题像蛛丝一样缠绕着他,使他充满了忧虑。

有一天,他在书上读到一句话:不要去看远处模糊的东西,而要动手做眼前清楚的事情。看到这句话后,他彻底改变了自己的人生态度,脱离了那种虚无缥缈的苦海,脚踏实地地开始了创业历程。最后,他成为英国著名的医学家,创建了举世闻名的约翰·霍普金斯医学院,还被牛津大学聘为客座教授。

威廉·奥斯勒爵士开始的那种心境也许我们大家都经历过。在生活中,我们常会不自觉地给自己戴上望远镜,盯着时隐时现的地方,制订长期发展的宏伟目标。我们常常看到很远的地方,却看不到眼前的景色;我们拼命地追赶,但在望远镜里看到的永远是下一个目标。我们感到沮丧,感到理想离自己越来越远,感叹人生非常艰难。当有一天有所感觉,摘下强加给自己的望远镜,才发现每一个被自己忽视过的地方都阳光明媚、鸟语花香。

有一个美国年轻人,小时候卖过报纸,做过杂货店伙计,还当过图书馆管理员,日子过得很窘迫。几年后,他下定决心,用50美元开创出一片基业来。一年后,他果真有了几万美元。但当他雄心勃勃准备大干一场时,存钱的那家银行破产倒闭,他也随之一贫如洗,还欠了2万美元的外债。万念俱灰的他,得了一种怪病,全身溃烂,医生说他只有5周的时间可以存活。绝望的他写了遗嘱,准备一死了之。

就在这时,他突然看到一句话,翻然醒悟。他抛开忧虑和恐惧,安心休养,身体慢慢得到了恢复。几年后,他成了一家大公司的董事长,开始雄霸纽约股票市场。他,就是大名鼎鼎的爱德华·伊文斯。他看到的那句话是:生命就在你的生活里,就在今天的每时每刻中。

其实,两个人看到的两句话,我们可以概括成一句:生命只在今天,不要为明天忧虑。最主要的是欣赏自己眼前的每一点进步,享受每一天的阳光。

每个人的心中都有忌讳,因此难以让人了解自己。但如果想赢得世人的信赖,就必须鼓起勇气,真诚地袒露自己的内心,要像露出沙瓤的西瓜那样:用切口证明自己。

R 人生妙谛
Ren sheng miao di

用切口证明自己

● 刘克升

小时候,住在乡下,和爷爷在院外空地种了一片西瓜。辛辛苦苦地浇水、施肥、除草、捉虫……到了盛夏,西瓜长得又大又圆。

瓜太多,一时半会儿吃不完,需要卖一部分出去。我和表哥推着一辆三轮车,到镇上去卖西瓜。虽说筐里的西瓜都是熟透的沙瓤瓜,可是到集市上人家都不相信。我切开了一个西瓜做样本,大家又说这是提前挑好的。

到了下午,我们只好推着三轮车,垂头丧气地回来。爷爷问:"你们为什么不再多切两个西瓜?"我们嗫嚅着说:"怕万一切出个不熟的西瓜来,连累了其他的西瓜,坏了所有的买卖。"

爷爷说:"明天我带你们一起去卖瓜吧。"

第二天一大早,我们推着昨天没有卖出去的西瓜,一起来到瓜市。瓜市里卖瓜的很多。爷爷转了一圈儿,便转身拐进了镇上的一家超市,出来时手里多了一卷保鲜袋,然后拿起西瓜刀,随机切开了七八个西瓜,无一不是熟透了的沙瓤瓜。我们把每瓣西瓜都用保鲜袋裹了起来,单独出售。每瓣西瓜的切口截面,透过保鲜袋,都呈现出了正宗的沙瓤质地,在明晃晃的阳光下,显得格外惹眼、诱人。

这些装在保鲜袋里的西瓜很受大家欢迎。我们高兴极了,操起西瓜刀准备再切几个。爷爷制止了:"不用了!大家已经开始认可我们的西瓜了!没有必要再把其余的西瓜都切开了……"

话音刚落,大家纷纷拥了过来,很快把那些尚未切开的西瓜抢购一空。

爷爷喜欢读书,悟禅。讲到处世,很多年后跟我重提卖西瓜的事说:"为人处世和卖西瓜的道理都是相通的!我们心中的忌讳太多,越是遮遮掩掩,越是难以让人认清我们真正的内心。当被世人怀疑,得不到认可的时候,不妨学学那天在镇上卖西瓜的方式,拿出袒露自己内心的勇气来,多给自己切两刀,学会用切口证明自己,从而赢得世人的信赖。"

很多人因为过多的顾忌,对外界时时刻刻充满了戒备,缩回了自己的真诚,把它隐藏在了内心。久而久之,形成了惰性,逐渐丧失了展露自己真诚的勇气。殊不知,人的真诚就像西瓜的沙瓤,如果不是恰到好处地切开几道切口示人,大家怎么会彻底地了解你、信任你呢?

> 很多时候，我们都盲目去追求一些虚无缥缈的东西，当我们无功而返时，才发现，其实最好的就在我们身边。用心去留意你身边拥有的东西，往往它们才是你一生的财富。

人生妙谛

钻石就在你身边

● 程 巍

在印度，流传着这样一个神秘而动人的故事。

有一天，一位老僧拜访生活殷实的农夫阿利·哈费特，并对他说道："倘若您能得到拇指大的钻石，就能买下附近全部的土地；倘若您能得到钻石矿，借富有的威力，甚至还能够让自己的儿子坐上王位。"

钻石的价值从此深深地印在了阿利·哈费特的心里。自此，他对什么都不感到满足了。

有一天晚上，他彻夜未眠。第二天一早，他便叫起那位僧侣，请他指教在哪里能够找到钻石。僧侣想打消他的念头，但无奈阿利·哈费特听不进去，仍执迷不悟，死皮赖脸地缠着他。最后，僧侣只好告诉他："你去很高很高的山里寻找含有白沙的河。倘若能够找到，那白沙里一定埋着钻石。"

于是，阿利·哈费特变卖了自己所有的财产，让家人寄居在街坊家里，最后，自己出门去寻找钻石。但他走啊走，始终没有找到要找的宝藏。最后，他终于绝望了，便在西班牙尽头的大海边投海自尽了。

可是，这故事并没有结束，可以说还只是刚刚开始。

有一天，买下阿利·哈费特的房子的人，把骆驼牵进后院，想让骆驼喝水。后院里有条小河，当骆驼把鼻子凑到河里时，他却发现河沙中有块发着奇光的东西，他立即挖出那块闪闪发光的石头，把那块奇怪的石头带回家，放在炉架上。

不久，那位老僧又来拜访这户人家。老僧走进门就发现炉架上那块闪着光的石头，不由奔跑上前。

"这是钻石！"他惊奇地嚷道，"阿利·哈费特回来了！"

"不！阿利·哈费特还没有回来，这块石头是在后面小河里发现的。"向阿利·哈费特买房的人这样答道。

"不！您在骗我！"老僧不相信，"我一走进这房间，就知道这是钻石啊。别看我有些絮絮叨叨，但我还是认出这是块真正的钻石！"

于是，两人跑出房间，到那条小河边挖掘起来。接着，便露出了比第一块更有光泽的石头，而且以后又从这块土地上挖掘出了许多钻石。据说，后来献给维多利亚女王的有名的钻石也是出自那里，净重达 100 克拉呢。

如果阿利·哈费特不离开家，挖掘自家的后院或麦田，这埋有钻石的土地自然就是他的了。

事实不正是如此吗？在生活中，我们常常会舍近求远，到别处去寻找自己身边本来就有的东西。

人生妙谛
Ren sheng miao di

成功之路注定不会是坦途。遇到高山时,不妨绕个弯前行;遇到河流时不妨待其冰冻三尺再过,只是不要无为地静止或后退。路是自己走出来的,选择决定成败,请慎重选择你迈出的每一步。

在绝处寻找生机

● 林慧慧

曾读过一则非常有意思的寓言:

话说两条欢天喜地的河从山上的源头出发,相约流向大海。它们各自分别经过了山林幽谷、翠绿草原,最后在隔着大海的一片荒漠前碰头,相对叹息。

若不顾一切往前奔流,它们必会被干涸的沙漠吸干,化为乌有;要是停滞不前,就永远也到达不了自由、无边无际的大海。云朵闻声而至,提出了一个拯救它们的办法。

一条河绝望地认为云朵的办法行不通,执意不就范;另一条河则不肯就此放弃投奔大海的梦想,毅然化成了蒸气,让云朵牵引着它飞越沙漠,终于随着暴雨落在地上,还原成河水流到大海。

不相信奇迹的那条河,宿命地流向前方,被无情的沙漠吞噬了。

在面对生活的困境时,我们都可以选择当第二条河,凭着自己坚定的信念和梦想,在绝处中寻找生机,而不是用死亡来拒绝面对难题。

访问过一名癌病患者,她透露自己当初在被推入手术室的那一刻,不断地和上帝"讨价还价",祈求上帝让她多活10年,待她那两个年幼的孩子年长一些,再来把她带走。

在那一刻,孩子成了她活着的最大的意义。为了孩子,她积极乐观地面对病魔,一路走来已有12年,而上帝也未向她"讨债"。她说,患病后认识的另一名女士就没这么幸运了：虽然病情相似，但她却因丈夫离开，生活失去了重心而自怜自艾，放弃与病魔搏斗。面对死神的挑战，患病不到五个月的她选择放弃，像极了在沙漠中被索汲水分至死的第一条河。

反观前者，从最初难以接受地不断质问："为什么是我？"到现阶段能自适豁达地面对自己的病情，她显然已越过生命中干旱的沙漠，尝到了生命泉源的甘甜。

是不是没尝过茶般的苦涩，就无法体会美酒的醉人？难道我们就非得经过挫折和生活的历练，才能真正领悟出活着的意义？

我们周围有很多看似平淡无奇的人，背后其实都有着一个个发人深省的故事，待我们去观察发掘，并引以为借鉴。只要你放缓脚步，懂得在喧闹过后，于沉淀的平静中，换个角度看待周围的人和事，或许你就能从他人的生活经历中，咀嚼出生命的真味。

> 生活中并不缺乏奇迹，可是很多人却没有机会遇见它，平庸与成功之间有时只差"再等一会儿"的执著。能力、信念再加一点坚持，梦想也许就是这么简单。

改变命运的那一会儿

● 崔修建

那个炎热的夏天，她和三个同学结伴来到繁华的大都市上海，希望找到一份工作。然而，在人才济济的竞争中，仅仅是普通中专毕业的她们，面对那众多的高学历应聘者，只能甘拜下风，加之她们还存着高不成、低不就的求职观念，其结果可想而知了。

一晃半个月过去了，在遭遇了一次次应聘失败的打击后，三个同伴动摇了，决定返回那个偏远的山区小镇。

可她心犹不甘地坚持要再等一等，但经过了又一番紧张的寻觅和焦急的等待之后，迎接四个人的仍是深深的失望。于是，三个同伴态度坚决地要返回。

拿到返程的车票，三个同伴一边收拾东西，一边抱怨自己命运不济，偌大的城市，竟然不能给她们一份说得过去的工作。

离开车还有两个小时，她不顾同伴的劝阻，非要出去再撞撞运气——看看能否在最后一刻抓住一线希望。

一个多小时过去了，她又碰了几个钉子。这时，同伴在传呼她该去车站了。她仍不死心地说："再等一等，再努力一次。"于是，她又急匆匆地按刚拿到的报纸上标明的地址，赶赴一个新的招聘地点。

当她气喘吁吁地走进那个招聘售楼小姐的办公室时，她的同伴正在候车大厅里等着她回去，因为再有 40 分钟就发车了。

眼看着开车的时间就要到了，她还没有回来。三位同伴着急地议论着，说她真是犯傻了，都出来二十多天了，也没找到合适的工作，最后这 10 分钟，也绝对不会有什么奇迹的。她们不相信命运会在这时突然向她们微笑，她们带着失落开始走向了检票口。

焦急等待招聘结果的她，手里的车票已经攥湿了，而考核还在不紧不慢地进行着。她暗暗地告诉自己："再等一会儿，再等一会儿。"还有 8 分钟，火车就将载着她的同伴离开上海，这时，她的命运发生了根本的转变——她被这家大公司录用了。

经过三年艰苦的打拼，她成了繁华的大都市里一名令人羡慕的白领丽人。而与她当初同来的三位同伴,如今仍在那个经济欠发达的小镇为保住一份谋生的工作而绞尽脑汁,她们很后悔那天没有听从她的劝告。如果那天她们再多等一会儿,相信她们的人生也会是另一种走向,因为她们的综合能力与她其实相差无几,在某些方面甚至比她还要优秀。

表面上看,她的成功源于她比同伴多等了一会儿。实际上,就在她那执著的"再等一会儿"中,已经透露出了她必然成功的秘密——生活中的很多奇迹,都诞生于那锲而不舍的坚持之后……

人生妙谛
Ren sheng miao di

是未来决定心态,还是心态决定未来,值得我们思考,在艰难的境遇中,别忘了为自己开一扇窗,让灿烂的阳光照亮人生的路。

骨瓷碗

● 阿琪

　　他和她来到这个城市时,还是刚刚毕业的穷学生,租住在城乡结合部简陋的村屋里,连着几个月找不到合适的工作,他越来越急躁。幸好她是师范毕业的,就做了一块牌子,站到菜场里自荐给孩子做家教,她被两个买菜的妇女看中了,于是成了两个孩子周末的家庭教师。

　　一个月下来,她赚了800元,交了300元的房租,还剩500元。该用钱的地方太多了,她却跑到友谊商场,捧回了两个碗和两个碟子。

　　碗和碟都是上好的骨瓷做的,纯正的象牙色,在低矮的出租屋昏暗的光线下,闪烁着高贵的迷人的光芒。他问她是不是很贵,她报出的数字吓了他一跳,没想到这几个小小的瓷器居然花掉那么多的钱。这么昂贵的瓷器,恐怕只有富贵之家才会用吧,她却买了,捧回了简陋的出租屋里。

　　那天晚上,她烹制晚餐时格外用心,豆腐被她煎得金黄,上面撒了好些葱花和香菜,摆在象牙色的高贵的碟子里,有说不出的悦目;还有一碟是青菜,被象牙色的瓷器映衬得碧绿碧绿的。和每天一样,是简单得不能再简单的菜肴,以他们的经济状况,只吃得起这样简单的菜肴。

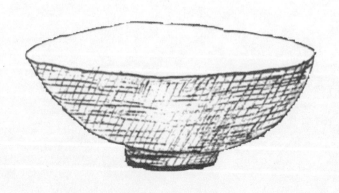

可是,当端起她捧给他的那一碗米饭时,他的心态发生了奇妙的变化。小小的骨瓷碗手感细腻极了,高贵的象牙色映衬得里面的饭粒每一颗都饱满、都闪着珍珠般的淡淡色泽。以前怎么没注意到米饭居然如此喷香、如此诱人呢?

那一顿他吃得很香。几个小小的瓷器让他触摸到生活的精致与高贵,在贫困与艰难中挣扎的他不再绝望。那天晚上,他把那件旧西装拿去洗衣店洗了,熨得笔挺,又亲手把那双旧皮鞋擦得锃亮。第二天,他精神饱满地出去见工了。一个星期后,他找到一份不错的工作。五年后,他已经在那家跨国公司里做到高层。

他们搬进了市郊的别墅。别墅装饰得非常豪华,很多用过的旧东西都被他们扔了,只有那几个小小的瓷器却被一直小心翼翼地珍藏着。他说,在出租屋里住了那么久,我的精神已经垮了。每天外出找工作的时候,我都忘不了自己是住在简陋的出租屋里的,连神态和举止都带了出租屋的寒酸与猥琐。可是那些精致的瓷器让我触摸到生活中久违的高雅和精致。每天使用它们,在我的精神里也注入了一种对高雅精致生活的追求,让我在困顿的环境里保持向上而不沉沦的心态。

所以说,在困顿中挣扎的人们,别忘了给自己买几个骨瓷碗。那是一种对高贵的向往,一种对美好生活的追求。

人生妙谛

Ren sheng miao di

对失败的耿耿于怀会使你陷入更深的苦闷，对成功的忘乎所以会让你坠入自满的陷井。怀着"这也会过去"的心态，人生的天平才会公正地承载着你的梦想与希望。

这也会过去

● 蒋光宇

1954年，巴西的男女老少一致认为，巴西足球队一定能获得世界杯赛的冠军。然而，天有不测风云，足球的魅力就在于难以预测。在半决赛时，巴西队意外地输给了法国队，结果没能将那个金灿灿的奖杯带回巴西。

球员们比任何人都更明白，足球是巴西的国魂。他们懊悔至极，感到无脸去见家乡父老。他们知道，球迷们的辱骂、嘲笑和扔汽水瓶子是难以避免的。

当飞机进入巴西领空后，球员们更加心神不安，如坐针毡。可是，当飞机降落在首都机场的时候，映入他们眼帘的却是另一种景象。巴西总统和两万多名球迷默默地站在机场，人群中有两条横幅格外醒目：

"失败了也要昂首挺胸！"

"这也会过去！"

球员们顿时泪流满面。总统和球迷们都没有讲话，默默地目送球员们离开了机场。

球员们对"失败了也要昂首挺胸"的理解是比较透彻的，可相比之下，对"这也会过去"的理解却不够透彻……

四年后，巴西足球队不负众望，赢得了世界杯冠军。

回国时，巴西足球队的专机一进入国境，16架喷气式战斗机立即为之护航。当飞机降落在道加勒机场时，聚集在机场上的欢迎者多达3万人。在从机场到首都广场将近20公里的道路两旁，自动聚集起来的人群超过了100万。这是多么宏大和激动人心的场面啊！

人群中也有两条横幅格外醒目：

"胜利了更要勇往直前！"

"这也会过去！"

球员们对"胜利了更要勇往直前"的理解是比较透彻的，可相比之下，对"这也会过去"的理解依然不够透彻……

后来，巴西足球队的队长开始向一些人请教，应该怎样理解"这也会过去"的含义。

170

真是无巧不成书。队长请教的一位老者微笑着说"这也会过去"的横幅就是他写的,并给队长讲了下面的故事:

据说,伟大的所罗门王有一天晚上做了一个梦。

一位智者在梦里告诉他一句至理名言,这句至理名言涵盖了人类的所有智慧。能使他得意的时候不会趾高气扬,忘乎所以;失意的时候能够百折不挠,奋发图强,始终保持勤勤恳恳、兢兢业业的状态。

但是,所罗门王醒来之后却怎么也想不起来那句至理名言了。于是,所罗门王找来了最有智慧的几位老臣,向他们讲了那个梦,要求他们把那句至理名言想出来,并拿出一枚大钻戒,说:"想出来那句至理名言之后,就把它镌刻在戒面上。我要把这枚戒指天天戴在手上。"

一个星期过后,几位老臣兴奋地前来送还钻戒,戒面上已刻上了一句勉励人胜不骄败不馁的至理名言:

"这也会过去!"

人生妙谛
Ren sheng miao di

拳王阿里的故事给予我们战胜困难的勇气以及坚毅的信心与不屈的信念。但是,在生命与健康面前,还是应该选择放弃成功与荣誉。放弃虽有遗憾,但是生活的道路很长,生命对于我们只有一次。

坚持与放弃

● 潘向黎

20 世纪 70 年代,身体状况大不如前的拳王阿里被医生判了运动生涯的死刑,但是他凭着顽强的毅力重返拳台。他与另一位拳坛猛将弗雷泽进行第三次较量(前两次一胜一负),进行到第十四回合时,阿里已精疲力竭,濒临崩溃的边缘,"这个时候一片羽毛落在他身上也能让他轰然倒地"。但是他知道,比到这个地步,与其说在比气力,不如说在比毅力,就看谁能比对方多坚持一会儿了。于是他竭力保持着坚毅的表情和誓不低头的气势,使对方以为他仍存着体力。最后,弗雷泽放弃了,裁判当即高举阿里的臂膀,宣布阿里获胜。这时,保住了拳王称号的阿里还未走到台中央,便眼前漆黑,双腿无力地跪倒在地上。弗雷泽见此情景追悔莫及,并为此终生抱憾。

终日搏杀在职场上的现代人和当年的老拳王有共同之处。那就是,为事业、荣誉、地位而战,承受着巨大的压力,甚至达到身心俱疲、濒临崩溃的地步。这个时候,我们能否像拳王那样,拼了性命去"再坚持一下"呢?很简单,那可能会导致健康崩溃(包括身体和心理上的健康)。日本多发于壮年上班族的"过劳死",就是这种"再坚持一下"的黑色版本。

生命只有一次,对它的珍惜并不仅仅是考虑使它发挥最大功效,也应包括在功效和磨损之间合理化经营,其中最重要的一条是给自己的追求、努力限定一个边界,当健康透支、生命受到威胁的时候,应毫不犹豫地放弃一些东西,哪怕是即将到手的成功和巨大的荣誉。放弃虽然可能带来遗憾,但是有时不放弃,你将失去一切,包括后悔的机会。从这个意义上讲,弗雷泽没有必要后悔。他的选择可能更明智、更长远,也更符合现代理念。

鲁迅曾说过："希望是本无所谓有，无所谓无的。这正如地上的路；其实地上本没有路，走的人多了，也便成了路。"因为有希望，人世间才多了许多绚丽的色彩，多了许多动人的旋律。

人生妙谛
Ren sheng miao di

永不放弃你的希望

● 曾奇峰

在马来西亚的一个国际心理学会议上，我认识了一个俄罗斯人，他向我大力推荐他所创立的积极心理治疗理论。

他讲了他所做过的一个试验：将两只大白鼠丢入一个装了水的器皿中，它们会拼命地挣扎求生，一般维持的时间是8分钟左右。然后，他在同样的器皿中放入另外两只大白鼠，在它们挣扎了5分钟左右的时候，放入一个可以让它们爬出器皿的跳板，这两只大白鼠得以活下来。若干天后，再将这对大难不死的大白鼠放入同样的器皿，结果真的令人吃惊：两只大白鼠竟然可以坚持24分钟，3倍于一般情况下能够坚持的时间。

这位心理学家总结说：前面的两只大白鼠，因为没有逃生的经验，它们只能凭自己本来的体力来挣扎求生；而有过逃生经验的大白鼠却多了一种精神的力量，它们相信在某一个时候，一个跳板会救它们出去，这使得它们能够坚持更长的时间。这种精神力量，就是积极的心态，或者说是内心对一个好的结果心存希望。

当时，我心里想着那两只大白鼠，总觉得不是滋味，就略带反感地对他说，有希望又怎么样，最后它们还不是死了。出乎我的意料，这时，他告诉我：不，它们没有死，在第二十四分钟时，我看它们实在不行了，就把它们捞出来了。

我问：为什么要那么做？

他说：因为有积极心态的大白鼠有价值，更值得活下去，我们人类应尊重一切希望，哪怕是大白鼠内心的希望。

希望就是力量。在很多情形下，希望的力量可能比知识的力量更强大，因为只有在有希望的背景下，知识才能被更好地利用。一个人，即使他一无所有，只要他有希望，他就可能拥有一切；而一个人即使拥有一切，却不拥有希望，那就可能丧失他已经拥有的一切。

茫茫沙漠中,正是众人的互助互爱,才筑起了一条安全的通道。僧人自私的想法,既无法帮助别人,又陷自己于困境。由此,在人生的道路上,我们应牢记:帮人亦是助己。

R 人 生 妙 谛
en sheng miao di

沙漠之路

● 李雪峰

在一片茫茫沙漠的两边,有两个村庄。要到达对面的村庄,如果绕过沙漠走,至少需要马不停蹄地走上二十多天;如果横穿沙漠,那么只需要三天就能抵达。但横穿沙漠实在太危险了,许多人试图横穿却无一生还。

有一天,一位智者经过这里,让村里人找来了几百株胡杨树苗,每半里一棵,从这个村庄,一直栽到沙漠那边的另一个村庄。智者告诉大家说:"如果这些胡杨有幸成活了,你们可以沿着胡杨树来来往往;如果没有成活,那么每一个行者经过这儿,都要将枯树苗拔一拔,插一插,以免被流沙给淹埋了。"

结果,这些胡杨树苗栽进沙漠后,全都被烈日给烤死了,成了路标。

沿着"路标",这条路大家平平安安地走了几十年。

一年夏天,村里来了一个僧人,他坚持要一个人到对面的村庄去化缘。大家告诉他说:"你经过沙漠之路的时候,遇到要倒的路标一定要将它向下再插深些;遇到就要被淹埋的路标,一定要将它向上拔一拔。"

僧人点头答应了,然后就带了一皮袋的水和一些干粮上路了。他走啊走,走得两腿酸痛浑身乏力,草鞋都被磨穿了,但眼前依旧是茫茫黄沙。遇到一些就要被沙尘彻底淹埋的路标时,这个僧人想:"反正我就走这一次,掩埋就掩埋吧。"他没有伸出手去将这些路标向上拔一拔。遇到一些被风暴卷得摇摇欲倒的路标时,这个僧人也没有伸出手去将这些路标向下插一插。

但就在僧人走到沙漠深处时,静谧的沙漠突然飞沙走石,许多路标被掩埋在厚厚的流沙里,许多路标被风暴卷走了,没有了踪影。僧人像没头的苍蝇似的东奔西走,再也走不出这大沙漠了。在气息奄奄的那一刻,僧人十分懊悔:如果自己能按照大家吩咐的那样做,那么即使没有了进路,还可以拥有一条平平安安的退路啊!

是的,给别人留路,其实就是给我们自己留路。

成功就像一颗美丽的石子,掉落在路旁的草地中。想找到它不必刻意地搜寻,只需要我们踏踏实实地走好每一步路,心情愉悦地欣赏随时闯入眼帘的美丽的花草,走着走着,成功就会不期而遇。

人生妙谛
Ren sheng miao di

寻找你的未来

● [美]吉姆·罗奇明 延雄 译

当我还是个十几岁的小小少年时,爸爸就极力劝阻我将来成为一名啤酒商。他终其一生都在为当地的啤酒厂酿制啤酒,却几乎难以糊口,就像他父亲和祖父酿酒为生所遭遇的一样。他甚至不想让我靠近啤酒缸。

所以我按照他的愿望行事。我学习成绩不错,考上了哈佛大学,并于1971年攻读研究生,得以同时学习法律和商务两个专业。

在研究生院读二年级时,我突然有所感悟。我想,除了上学,我还从未做过什么事,却要去为今后的一生作出职业选择,由此感到越来越大的压力。这很荒唐。未来会过早地将我一网打尽,比我希望的要早得多。

于是在我24岁那年,我决定中途退学。不用说,我的父母认为这是一个愚蠢透顶的想法。可我强烈地感到,你不可能等到65岁时才去做你一生中想做的事。你必须设法去找。

我卷起铺盖,踏上旅程,到科罗拉多州的"走向野外"组织当了一名教员。这是一个野外教育项目。这份工作我做起来得心应手。由于要进行大量的爬山攀岩训练,我四海为家,攀登个不停,从西雅图郊区的山崖到墨西哥地区的火山,都留下了自己的足迹。

我从不后悔花时间来"发现自己"。我觉得,如果我们能在二十几岁时用五年时间来决定我们今后的有生之年到底想做什么,那我们所有的人都会幸运得多。否则,我们只会作出别人替我们作出的选择,而不是自己把握命运。

在"走向野外"组织干了三年半之后,我准备重返校园。我完成了在哈佛大学的学业,到

波士顿咨询集团谋到了一份高薪工作。这是一个智囊机构和商业顾问公司。然而，我在那儿仅仅工作了五年，便又开始满腹疑虑。我将来50岁时还会想做这份工作吗？

我记起从前的某一天，爸爸在清理我们家的小阁楼时，曾偶然发现了写在已经发黄的纸片上的几种古老的酿制啤酒的祖传配方。他曾对我说："如今的啤酒基本上都是水，上面漂浮着一些泡沫而已。"

我也这么认为。如果你不喜欢喝大批量生产的美国啤酒，那么你就只好选择时常是已经跑了气的进口货。我想，美国人花数目可观的钱，买到的却是劣质啤酒。为什么不就在美国本土为美国人酿制上乘的啤酒呢？

我决定辞职，去做啤酒商。当我把这件事告诉爸爸时，我原指望他会高兴地搂住我，为酿酒传统的复活而激动得热泪盈眶。可他却说："吉姆，这是我所听到过的最没劲的消息！"

最后，爸爸像当初坚决反对我一样，转而全力支持我：在我1984年开办波士顿啤酒公司时，他出资4万美元，成为我的新公司的第一位投资商。我则把自己的10万美元积蓄投了进去，另外还从朋友和亲戚那儿筹措了10万美元。我走出原先豪华的办公室，去做一个啤酒商，这个过程有点像爬山：兴奋、自由、恐慌。我所有的安全网络都已不复存在。

啤酒酿出后，我还面临着一个最大的难题：如何把它送到啤酒消费者的手中。批发商们不约而同地说："你的啤酒太贵了；再说也没人听说过你有什么名气。"于是我便琢磨，我必须创造出一个新的品牌：美国工艺啤酒。我需要一个高雅而且能够得到公认的名字，所以我就以那位曾经帮助发起过"波士顿倾茶事件"的酿酒商和爱国英雄塞缪尔·亚当斯的名字为我的啤酒取名，叫"塞缪尔·亚当斯"。

我意识到，要把这个名字推销出去，唯一的办法就是直接将啤酒卖给消费者。我换上自己最好的名牌西服，把公文皮包里塞满啤酒和冰袋，便开始向各个酒吧出击。

大多数的酒吧招待员以为我是国内收入署的工作人员。不过只要我一打开公文皮包，他们便留意起来。我跟我见到的第一位酒吧老板讲述我的故事——我是如何想到用我爸爸的祖传秘方开这间小小的酿酒厂的。他听了之后说："小伙子，我喜欢你的故事，不过刚开始我还不相信你的啤酒会真的那么好。"

这真是一个美妙的时刻。

六个星期之后，在"了不起的美国啤酒节"上塞缪尔·亚当斯波士顿淡啤荣获美国啤酒最高奖。其余的事情就不说了，都已成为历史。当时可没想到会出现这种情况——究竟是什么使然？不过最后，我注定做了一名酿酒商。

我给予所有年轻创业者的忠告非常简单：一生的时间很漫长，所以不要急于为将来作出决定。生活不会让你把什么都计划周全。

能够抓住机会,需要足够的勇气、智慧与信心。不要太在乎别人的想法与议论,在机会面前,做真实的自己。当你成功迈出第一步时,会发现机会已被你牢牢掌控。倘若犹豫不决,机会就会迅速溜走,而你也将两手空空。

Ren sheng miao di 人 生 妙 谛

想成功的人请举手

● 王磊

22 岁的布罗斯刚进入白宫的时候,在同事中引起了一阵不小的骚动。虽然他只是一个普普通通的公务员,一个毫无经验的撰稿人,但他特立独行的性格还是给人们留下了很深的印象。尤其是他那一头染成红色的头发,更是在西装革履,素以保守沉稳闻名的白宫撰稿人中显得格外的刺眼。

布罗斯不仅在衣着上显得与众不同,而且对自己的职业也有着不同于别人的看法。白宫的撰稿人是一个很特殊的群体,美国大部分的对外施政纲领和所有的演讲稿都由这些智囊们构思、策划、撰写、润色。从某种角度上说,他们就代表着美国的形象。所以,对撰稿人的选拔也就格外严格。他们内部也按着资历,有着严格的等级分别。而布罗斯恰恰没有看重这种严格的等级分别。刚进入白宫不久,他便根据自己从亲身实践中获得的经验,向上司陈述了一些自己的意见。可现实毕竟不是童话,布罗斯独到的见解不仅没有得到上司的青睐,而且还招来了同事们的冷嘲热讽。关系不错的朋友都在私下劝他收敛一下,免得吃亏。初出茅庐便栽了跟头的布罗斯也渐渐变得沉默寡言,但他却在苦苦地等待着新的机会。

2005 年,随着国务卿鲍威尔的辞职,白宫再次发生了天翻地覆的巨变。一朝天子一朝臣,谁也不知道自己的饭碗是否还能保住,白宫的撰稿人都暗暗为自己捏了一把冷汗。不久之后,新上任的国务卿赖斯便召集所有撰稿人开会。出乎所有人的意料,赖斯并没有裁员的意思,只是想征询一下众人如何撰写白宫演讲稿的意见。没有了失业的压力,众人又恢复了保守沉稳的本性,一个个沉默不语。会议开的非常沉闷,不时有人打着呵欠。就在失望的赖斯准备结束这鸡肋般的会议时,一个红头发的年轻人高高举起了手。众人纷纷把目光投了过去,接着爆发出一阵哄笑——又是布罗斯,这个性格叛逆的年轻人不知道又会说出什么让人吃惊的话来。这是整场会议中唯一主动举手的人,赖斯让他阐述自己的观点。面对国务卿,布罗斯显得有些拘谨,有些慌乱地陈述完了自己的想法。赖斯微笑着听完了他的话,觉得大多数的想法并没有什么新意,不过也有一些点子很有创造性。会议结束后,赖斯转身告诉身边的助手:"请留意一下这个红头发的孩子。"

　　从那之后，布罗斯很快便从众多的撰稿人中脱颖而出。很快,他便成了赖斯唯一的撰稿人。一篇篇天才的演讲词从他笔下流淌而出,成就了赖斯,也照亮了自己。年仅 26 岁的布罗斯在等级森严的白宫中平步青云,成为了白宫中最年轻的高级顾问。他走红的速度甚至让以造星出名的好莱坞大跌眼镜。如今,无论赖斯走到哪里,人们都会在她身边看见一个红头发的大男孩儿。他已经成了白宫高层必不可少的成员。

　　这世界上并不缺少机会,缺少的只是抓住机会的决心。阻碍我们成功的往往不是无人给我们机会,而是我们没有让机会发现自己的胆量。我们之所以与成功无缘,是由于太在乎他人的看法,在机会面前犹豫不决。想成功的人请举手! 在机会未来临时,我们可以恐惧、退缩、茫然无措;可当机会到来的刹那,我们必须鼓足勇气,战胜恐惧,把自己的手高高举起。没人给我们机会,我们就要给自己创造机会。

没有无用的木头,也没有无用的人。不要轻易地否定自己,也不要轻言放弃。多一些坚持,多一份努力,你会找到适合自己的位置。

一根木头的梦想

● 马 德

这是很多年以前的一根木头。

刚开始的时候,父亲是想用它来做房梁的。记得那一年家里在东山坡上刚刚建起了一栋新房子,四面的墙已经垒起来了,人们七手八脚把这根木头抬到房顶上。结果,木匠在山墙上端详了半天,还是无奈地叹了口气,对父亲说:"不行,这根梁用不得。"木匠说话的时候,父亲正站在另一面山墙上,待了一会儿,父亲又试探着问:"掉个头试试,行不行?"不行!"木匠是当地有名的木匠,他说得很坚决,说完他又一摆手。帮忙的人便七手八脚又把木头抬了下来。

这根木头并不差,只是弯曲了些。

晚上吃饭的时候,木匠酒喝在兴头上,对父亲说:"那根木头怕是干什么都不太合适,还是当柴火劈掉烧了吧。"父亲说:"再留留,或许用得上。"木匠笑了笑,没说什么话。

又一年,家里要做一个柜子。父亲又把这根木头拽了出来,交给来做家具的人。做家具的比画了半天,把木头一丢,说:"再换一根吧。"父亲问:"不好用?"做家具的说:"这是根废木头,除了烧火,恐怕很难用上。"

事后,父亲还是把这根木头收藏了起来。

秋天,收庄稼拉粮食的时候,家里的马车翻在一个大坑里,摔断了一根车辕。正是大秋时节,去哪里找合适的木头呢?父亲又把那根木头找了出来。父亲说:"试试这根。"修车的人拿着皮尺量了量,高兴地对父亲说:"弯曲的地方取一截正合适。"结果,那一根木头做成了车辕,一直用到现在。

做成车辕的那一天,父亲说,多等一等,哪会有没用的木头?

的确,那是一根最糟糕的木头。但是父亲并没有因此而看低了它。或许父亲在想,一棵树,长大并不是件容易的事情,即便是有缺陷的生命,也是生活呈现给这个世界的一道风景、一个奇迹,而且和其他的木头一样,再平凡的生命其内心深处也有着成才的梦想。所以父亲那些年一直在等。结果,那根木头在时间和机会的缝隙里终于找到了属于自己的土壤,梦想的花朵在父亲不屈不挠的等待中娇艳地绽放。

人生妙谛
Ren sheng miao di

> 每个人都有自己独特的天赋，布什的演讲鼓励了大家，也告诉人们只要努力将梦想付诸于行动，每个人都能取得成功，人人都可以当总统。其实，在自己的国度里，每一个人都是自己的总统，主宰着自己的生活与命运。

人人都可能当总统

● [美]乔治·沃克·布什

我很荣幸能在这个场合发表演讲。我知道，耶鲁向来不邀请毕业典礼演讲人，但近几年来却有例外。虽然破了例，但条件却更加严格——演讲人必须同时具备双重身份：耶鲁校友、美国总统。我很骄傲在33年前领取到第一个耶鲁大学的学位。此次，我又荣获耶鲁荣誉学位，更感光荣。

今天是诸位学友毕业的日子，在这里我首先要恭喜家长们："恭喜你们的子女修完学业顺利毕业，这是你们辛勤栽培后享受收获的日子，也是你们钱包解放的大好日子！"最重要的是，我要恭喜耶鲁毕业生们："对于那些表现杰出的同学，我要说，你真棒！对于那些丙等生，我要说，你们将来也可以当美国总统！"

耶鲁学位价值不菲。我时常这么提醒切尼（现任美国副总统），他在早年也曾短暂就读于此。所以，我想提醒正就读于耶鲁的莘莘学子，如果你们从耶鲁顺利毕业，你们也许可以当上总统；如果你们中途辍学，那么你们只能当副总统了。

这是我毕业以来第二次回到这里。不过，一些人、一些事至今让我念念不忘。举例来说，我记得我的老同学狄克·布洛德翰，如今他是伟大学校的杰出校长，他读书时的聪明与刻苦至今让我记忆犹新。那时，我们经常泡在校图书馆那个有着大皮沙发的阅览室里。我们两个很默契：他不大声朗读课文，我睡觉不打呼噜。

后来，随着学术探索的领域不同，我们选修的课程也各不相同，狄克主修英语，我主修历史。但有趣的是，我选修过15世纪的日本俳句——每首诗只有17个音节，我想其意义只有禅学大师才能明了。我记得一位学科顾问对我选修如此专精的课程表示担忧，他说我应该选修英语。现在，我仍然时常听到这类建议。我在其他场合演讲时，在语言表达上曾被人误解过，我的批评者不明白，我不是说错了字，我是在复诵古代俳句的完美格式与声韵呢。

我很感激耶鲁大学给我们提供了这么好的读书环境。读书期间，我坚持"用功读书，努力玩乐"的思想，虽然不是很出色地完成了学业，但结交了许多让我终生受益的朋友。也许有的同学会认为，大学只是人生受教育的重要部分，殊不知，"大学生活"这四个字的内涵十分深厚，它既包含丰富的学科知识和学术氛围，也蕴涵着许多支撑人生成败的观念，还有那丰富多彩的生活以及诸多值得结交的朋友……

大家常说"耶鲁人"，我一直不能确定那是什么意思。但是我想，这一定是含着无限肯定与景仰的褒义词。是的，因为耶鲁，因为有了在耶鲁深造的经历，你、我、他变成了一个个更加优秀的人！你们离开耶鲁后，我希望你们牢记"我的知识源自耶鲁"，并以你们自己的方式、自己的时间、自己的奋斗来体现对母校的热爱，听从时代的召唤，用信心与行动予以积极响应。

你们每个人都有独特的天赋，你们拥有的这些天赋就是你们参与竞争、实现人生价值的资本，好好利用它们，与人分享它们，将它们转化为推进时代前进的动力吧！人生是要让我们去生活，而不是让我们来浪费的！只要肯争上游，人人都可能当总统！

这次我不仅回到了母校，也回到了我的出生地，我就是在母校的几条街之外出生的。在那时，耶鲁与无知的我仿佛相隔了一个世界之遥，而现在，她是我过去的一部分。对我而言，耶鲁是我知识的源泉，力量的源泉，令我极度骄傲的源泉。我希望，将来你们以另外一种身份回到耶鲁时，能有与我一样的感受并说出相同的话。我希望你们不要等太久，我也坚信耶鲁邀请你回校演讲的日子也不会等太久。

人生妙谛
Ren sheng miao di

垒高自己,深厚的学识修养、锐利的观察力和顽强的毅力是通向成功的有效途径,也是为了实现梦想而不断积累的一个过程,只有不断地积累,量变才会达成梦想的质变,从而实现真正的飞跃。

垒高自己

● 游宇明

　　一个皮革商喜欢钓鱼,他经常去的地方是纽芬兰渔场。有一年冬天的一个早晨,皮革商又来到了这个渔场。也许是因为头天晚上下过大雪,那天天气很冷,飕飕的风刮在脸上像刀割一样。皮革商费了很大的力气才在结冰的海上凿了个洞,然后开始钓鱼。他看到一个很有意思的现象:钓的鱼一放到冰上很快就冻得硬邦邦的了,而且只要冰不融化,鱼过三五天也不变味。难道食物结了冰就可以保鲜?皮革商这样问自己。他开始了试验。经过多次探索,他发现不仅鱼类在冰冻条件下可以保鲜,其他食物,比如牛肉、蔬菜都可以这样做。他决定制造出一台能让食品快速冰冻的机器。

　　成功的路是艰难的,在研制速冻机的过程中,皮革商吃尽了苦头,但他从不气馁。通过反复地试验、不断地总结经验,皮革商终于成功了。他向国家专利局申请了专利,并且以3 000万美元的天价把这项技术卖给了美国通用食品公司。他就是世界上第一代冰箱的发明者——美国人巴尔卡。

　　巴尔卡是懂得怎样垒高自己的人,其垒高自己的举动表现出他具备一种发现的目光,表现出他具有一种过人的毅力。收获是播种的孪生兄弟,巴尔卡经过奋斗,终于实现了自己的梦想。

这个世界上没有救世主,所以当遇到困难时,求人不如求己。用自己的力量打倒困难,用自己的双脚走出困境,用自己的双手撑起一片蓝天,让所有人都为你而骄傲。

R 人 生 妙 谛
en sheng miao di

跌进坑里,别急着向上看

● 黄显杰

那还是孩提时代的事。上小学四年级时,我的班主任姓李,是个相貌平平的老头,心肠挺好,教学也很有一套,可就是脾气怪怪的。

这天下午有节劳动课,李老师带着我们到学校的后山捡柴。

我和三名同学跑向后山顶,边跑边捡。在一棵大树旁,我发现了一堆干枯的小树枝,急忙奔过去。跑着跑着,我脚一滑,跌进一个深坑里,三名同学吓得大呼小叫,想尽办法也没能把我拉上来。

同学喊来了老师。李老师站在坑边上盯了我许久,才沉着脸坚决地说:"跌进坑里,别急着向上看!我们不拉你上来!"全班同学面面相觑,都没敢吱声。"老师,老师,我上不去!"我在坑里急得大叫。"在里面待着吧,我们走!"李老师像陌生人一样大声扔给我一句话,带着同学们走了。

老师硬生生地走了,不管我的死活。我一屁股瘫坐在坑里,嘴一张,哇哇地大哭起来,"老师!老师!我出不去!"一边哭一边生气地在坑里打滚,滚着滚着无意间我看见了一道亮光。擦干眼泪,我坐起来向亮光处爬去。透出亮光的地方有一个洞,我钻了进去,越钻越亮,不一会儿到了山坡上,一挺身跳了出来。

李老师和同学们都站在山坡上,随着我的出现,山坡上响起了真诚而热烈的掌声,久久不息。老师猛地抱起我原地转了两圈。我所有的不快一扫而光,不解地问:

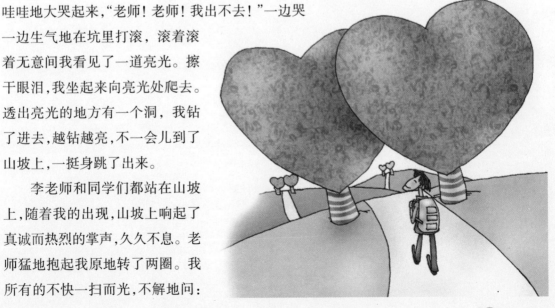

"老师,你怎么知道坑里有洞能出来?""老师看你没摔坏。""老师在上面就看见光了……老师想让你自己出来。"没等老师开口,阳光下同学们晃动着聪明的小脑袋争着抢着告诉我。

李老师蹲在我面前伸出宽大的手掌拍掉我身上的尘土,亲切地抚摸着我的脑袋,重重地点着头。同学们探着身子,上下打量我。这时,老师慢慢地站起来,环视一下四周,将一只手指竖到嘴边,示意我们安静。然后,他走到高处一字一句地说:"孩子们,记住,跌进坑里,别急着向上看。一心寻求别人的帮助,常常会看不见自己脚下最方便的路。"

三十多年过去了,我还无法忘记儿时跌进坑里自己爬出来的经历,老师的话一直印在我的脑海里。直到今天,每当生活中遇到失败和意想不到的打击时,我总是这样提醒和勉励自己:跌进坑里,别急着向上看。一心寻求别人的帮助,常常会看不见自己脚下最方便的路。

任何生命都是平等的，生命价值不由财产、地位等身外之物决定，而由人对社会的贡献决定。每个人都有向往高贵的权利。即使是一个乞丐，也要选择做一个自信的、有尊严的乞丐。

选择自信

● 王伯庆

有些来美国的亚洲新贵们，很快就发现他们身边少了一份熟悉的羡慕，多了一份失落。于是，他们随时分发印有董事长头衔的名片，但并不管用。于是，又一掷千金，买下华屋名车。可气的是，竟然连那些居斗室、开破车的美国佬也"我自岿然不动"，不肯景仰擦身而过的奔驰老总。当然更不会有人注意到他们袖口或领口的名牌商标。在美国，高薪、华屋、名车的群众号召力没有在新富国家那样大。

很多美国人身为蓝领阶层，也都心满意足。当你出入豪华宾馆时，为你叫车的男孩不卑不亢，礼貌周到，你会感到他的自信。他未必羡慕你所选择的道路。千千万万的美国人按照自己的实际情况选择了职业，选择了生活的各个方面，也活出了一份自信。于是，让那些在本国高高在上的贵人们到了美国就傲气顿失。

一个访美的亚洲官员讲：我在国内时别人见我就点头哈腰，可是在美国连有些捡破烂的人的腰板都挺得直直的。

我原来工作的办公室里有个维护计算机系统的老美，大学毕业，工作10年了，很平常的一个人。处久了，我们每天见面时也侃几句。一天，我开导他：你为什么不去微软工作呢？几年下来股票上就发了。他说：我不喜欢微软，这儿挺好。

后来我发现他有一张合影照片，他、他姐姐、姐夫、比尔·盖茨。才知道他姐是早年跟比尔·盖茨一起打下微软天下的功臣，现担任微软的副总裁，也是亿万身价了。一问，办公室里有人知道，却没人跟他套近乎，大家把他支来支去。他不求致富，只求一份淡泊的安详。

你会发现，美国很多的博士们找工作，首选是做教授。做教授可比去公司穷，还辛苦，但有更多的学术和时间自由。我有个朋友，在一所大学任助理教授，美国几个大型的制药公司请他去主持一个R&D部门，开价是他在学校年薪的3倍，他不去，就要做教授。还劲头十足地约我写论文，回国开讲座，其乐陶陶。

最近他因为一项被美国医疗服务协会称为"挑战传统的发现"，而受到美国主要媒体的关注。一个同系的老美教授告诉他说：我搞了多年的研究，好希望自己的研究成果也能引起如此

的反响。并且还认真地给这位老兄出主意,怎么样把这事的影响扩大。如果我是他的同事,我是否会像那位老美一样为他的成功真的激动、锦上添花呢?

有一位朋友,拿到一个名牌大学的教授职位,高高兴兴地从麻省来加州赴任,先租公寓房住。自己是教授,住的公寓当然不差。隔壁邻居是一家墨西哥人,每天见面都打招呼。聊天时老墨中气十足,没什么文化,但神色之间透出对生活的满足和自信。这位仁兄想,这老墨虽没有文化,敢跟我大教授谈笑风生,想来也是生意上有成之辈。

结果不然,这老墨没有工作,全靠五个小孩的政府补助过活,每人每月几百元钱,还有食品券。这位朋友感慨地讲,恐怕克林顿总统来了,这老墨也不会腿软。职务也许帮助不了你去吸引自信的朋友,所谓话不投机半句多。

有一个故事,事情发生在1997年12月11日。美国著名的悄悄话专栏女记者辛迪·亚当,想约克林顿总统的夫人希拉里来进行单独采访。多番努力,终于搞定,希拉里同意在她出席了纽约曼哈顿大学俱乐部的一个妇女集会后,跟辛迪谈一个小时。

采访就定在曼哈顿俱乐部里。这个俱乐部有着百年历史,注重传统,古色古香。辛迪先到,在大厅候着。到了时间希拉里还没来,她坐不稳了,悄悄地把手机拿出来,打个电话问一下。守门的老头过来了,说:"夫人,你在干什么?"

女记者说:"我跟克林顿夫人有个约会。"老头说:"你不可以在这个俱乐部里使用手机,请你出去。"说完后老头就走了,辛迪收起了手机。

一会儿老头又来了,看见这女人没走,还与克林顿夫人在大厅里高谈阔论,在场的有总统府的高级助理们。老头不乐意了,说:"这是不能容许的行为,你们必须离开。"克林顿夫人说:"咱们走。"乖巧地拉上辛迪就出去了。

这个老头可不是贾府门前的焦大,他选择了守门,拥有了一份权贵们不敢在他面前猖狂的自信。

权势人物的气度是制度和人民调教出来的,常常是有什么样的人民就有什么样的领袖。

知道吧,比尔·盖茨想参加哈佛的同班聚会,被有些同学拒绝了。是呀,你盖茨选择了中途退学,跟同学没多大关系,聚个什么劲? 选择了在哈佛毕业的同学未必都选择了向金钱屈膝。

你能够心想事成，只要你拥有足够的信心。我们之所以在失败之后止步不前，其实，并不是智商和能力的因素，而是对自己缺乏信心。任何一个人，即使是一个先天残疾的人，只要信心十足，又肯付出一生的努力，就一定能够得偿所愿。

R人 生 妙 谛
en sheng miao di

你能够心想事成

● 鲁先圣

之所以绝大多数的人都没有成功，其实，并不是智商和能力的因素，而是对自己缺乏信心。任何一个人，即使是一个先天残疾的人，只要付出一生的努力，也一定能够心想事成。

肯特是目前美国休斯顿航天中心的首席科学家，他最重要的课题是不用视觉，而是用电子学的方法观察星空。他把一台特别设计的计算机连接到射电望远镜上，把视觉图象变成能够用手接触的撞击运动。由于没有常人先入为主的视觉干扰，他常常发现其他用普通观察方法观察不到的星际关系。他常说："我的大脑将所有数据都变成了三维图象，我完全可以想象出真实的图象是什么样子。"他正是凭借着自己独特的科学方法，不断取得新的发现成果，成为目前人类探索外星生命最重要的科学家。

可是，有谁知道，肯特是一个一出生就双目失明的盲人？他1949年生于俄克拉荷马州。由于早产，接生时输了大量的氧气，他的视网膜受到了严重的破坏，生下来就双目失明。他的父母是一对有着坚强意志的夫妇，他们没有因为儿子的残疾而放弃，他们坚信，只要正确引导教育孩子，儿子同样可以心想事成。

最早的训练是从爬树开始的。当肯特从树上一次次摔下来，夫妇鼓励他又一次次爬上去的时候，他的父母告诉他："你可以凭感觉知道物体的位置，你的体内仿佛装着一部雷达。"父母让他训练骑自行车，甚至参加自行车比赛。他们对孩子说："这很容易做到，没有谁说过盲人不能骑自行车。"他同邻居家的孩子比赛，肯特一听到开始的命令，立刻第一个冲出去，结果撞到了路旁的一辆汽车上，顿时鲜血直流，几颗牙齿也松动了。小伙伴都吓坏了，但是肯特却顽

强地站起来说："我赢了！"

为了培养孩子的自信，他的父母决定不把他送到盲人学校去，让他与健康的孩子一起读书。可是俄州的公立学校都拒绝接受盲人孩子。后来，他们听说加利福尼亚州的一所学校接受盲人学童，他们就毅然把家搬到了加州的坦波城，从此肯特开始了与健康的孩子一样生活学习的过程。

肯特努力训练自己的其他器官来弥补自己的视觉缺陷。他的老师布里常常回忆这样一件事。有一天，他正带领学生在操场上体育课，突然，肯特说："老师，有一架飞机飞过来了。"大家都很惊诧，大家都没有听到飞机马达的声音，看看天空也没有飞机飞过。十几秒钟以后，大家正为他的话争论着的时候，果然有一架飞机从远处飞来。大家为肯特的神奇听觉惊呼起来，肯特则露出了快乐的笑容。

这一件事情让小小的肯特迷上了航天事业。他买来了大量的有关航天技术的书籍，刻苦钻研，希望自己能够成为一个航天专家。

25岁的时候，肯特编出了一套计算机程序，以此证明国家宇航局太空舱安装雷达系统的计划是不经济的。国家宇航局非常重视，经过研究发现，肯特的建议是正确的。这引起宇航科学家们的极大兴趣，他们把肯特请到宇航中心。他对于航天方面的了解让科学家们非常震惊。国家宇航局破例聘请了年轻的肯特进入航天局工作，他不仅仅成为宇航中心最年轻的科学家，也是宇航中心唯一的盲人科学家。

肯特现在常常被一些学校请来给青少年学生做演讲。他每一次演讲的题目都没有变化：你能够心想事成。

在人生的道路上，失败与挫折是不可避免的，重要的是在遭到打击、承受压力的时候仍然坚定不移、脚踏实地地为梦想而努力，这样才能开创出属于自己的一片天空，才能享有真正的幸福。

Ren sheng miao di

人 生 妙 谛

把不幸扛在肩上

● 陈庆苞

一位大学生去向导师辞行，他将走出校园到社会上求职发展，世事艰难，前程未卜，心里不免有些打鼓。导师早年曾赴美留学，一生遭遇坎坷，但最终硕果累累，在学术界享有盛誉。他想从导师那儿知道，在前进道路上遇到困难和挫折等不幸情况时，该如何面对？

"把它扛在肩上。"导师平静地说。

见他不解，导师换了个话题："今天不是太热，不知你是否愿意陪我到操场上走走？"他点点头。

操场上空荡荡的，他们在跑道上边走边谈，无拘无束，不知不觉便走完了一圈。导师抬腕看看表，"你看，这 400 米，我们走了近十分钟。"

然后导师停下来，让他单独走一圈。他虽不解其意，可还是按导师的话做了。导师看看表，用了 7 分钟。

"你为什么不走得快些呢？"导师问。

"我走得慢了吗？"他并没意识到自己走得慢，因为他已经比第一圈少用了近三分之一的时间了，"您只让我走完一圈，并未规定时间啊。"

"无需规定时间，你也能走得再快些。"导师指着围墙边的一块石头说，"现在请你扛上它走一圈，试试能用几分钟。"

他扛起了那块石头，石头看起来虽不大，但压在肩上却很重、很疼。他几乎是一路小跑地走完一圈，结果连他自己都大吃一惊，他用了不到五分钟。

"你怎么又走这么快了呢？"导师又问。

"肩上的石头压得疼啊。我既不能扔掉，又不能扛着它原地休息，只能咬着牙往前赶，想尽快到达目的地，所以我一直在心里说：快些，再快些！"

他喘着气说。

"你看，同样的路程，两手空空，本该走得快，结果却走得慢；肩负重物，本该走得慢，结果却走得快。个中原因很简单：我们第一圈是闲走，既无目标，也无压力，所以最慢；你走第二圈

时，虽有目标，但无压力，所以四平八稳，不求快进；走第三圈时，你既有目标，又有压力，不快不行，所以最快。这不是很有意思吗？"

他这才感觉到导师把他带到这个地方来绝不只是随便走走，他陷入了沉思。

"'把它扛在肩上。'你现在明白我这句话的意思了吧？"导师接着说，"在人生道路上，我们最渴望得到的'一帆风顺'、'万事如意'往往失约，而那些'困难'、'挫折'、'挑战'等让人望而生畏的字眼却常常不约而至。当它们来到你的身边时，你千万别认为这是什么不幸，不幸人人都会遇到，只是结果不同而已：有人被它击垮，有人却在它的打击下把潜能发挥得更好，就像扛起石头反而跑得更快一样，你所认为的所有不幸都应该成为逼你快走的这块石头啊。年轻人，当这块石头终有一天也落到你身上的时候，希望你不是被它击垮，而是勇敢地把它扛在肩上，然后对自己说："快些，再快些！"

> 人应勇于面对自己,面对失败。勇敢是力量的源泉,奋斗的基石。敢于直面失败的人才能抓住身边的机会,所以不要屈服于困难与挫折,不要因一次失败而放弃希望,鼓足勇气迎难而上,那么,一切问题都会迎刃而解。

Ren sheng miao di 人 生 妙 谛

不必为勇敢道歉

● 徐明杰

为了迎接全国大学生英语演讲比赛,学校举行了一次预选。预选赛上高手云集,他们慷慨激昂的发言使整个比赛精彩纷呈,高潮迭起。然而并不是所有的参赛者都表现得光彩夺目,其中有一个男孩就出现了严重的错误。

可能是由于紧张,男孩上台时手有些发抖,他不时用眼睛观察评委老师们的面部表情,似乎想从中寻求一些鼓励和帮助。可以看出他在努力克制自己的情绪,但紧张就像挥之不去的烟雾,笼罩着这个第一次参加英语演讲比赛的小伙子。其实他漂亮的音色和耐人寻味的话题已经吸引了评委和全场的观众,但是就在这个时候,他因为紧张而忘词了。

那一瞬间整个世界仿佛都成为了真空,原来滚瓜烂熟的稿子他居然一个字也想不起来。由于沉默时间太久,观众席中响起了嘘声。没有办法,他只有向评委老师请求再次开始。然而上帝和他开了个不大不小的玩笑,在同一个地方,他又忘词了。他无助地看着所有观众,脸憋得通红,可是最终他还是没有想起来该说的话,只有轻轻地道了一声"sorry",默默地走下讲台。谁都可以想象出当时他心里有多么难过,他对自己又是多么失望。

比赛没有因此受到什么影响,其他选手依旧慷慨陈词。只有那个男孩坐在选手席的角落里默默地翻看自己的稿子,就是这篇他修改了十几遍、倾注了他心血的讲稿,从此再不会被别人听到。也许是他的表现和参赛前对自己的期望反差太大,也许是男孩的自尊心太强,他的脸上写满了沮丧。他没有想到,自己的第一次演讲竟以这样的结局而告终,他似乎体会到万念俱灰的滋味。

不久，所有参赛选手都结束了发言，除了没有完成比赛的男孩，每位选手的得分都已公布。在一片热烈的气氛中，产生了代表学校参赛的三名选手，所有人都把掌声和羡慕的目光献给他们。此时，男孩的心情却沮丧到了极点，比起台上的成功者，他觉得自己像是出现在比赛中的小丑。那一刻，他告诉自己再也不要参加这样的活动了，自己根本不是这块材料。

这时，英语教研室的阎教授，一位备受同学爱戴的中年学者走上讲台对此次比赛进行总结。他称赞了胜出的同学，指出了其他选手需要改进的地方，并对大家的英语学习提出了更高的希望。这一切，男孩听起来是那么刺耳，他害怕阎教授会提到自己，他真想逃掉。

可是就在这时，他听到了这样的话语："在人的一生中，一些偶然因素经常让我们对自己失望，但是我们不能放弃希望。偶尔的缺憾和能力无关，它代表的只是经验的欠缺。我们总是把一次成败看得很重，但我们应该知道，我们还有很多机会。给予一个机会可以给失望的人一束阳光，抓住每一次机会，也许就能改变你的信念和生命。我的话讲完了，哪位同学有话要说吗？"

男孩当然知道，此时该说话的正是自己。他抬起头，正碰到阎老师期待的目光。在所有人的注视下，那男孩终于鼓足勇气站了起来，他用他最坚定的声音说："我对我的失误感到抱歉，但是我是否有机会再来一遍？"

"当然可以，而且你不用为自己的勇敢而道歉。"

所有人都表现得那么友善，静静地为这个男孩当着额外的观众。放下了一切包袱，这一次男孩的表现真是太好了，那篇倾注了他几个星期心血的讲稿感动了每一个人。带着一份昂扬，他近乎完美地完成了演讲，整个过程中，观众不断为他报以掌声。很多人对他以前的失误甚感惋惜。在结束的时候，男孩的眼睛有些湿润，他说："十几分钟前我还认为我的这篇讲稿不会再有任何一个听众，我也陷入自卑的低谷，但是现在我又重新找到了自信。而这一切都要感谢阎老师给予我的机会，感谢所有倾听我演讲的朋友。"

其实那个男孩就是我。我至今还记得阎教授说那段话时我激动的心情，那个额外的机会真像一束阳光，驱散了我心中的所有阴影。我也很庆幸当时自己勇敢地把它握在了手中。人不能因为失误而丧失希望，只要你敢于站起来把握机会，成功就离你不远。虽然那次我最终也没有参加全国比赛，但是我所获得的感悟让我终身受益。

生命是上帝赐予人间的礼物，任何人都没有权利轻言放弃，任何放弃生命的行为都是不负责任的表现。面对病魔时，只有举起精神的鼓槌，敲响生命的鼓点，才能具有战胜病魔的气势与力量，这样无论胜负都不枉为人一世。

Ren sheng miao di 人生妙谛

精神，生命的配方

● 星 竹

麦考尔是美国小镇"阳光岛"上的一位中产阶级。岛上整日阳光灿烂，海水碧蓝。麦考尔一家也一直过着像阳光一样舒适的日子。但是，在麦考尔年近六十岁的时候，却赶上了美国的经济危机，更惨的是，这时的麦考尔偏偏又得了一种据说必死无疑的怪病。

医生如实地告诉麦考尔，他只能再活两年。听了这话他心理上受到了从未有过的沉重打击。这等于宣布了他的一切都完了。而这时迅猛异常的经济危机又如风暴一样刮上小岛，麦考尔家里的几个钱眼看就要打水漂，根本经不住这场危机大潮的折腾。岛上的一些小店已经宣布破产了。麦考尔眼前的一切都是那样的糟糕。

饱受疾病折磨的麦考尔，经过几天的认真考虑，作出了一个大胆的决定，即把家里的钱马上全部投出去。他想买下两栋房子，然后再将房子租出去，水涨船高，钱虽然不值钱了，但房价会一路攀升的。这个主意得到了全家人的支持。于是，麦考尔把家里的六十多万美元全都拿出来买了房子。

可是，当时所有的美国中产阶级都是这样扒拉着算盘，大家都将手里的钱投向了房地产。结果事与愿违，房子多得不但没人租，还要支付养房子的开支。这对病中的麦考尔更是雪上加霜。

麦考尔的计算失败了，他不但没能保住家里的钱，还让全家人在一夜之间成了穷光蛋。更惨的是，这时距医生宣布他死亡的日期，只有一年半的时间了。麦考尔也已经过了 60 岁，真正地成了一个老人。可他不忍心在自己离开人世前，让全家人背上如此沉重的包袱。

于是，他努力打起精神，让自己振作起来，也让全家人从中受到鼓舞，不再过于沮丧。麦考尔的精神果然在家里起到了很大的作用。不仅如此，麦考尔还做出了更为惊人的举动，他宣布要重新投入工作。他说干就干，向朋友借钱开了一家香水店。他决心用自己最后的一点余生，为家人做一点贡献。在卖香水的过程中，麦考尔还对研究香水的配方很感兴趣。想不到经他亲自研制的一种香水竟然在当地一炮打响，非常畅销。他万万没有料到事情会是这样。

麦考尔从此忙得不可开交。而那时他又在阳光岛上发现了一种更纯正的天然植物可以作

为新的香水配方。这使他激动不已。

而这时与麦考尔患同一种病的人，已经提前死去了大半。麦考尔离医生宣布的死亡日期也越来越近了。可麦考尔依然感觉良好。麦考尔想，一定是老天有眼，要让他为人类配制出这种天然的新型香水后，再去见上帝。可是，直到麦考尔的新型香水摆满了全美的各大超市，他依然还活着。那时他已经又多活了两年。

麦考尔搞不懂这是怎么回事。他再去医院检查时，医生告诉他，他的病情正在好转。这一点连医生也感到惊奇。几年之后，麦考尔的症状全部消失了。医生和麦考尔一致觉得，这是一种强大的精神力量支持的结果。正是这种前所未有的精神力量让麦考尔脱胎换骨，活了下来。

要说麦考尔是发现了香水的配方，还不如说他是发现了生命的配方，一种忘我的精神。

从此，麦考尔就那么精精神神地走在太阳岛上。他的样子成了全美国老人们的榜样，他的照片被刊登在美国的许多报刊上，他迎着阳光，笑得一脸灿烂。那时所有的老人都在效仿麦考尔。因为他说明了生命的奇妙在于人们内在的精神。这就是勇敢、无畏、开朗和豁达。

据现代医学的大量研究证明，人的长寿和战胜疾病的神奇武器，有时就是一种自身的精神力量。强大的精神支柱，不但能给人体提供许多新鲜而活跃的再生物质，增强人体的免疫力，有时还能激发出一种生命的再造功能，甚至使人起死回生，创造奇迹。

麦考尔不但神奇地活了下来，而且成为了那时美国最有名的香水大王"麦考尔香水"家族的总裁。在他75岁的时候，还投资成立了美国的一家出版社——"精神出版社"，专门出版论述精神一类的书籍，以鼓舞人们更精神地活在这个世上，他希望人们能以精神的力量与人间的种种不幸和病痛作斗争。

"精神——人类最为宝贵的财富。"这是麦考尔为美国一家康复医院的老人们题的字。同时也是他走遍世界留下的最为诚挚的一句告诫——你要想活得好，就请你精神起来，因为这就是生命的配方！

生命不能虚度,因为生命的每一分钟都是宝贵的。在有限的生命中,一分耕耘就会有一分收获,浑浑噩噩地生活只会浪费自己的青春。

R人生妙谛
Ren sheng miao di

生命不打草稿

● 思想者

在学书法的时候,我曾经听我的一个老师讲过这样的一个故事:

有一个书法家教学生练字。有一次,一个经常用废旧报纸练字的学生反映,自己已经跟着书法家学了很长时间,可一直没有大的进步。书法家就对他说:"你改用最好的纸试试,可能会写得更好。"

那个学生按照书法家说的去做了。果然,没过多久,他的字进步很快。他奇怪地问书法家是什么原因。书法家说:"因为你用旧报纸写字的时候,总会感觉是在打草稿,即使写得不好也无所谓,反正还有都是纸,所以就不能完全专心;而用最好的纸,你会心疼好纸,会感受到机会的珍贵,从而全身心投入,也就比平常练习时更加专心致志。用心去写,字当然会进步。"

真的,平常的日子总会被我们不经意地当做不值钱的"废旧报纸",涂抹坏了也不心疼,总以为来日方长,平淡的"旧报纸"还有很多。实际上,这样的心态可能使我们每一天都与机会擦肩而过。

生命并非演习,而是真刀真枪的实战。生活其实也不会给我们打草稿的机会,因为我们所认为的草稿,其实就已经是我们人生无法更改的答卷了。

把生命的每一天都当做那最好的一张纸吧!

人生妙谛
Ren sheng miao di

> 我们会失败,也会沮丧,但不能没有希望。希望是人心力量的源泉,失去了它,我们就失去了导向,从而陷入迷茫彷徨的境地。所以,请珍视希望,坚信希望,为希望而奋斗,你会在希望之光中走向成功。

要活在巨大的希望中

● 子 名

亚历山大大帝给希腊世界和东方世界带来了文化的融合,开辟了一直影响到现在的丝绸之路的丰饶世界。据说他投入了全部青春活力,在出发远征波斯之际,曾将他所有的财产分给了臣下。

为了登上征伐波斯的漫长征途,他必须买进种种军需品和粮食等物,为此他需要巨额的资金,但他几乎把珍爱的财宝及所有的土地都给臣下分配光了。

群臣之一的庇尔狄迦斯深以为怪,便问亚历山大大帝:

"陛下带什么起程呢?"

对此,亚历山大回答说:

"我只有一个财宝,那就是'希望'。"

据说,庇尔狄迦斯听了这个回答以后说:"那么请允许我们也来分享它吧。"于是他谢绝了分配给他的财产,群臣中的许多人也仿效了他的做法。

我的恩师,户田城圣创价学会第二代会长,经常对我们青年说:"人生不能无希望,所有的人都是生活在希望当中的。"假如真的有人生活在无望的人生当中,那么他只能是失败者。人很容易遇到些失败或障碍,于是悲观失望,被挫折压下去;或在严酷的现实面前,失掉活下去的勇气;或恨怨他人,结果落得个唉声叹气,牢骚满腹。其实,身处逆境而不丢掉希望的人,肯定会找到一条活路,在内心里也会体会到真正的人生欢乐。

保持"希望"的人生是有力的;失掉"希望"的人生,则会通向失败之路。""希望"是人生的力量,在心里一直抱着"美梦"的人是幸福的。也可以说,抱有"希望"活下去,是只有人才被赋予的特权,只有人,才能面向未来的希望之"光",才能创造自己的人生。

走在人生这个征途中,最重要的既不是财产,也不是地位,而是在自己胸中像火焰一般燃烧起的信念,即"希望"。因为那种毫不计较得失、为了巨大希望而活下去的人,肯定会生出勇气,不被困难吓倒;肯定会激发出巨大的激情,闪烁出洞察现实的睿智之光。终生怀有希望的人,才是具有最高信念的人,才会成为人生的胜利者。

有一个人，在我们成功的时候他可以和我们一同分享快乐，在我们经历苦难的时候，他又像冬日的阳光一样给我们带来温暖，支撑着我们迎接挑战，这个人就是——朋友。

R 人 生 妙 谛
en sheng miao di

用半截声带说话

● 杰克·克卢格曼

在 1989 年，医生发觉我患了扩散性喉癌，为我动手术。手术十分成功。只有一个问题——割除时，要切除的部分比最初估计的深得多，我右边的声带只剩下一小截。

我大受打击。癌魔固然被消除，但我几乎连低声说话的能力都丧失了，而我一直靠说话为生，在舞台上、电视上都是如此。第一个到医院探望我的朋友，是东尼·兰德尔。我们合作演出已有 30 年了。

他安慰我说："你会好起来的。"我用手势表示，失了声让我十分沮丧。这时，他很认真地说："杰克，你如果要恢复工作，我会安排，这不是开玩笑。"东尼素来言而有信。我开刀后过了三年，听说有些小报准备发表报道，说我命在须臾。这纯粹是虚构，我虽然没想过东山再起，但癌症的确是被我击退了。我决定接受电视台采访。发声专家兼歌唱老师加里·卡托纳知道了，便和我联络。

他说："我也许能够帮助你。"之后 4 个月，我致力于做些奇怪而剧烈的练习。加里说，只要我左边的声带够强劲，或许可伸展过去，搭上右边声带的剩余部分。这对我来说有如科幻小说，但过了一段时间后，我的确听到自己微弱的声音了。

电话似乎通灵，这时响了起来。"杰克，我是东尼！你知道吗？要是我们能够在百老汇演出一场《难兄难弟》，就可以替国家演员剧场募得 100 万美元。"这剧场是他的心肝宝贝，但那时我还是说话艰难，就叫他别指望了，随即挂断电话。

我跟加里谈到这件事。他说："告诉东尼，4 个月后你就可以和他同台演出。"

我向来不想显得软弱经不住打击，我渴望恢复演艺生活，也知道东尼努力为我打气。那 4 个月我不断吸气，锻炼声带，进展不错。难以听到的低语慢慢变得较为响亮，又慢慢变成了声音。

演出的日期来临了。

我在后台等待，一颗心怦怦乱跳。到我出场了，我说了第一句台词，听见观众在座位上挪动。

我虽然开了麦克风,但听不见自己的声音,我不禁惊慌失措,心想:天啊,我是怎么盘算的?还有两个小时怎么挨过去?

我双腿发软,勉强站着。警察默里问我吃的是什么,我回答:"三明治,有褐色的,有绿色的。"

他问:"绿色的是什么?"

"要不是很新鲜的干酪,就是很不新鲜的肉。"观众确确实实笑了起来。显然,他们听见我的声音了。

东尼这时在舞台的另一边。我看见他眼睛闪出喜悦的光芒,也明白他的意思:加油,加油!我早知道你办得到。那两小时的演出,我赢得了最初演出时赢得的所有笑声。东尼一直在我身旁,做我的精神支柱。我永远不会忘记这份情谊。

剧终时,观众为我们起立欢呼了两分钟。落幕后,舞台经理说:"你们听到没有?"

观众仍旧站着鼓掌,要求再次谢幕。我们忍不住哭了起来,他们也哭了。那是百老汇真情流露的 7 分钟。

在演出后的派对上,东尼见人就说我是"世上最勇敢的混蛋"。那一夜是我一生中最美妙的一夜。东尼给了我新生。

从 35 个紧急电话中，我们看到了日本奥达克百货公司的员工们身上可贵的人性的光芒——坚守着对顾客的一份责任，绝不轻言放弃。这一信念中透着高尚的职业情操，同时也包含了博大的爱心。

R 人 生 妙 谛
en sheng miao di

35 个紧急电话

● 孟晴潇

一天下午，在日本东京奥达克余百货公司的电器部，售货员正在彬彬有礼地接待一位欲买唱机的女顾客。售货员按她的要求为她认真地拿出一台未启封的"索尼"牌唱机，她满意地付账离去。

顾客走后，售货员在清理善后事宜时发现，刚才错将一个空芯唱机样品卖给了那位女顾客，于是赶紧向公司报告。警卫四处找那位顾客，但不见踪影。经理接到报告后，觉得此事非同小可，是关系到顾客利益和公司信誉的大问题。

经理于是马上召集有关人员研究寻找办法。当时他们只知道那位女顾客是一位美国记者，叫基泰丝，还有她留下的一张"美国快递"公司的名片。据此仅有的线索，奥达克余公司公关部连夜便开始了一连串近似于大海捞针的寻找。

先是打电话，向东京各大旅馆查询，毫无结果。后来又向美国打紧急长途，向纽约的美国快递公司总部查询。美国方面也展开了"紧急调查"。近凌晨奥达克余公司才望眼欲穿地接到美国方面的电话。在得知基泰丝父母在美国家里的电话号码后，他们马上将电话打到基泰丝的父母家。老人以为女儿出了什么大事，刚开始一阵紧张。听完日方善意的"调查"后，很感动，愉快地将基泰丝在东京的住址和电话号码"透露"。几个人整整忙了一夜，国际国内总共打了35 个紧急电话。

　　为了表示歉意，奥达克余公司一大早便给还未起床的基泰丝打了一个万分歉意的电话。几十分钟后，奥达克余公司的副经理和提着新唱机皮箱的公关人员赶到了基泰丝的住处。

　　他们除了送一台新的合格的"索尼"唱机外，又加送畅销唱片一张，蛋糕一盒和毛巾一套。接着副经理便打开了记事本，宣读了他们从发现问题到怎样通宵达旦查询她的地址及电话号码，并及时纠正这一失误的全过程记录。

　　基泰丝深受感动，没想到奥达克余公司及时纠正失误如同救火，为了一台唱机，花费了这么多的精力。待他们走后，她马上写了一篇题为《35 次紧急电话》的特写稿，稿件见报后，反响强烈，奥达克余公司因忠诚为顾客而名声鹊起，门庭若市。后来，这个故事被美国公共关系协会推荐为世界性公共关系的典范案例。

人生妙谛
Ren sheng miao di

高贵的心灵不羡华服,亦不羡美玉,它拥有的是足以使天地为之动容的浩然正气,它的风采并不会随着岁月流逝而消失,反而会在风霜的磨砺中愈加绽放出生命的华彩,流溢出璀璨的华章。

高贵的心灵是不沉的方舟

● 王 飙

像行驶在滚滚江河里的航船无法躲避浊流和旋涡一样,我们的心灵在现实的生活里也无法躲避庸俗的缠绕。曾经有过多少燃烧着渴望卓越之火的灵魂,却在人生的岁月里被庸俗的浪花溅湿了理想的柴薪,窒息了进取的烈焰。但那些无论在任何境况下都不愿失去自己高贵心灵的追求者,却如乘着永不沉没的生命方舟一样扬帆前进,任凭那庸俗的浊流在舟底暴涨翻卷。

高贵的心灵也许并不鄙视庸俗,就像高贵典雅的兰花不会鄙视善于献媚邀宠的月季,但高贵的心灵绝不会在庸俗的泥淖中沉沦。

高贵的心灵也许会在岁月里与庸俗乘坐同一班列车,就像美丽的天鹅与丑陋的野鸭,在迁徙的途中会在同一个湖泊里歇息。但细细地倾听那湖面上晚风送来的阵阵夜歌里,恐怕没有一个人会把天鹅动听的声音当成嘶哑的鸭鸣。

高贵的心灵也许会与庸俗穿着同样色彩和式样的衣服,就像同一条藤上开放的争奇斗艳的花朵,但庸俗却如那随风飘落后陷于虚空的黄花,而高贵的心灵却将是硕果累累。

高贵的心灵也许常常会被庸俗所嘲笑,就像不修边幅的大学者常常会受到披金戴银、一身名牌的人鄙视一样。但高贵的心灵不会去寻求庸俗的赞美,而是在庸俗的嘲笑里保持着自己的清醒和独立。

高贵的心灵植根于生命的大智大慧,而庸俗却产

生于愚昧无知;高贵的心灵常常感受到的是自己的卑微,因此,他总是养护好自己胸中的浩然之气以保持自己人格的完整;而庸俗却处处表现着自己的不可一世和"小聪明"……

因此,当有人拿一块硕大明洁的美玉私下去贿赂宋国的宰相子罕时,遭到了子罕的拒绝。贿赂之人还以为子罕不识货呢,就对他说:"这块玉可是经玉匠鉴定过的价值连城的稀世之宝啊!"子罕却掷地有声地答道:"我以不贪为宝,而你以玉为宝,我们俩都应该各安其宝啊!"好一个"以不贪为宝",这不正体现着一个人的高贵心灵吗? 在这样高贵的心灵面前,任何财宝都为之黯然失色!

高贵的心灵之所以高贵,正是因为它虽被庸俗所包围或缠绕,却不会被庸俗所污染。

高贵的心灵是永不沉没的人性的方舟,任凭庸俗的流水泛滥横溢,它永远都将保持自己的高度!

让苦难芬芳 <<

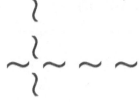

　　我们每个人的人生都像是在咀嚼一块块巧克力，绝大多数人一生只咀嚼过一种或几种巧克力，便因畏惧困难或因一时心满意足而放弃了继续品尝其他的巧克力，但有人却始终不满足地不断去品尝"下一块巧克力"的滋味。

在苦涩中品味香甜，在苦难中感受幸福，让苦难在满怀希望的心间绽放笑容，释放芳香。在苦难中随遇而安，洒脱自如。是苦难让我们成长、成熟。

让苦难芬芳

● 乔叶

最近认识的一个朋友，是个农民，做过木匠，干过泥瓦工，收过破烂，卖过煤球。在感情上受到过致命的欺骗，还打过一场三年之久的麻烦官司。现在他独自闯荡在一个又一个城市里，做着各种各样的活计，居无定所，四处飘荡，经济上没有任何保障。看起来仍然像一个农民，但是他与乡村里的农民不同的是，他虽然也日出而作，但不是日落而息——他热爱文学，写下了许多清澈纯净的诗歌。每每读到他的诗歌，都让我觉得感动，同时惊奇。

"你这么复杂的经历怎么会写出这么柔情的作品呢？"我曾经问他，"有时候我读你的作品总有一种感觉，觉得只有初恋的人才能写得出。"

"那你认为我该写出什么样的作品呢？《罪与罚》吗？"他笑。

"起码应当比这些作品沉重和黯淡些。"

他笑了，说："我是在农村长大的，农村家家都储粪。小时候，每当碰到别人往地里送粪时，我都会掩鼻而过。那时我觉得很奇怪，这么臭这么脏的东西，怎么就能使庄稼长得更壮实呢？后来，经历了这么多事，我却发现自己并没有学坏，也没有堕落，甚至连麻木也没有，就完全明白了粪和庄稼的关系。"

我看着他。他想做一个怎样的比喻呢？

"粪便是脏臭的，如果你把它一直储在粪池里，它就会一直这么脏臭下去。但是一旦它遇到土地，情况就不一样了。它和深厚的土地结合，就成了一种有益的肥料。对于一个人，苦难也是这样。如果把苦难只视为苦难，那它真的就只是苦难。但是如果你把它与你精神世界里最广阔的那片土地去结合，它就会成为一种宝贵的营养，让你在苦难中如凤凰涅磐，体会到特别的甘甜和美好。"

这个智慧的人，他是对的。土地转化了粪便的性质，他的心灵转化了苦难的流向。在这转化中，每一场沧桑都成了他唇间的冽酒，每一道沟坎都成了他诗句的花瓣。他文字里那些明亮的妩媚原来是那么深情、隽永，因为其间的一笔一画都是他踏破苦难的履痕。

他让苦难芬芳，他让苦难醉透。能够这样生活的人，多么让人钦羡。

当繁华落尽,浮出水面的是已经久未审视的内心。心灵就像一面镜子,如不常常拂拭就会落满尘埃,再也映不出本来的自己。老师给学生指明的,不仅是写作之路,更是人生之路。

R人生妙谛
Ren sheng miao di

没有 A,也没有 B 和 C

● 飘

上初中时,写作于她而言,无非是天马行空的杜撰。洋洋洒洒一大篇,既不打草稿,也不作修改。笔下,华丽的语言,曲折的情节,唬倒众人。同学们刮目相看的眼神,令今年少轻狂的她很受用。

A,B,C。她作文的等级从来都只是 A。直到他的到来。一个在她眼中乳臭未干的师专毕业生——新上任的语文老师。

之前,她本是想卖弄一下自己的文采,在他面前惊艳一下。没想到那篇自认为倾心的"力作",最终出卖的却是她的尊严。作文本发到手里,没有 A,也没有 B 和 C。只有莫名其妙的六个字:土拨鼠哪去了?

轰动。她的作文本满世界横飞:嘻,土拨鼠哪去了? 同学们的笑各怀鬼胎。土拨鼠哪去了? 她晕的有点找不见北。

作文讲评课上,他给同学们讲了一个故事。

三只猎狗追一只土拨鼠。土拨鼠钻入了树洞,而树洞只有一个出口。不久,树洞里却钻出了一只兔子。兔子向前逃跑并爬上一棵大树,仓皇中兔子从树上掉下来,砸晕了地面上仰头看的三条猎狗,兔子逃脱了。

故事讲完后,他问大家:这个故事有什么问题吗?

学生甲:兔子不会爬树。

学生乙:一只兔子不可能同时砸到三条猎狗。

学生丙:狗都砸晕了,兔子能不晕?

还有呢? 他继续问。

他点了她的名字。她却回答不上来,众目睽睽下,她满脸通红。

土拨鼠哪去了? 他问她。

土拨鼠哪去了? 他又问大家。班里的轰笑声顷刻变得安静。

是啊,她作文中的那只"土拨鼠"哪去了? 一直以来,她引以为荣的编造出的作文情节,无

非如他的故事中冒出的兔子,喧宾夺主;而她就像那三条猎狗,舍本逐末,任由兔子将自己引向了跑题的岔路。她真正追寻的目标——土拨鼠,早已与她渐行渐远。

她的作文如同他的故事:看似热闹非凡,却漏洞百出。她知道土拨鼠哪去了。她相信自己能找回来。只是以后,同学们都管她叫土拨鼠。她曾经那样骄傲的光阴,竟被打上了土拨鼠的灰暗印记。印记有些丑,亦或于那颗年少敏感的心还略微的痛。只是她深深清楚那枚土拨鼠印记的分量:那是一个标记,确切而言是路标,标立在她未来的每一个岔路口。不仅仅于写作。

毕业前,她写了最后一篇作文。不再杜撰。以手写心。作文本发到手里,没有 A,也没有 B和 C。却是一句更为莫名其妙的话:如果不是抄的,就好了!

触目惊心。她却没有晕。有些东西,不需要解释。无论在她,还是他。

十多年过去了。不论是写作之路,还是人生之路,不论走多远,她总能清楚地记着自己为何而出发,也不曾迷过路。直到今天,她仍然在时刻提醒自己:土拨鼠哪去了?

一次,她从杂志上读到了他写的文章。有一段话这样写:"我给学生文章的最高评价是——如果不是抄的,就好了。因为他(她)的写作水平,已远远超过了他(她)自身应具有的能力。只是,我仅给一只土拨鼠写过。"那一刻,她第一次为荣耀之外的东西掩面而泣:没有 A,也没有 B 和 C,而她却得到更多。

物质的贫穷并不是阻挡我们前进的障碍,只有精神的贫困才是隔断我们通往成功之路的沟壑。将自信写在脸上,即使你身无分文,也要挺起胸膛,用勤奋的双手和智慧的头脑去创造一个精彩的人生。

R 人 生 妙 谛
en sheng miao di

我是北大穷学生

● 马 超

那年高考,我是县里的文科状元,被北大中文系录取,成为了母校建校以来第一位被北大录取的学生。

9月的清晨,日如薄纱,我和父亲在北京站下了火车,没有目的地顺着人群走出车站。我们坐着绿皮火车,挤了16个小时,当我从皖北平原来到高楼大厦之中时,已经疲惫到了极点,同时又对自己格格不入的装束感到很不安。我记得很清楚,那天我穿着一件长袖的白色衬衣,上面沾满了灰尘,领口黑黑的一层;下面是一件褐色起毛的休闲裤,有些短,把人吊着;脚上是一双劣质的黄皮鞋。最让我放心不下的是手中拎的那个塑料行李箱,那是我临出发前在集市上花45元买的,因质量不好,已经完全裂开,父亲不知从哪弄来几段零碎的绳子把它紧紧捆住,里面的衣服从裂开的缝隙中拼命往外挤,随时都有炸开的可能。

这是我第一次坐火车。在合肥上车之后,我拿着自己的火车票,在拥挤的人群里找到我的座位,发现座位上坐着一个孕妇。如何要回自己的座位,是我第一次真正处理一个问题。我怯生生地告诉那个孕妇这个座位是我的。那孕妇却一句话也不说,像个小说家深沉地望着我,然后转头窗外。面对哑然的局面,我不知如何处理。我想告诉她,我是北大的学生,我想告诉她,这是我第一次出门远行,可我最终没有说出口。最后我离开了,挤到了另外一个车厢。

我就那样盲目地在人群里站着,16个小时,连口水都没喝上。父亲比我更惨,他和一个同去的亲戚被挤到餐车里,花钱买了个茶座,因为随时可能要换地方,他不得不扛着那个裂开的箱子在人群里挤来挤去。16个小时我几乎没有说话,就听着旁人说,因为不知怎么插嘴,甚至根本没有想到去插嘴。我就是那样沉默着。这第一次的火车旅行让我到现在为止都害怕坐火车,就像小时候吃腻的食品,一遇到适宜的场景,便排山倒海一样从胃里涌出来。

校车拉着我们直接到了昌平。经济上不允许父亲逗留,他要当天赶回。一下车,我们就赶紧忙着报到,买被褥,买生活用品。买完东西,父亲留下了回去的车费,把剩下的钱全给了我,有三百多块钱。中午,我们在食堂吃了顿饭,饭菜很贵,没舍得多要菜。那算是父亲来北京吃的第一顿饭了。下午,父亲要去火车站。父亲说你不要舍得花钱,要照顾自己,不要想家。接着

我们便陷入沉默。沉默了一段时间后，父亲慢慢地转过身去，望着那长满野草的球场和球场远处的树林。我看见他抬手擦自己的眼睛，过了半天，等他转过头来再看我，我发现他眼睛里依然有着晶莹的泪滴。一阵悲伤从我心中不可抑制地涌出，我差点说："爸，我想跟你一起回去。"

我知道父亲为何落泪，在所有的学生里我显得那么弱小，穿的不像样，买的东西也都是最简单的。他走后，摆在我面前的是茫茫未知的大学生活，而所有的生活费只是那微不足道的三百多元。

父亲是第二天下午赶到家的，那天正好是我堂兄考上大学摆酒请客的日子，他们包了一场露天电影，放映员反复提到我们兄弟二人的名字。父亲风尘仆仆地赶到酒桌上，众人端起酒杯，等我父亲说话。所有的人都用期待的眼神看着父亲，他们都在等着父亲讲讲伟大的首都北京，讲讲万里之外风光的我。父亲还未开口，已经泪眼婆娑。他喝了杯酒，说了一句："我们家的孩子在那里是最穷的一个，让他在那里受罪了。"之后，泣不成声。父亲走后，我是靠着那三百多块钱过活的。

吃的很简单，夜宵是晚饭时从食堂买的一个馒头，简单但有滋有味，我像其他同学一样享受着自己的大学生活。每天早晨早早起来到操场上读英语，有时也和别人打打乒乓球。没课的下午，我和球友们一起去踢球，踢得满身大汗。我幸福地过着自己的大学生活，不去逃避，不让人对自己的生活有怜悯之感。即使身上只有300块钱，买书、吃饭、洗澡、穿衣，我从没有什么过于拘束之感，少一分如何，多一分又如何？

不久，母亲写来一封信，错字连篇，她在信里说，她想跟着建筑队出去，给人家做饭，一个月有五六百块钱。那封信让我十分难受，我赶紧写信给母亲，说你要真去了，我就不上这学了。随后，我坐车到北大本部，找了份家教。这意味着我每月有400块的收入，我赶紧写信给家里人说我找到了兼职，生活不太紧张了。

这是我大学里的第一份兼职。一天的家教回来，天基本上黑透了，我要摸黑走四里路，两边全是庄稼地，路上只我一个人，每次看到校区门口的红灯笼，我的眼睛都有点模糊，那种疲惫后的熟悉让我感到一阵强烈的温暖。第一次拿到100块钱的补课费时，我几乎高兴得找不到北了。

回到燕园后，我有了第一份工作，帮一家文化公司写畅销书。一周内我们三个人要写18万字。那一个星期，我除了上课，所有的时间都用在写稿子上。没有电脑，一切都是手写。稿纸一沓一沓地买。白天写不完，晚上就搬个板凳在楼道里写，6天的时间，我写了80000字，拿到了1800块的预付金。这笔"巨款"让我兴奋异常，虽然手已酸痛得几乎拿不起筷子。

那以后，我辞掉了家教的工作，开始将更多的时间和精力用在学习上。我拿过奖学金，评过标兵，体育也得了奖，还获得了"北大优秀共产党员"的称号，我知道我的努力没有白费。

大三时，一位央视的编导来中文系找兼职，我去了，于是我开始在央视几个栏目做文案，几位接触到的电视人对我评价不错。

大二下学期，我不再向家里要钱；大三下学期，我开始帮姐姐支付一部分的生活费和学费。在北大读研时，我开始写剧本。妹妹去上大学，专业课学费很高。我说，让她去吧，有我呢！

暑假我送妹妹上学,前后给她交了17000块,还留下了3000块生活费,我说,当年我是300块开始我的北大生活的,你比我幸福多了。从长春回来的路上,妹妹给我发短信,她说:"哥,谢谢你,我会努力的。"

是的,这就是北大生活:它让我感激,让我留恋。这里不会因为贫穷而让你止步不前。一路走来,你会发现你所走的那些路,看去那么平坦,可每走一步,却是那么艰难。这里是北大,这里有无数的年轻人,无数的脚步。当你把其中一个脚印放到镜头前,放大,放成8寸,放成12寸,放成毕业像一样大的20寸。你从中发现的是基于你自己身上的一种坚韧和力量,更重要的是,从那个脚印里我们欣然发现了自己那些悄悄遗忘的微笑和幸福。

R 人 生 妙 谛
en sheng miao di

"穷则独善其身,达则兼济天下"。"小我"的价值需要在对社会的贡献中体现。每个人都是生活的焦点,都有其存在的价值和意义,努力找寻自己的精彩才能获得无尽的快乐。

给一位小朋友的信

● 哈里·贝迪 朱晓慧 译

在我熟悉的人中,有一位特别的朋友:年幼、姣美、聪慧。她名叫卡罗琳,7岁,家住香港,正在一所主要为移民孩子开设的学校里读书。她母亲虽出生在澳大利亚,后来却一直住在香港。她的父亲是瑞士人,在香港拥有一家小小的贸易公司。不久前,我到她家做客,她拿起一本《亚洲周刊》,认出了我在上面的一张照片,于是问我究竟写些什么。我告诉她我主要是写人。"哦,为什么不找点时间写写我呢?"她问道,带着常有的那种急迫的样子。我告诉她,等她长大成名,会有不少人写她的。"好的。那么现在就以悉尼的哈里伯伯的名义给我写信吧。"对她的要求,我作了承诺。这不就是:

亲爱的卡罗琳:

真高兴给你写信。我有好多好多事要告诉你,可你总是忙。你要读书,上钢琴课、芭蕾课,还有作业呀,参加生日舞会什么的。每周,你要给苏黎世的奶奶和悉尼的伯伯写信,真像香港的大老板那样忙碌!我真同情你,既没养小狗,也没地方骑小车。我想,你妈妈安排了那么多的事要你做,正是要你不闲着吧!虽然你不太喜欢学芭蕾,妈妈却希望这能帮助你成为一个标准的好姑娘。你不知道吗?大多数父母都期待着自己童年的梦想在他们的孩子们身上实现。当你妈妈年轻时,那时姑娘们的风尚就是习歌学舞。可是,如果你想学些其他知识,别以为你不行或你不需要,更不要相信那些学问是专门留给男孩子的!今天的女性中有宇航员、工程师、医生,也有飞行员和政治家。别把自己的选择限在过去那种姑娘的圈子里。

记得有一天我与你爸爸带你去看网球赛吗?你和你的朋友们聚在校门口等,旁边却孤零零地站着一位小姑娘。我想她一定来自斯里兰卡,是少数几个来自其他亚洲国家同学中的一位。干吗不与她聊聊呢,多了解些她那个美丽国家的事情。我敢肯定你还有华人同学。你知道,香港是他们的家。当你的那些朋友离开以后,他们还留在这儿。别忘了香港也是你的家——不是苏黎世也不是悉尼。即使你今后走了,你也会常常怀念这个地方。

试想,有一天你打算去香港观光,干吗现在不多交些朋友呢?!

我知道你没有机会去交很多当地的朋友。你所流连忘返的俱乐部中没几个亚洲的小朋友。更叫我伤感的是,在你们的教科书中,我看不到有什么地方给你们讲述过中国和亚洲其他一些国家的情况。今天的澳大利亚学生比你的同学们知道的亚洲的事情要多得多!当你长大的时候,澳大利亚说不定会把自己看成是亚洲的一员。也许,你会因为把你叫成亚洲人而得意呢!到那时,你们都是众多国家的儿女,每一个人都会理解我们共同分享的世界,你也会因为乐于帮助每一个人而显得重要。

我永远忘不了一个傍晚的情形。你碰见一个人提着一篮子刚出窝的猫仔。那人说,如果没人买,就只能将这些小猫儿溺死。你哭得好伤心哟,就因为不准你带一只回家。可令人悲伤的是,世界上比这惨的事多着呢。人太多,空间却太少;太多的恐惧和贪婪,太多的爱意与怜悯。我们假装着对别人的困难视而不见,一旦影响到自己还怒发冲冠!记得那天你游泳,一跳进脏海就冲回了岸边。再想想那些可怜的鱼儿,却不得不在水里长年忍受。我们呼吸的空气也变得越来越臭!当然,你今后成为舞蹈家或钢琴家,我们会引以为傲。但别忘了,要做的事还远不止这些。我希望你长大后不仅是一位贤德的淑女,同时是一位深知这个广博世界而又为它献身造福的女士。那样的话,卡罗琳,成千上万的人都会追着写你。

哈里伯伯

人生妙谛
Ren sheng miao di

学识固然重要,但能力更加不容忽视,把所学所得与实际工作结合起来才是最好的方法。因此,在平时的工作中应注意培养自己的悟性,勤于思考,多想多做,从而提高自己的能力。

文凭只看三个月

● 士心

有一家大公司的总经理对前来应聘的大学毕业生说:"你的文凭代表你应有的文化程度,它的价值会体现在你的底薪上,但有效期只有三个月。要想在我这里干下去,就必须知道你该学些什么东西。如果不知道该学些什么新东西,你的文凭在我这里就会失效。"

企业招聘人才,文凭是敲门砖,进门之后,悟性才是开锁的钥匙和向上的阶梯。同是学士、硕士、博士,甚至是同校同届同专业,文凭虽相同,但"是骡子是马",拉出来一遛就见了分晓。同在一个部室,甚至同做一份相近的工作,悟性深浅、敬业与否,则是事业发展和进步的关键。

大学毕业生小方和小安同时被招聘到某公司运输部。小方按部就班,认认真真地完成经理交办的每项工作,没出什么差错,他自己也比较满意。但小安却并没有安于现状,在对客户的分析中,他发现京、津、冀、鲁等地的货物运输近期常有逾期现象,多是由于修路造成。于是,他通过电脑交通网络,对北京周边各交通干线的路况进行了一系列调查摸底,并于每天列出一份动态的路况交通图送给经理参阅。就是这份动态的路况图,对公司的货物运输起了重要的疏导作用,不但有效缩短了运输时间,而且减少了因堵车、绕行而产生的运输费用,受到公司领导的重视和奖励。当然,三个月后,继续聘用的是善于用脑子干工作的小安。

知识的积累,不应是一种"死积累",这种积累多了,常常是为积累所累,让人感到"盛名之下,其实难副"。知识的积累,应当是"活"的,融会贯通、活学活用。这本身绝不是一个简单的对号入座就能解决的问题。善悟之人,就是善于把知识用"活"的人。常听有些人说某些学生是"高分低能",这类学生"死读"的精神虽可敬,但到了工作岗位上就毫无优势可言。学富五车却无锦囊妙计,因而常常不受尊敬,四处碰壁。要想活学活用,就要学习一些思维的规律与方式,这叫"开窍"。庄子在《应帝王》篇中讲,要治混沌之人,必须开凿"七窍"。其实,开窍,无非是找到打开思路的钥匙,学一点认识论和辩证法。

古代老子开窍于朴素的唯物论,今朝导师伟人开窍于辩证法。作为一名想要事业有成的人,也只有循此捷径去开窍悟道,才能让你的文凭货真价实,即使再过三个月也不会轻易失效。

修养是一种魅力，可以化寒冷为温暖，化危机为良机。正是由于人有了修养，才能从容地面对人生中的风雨。保持良好的修养与人相处，才能获得他人最宝贵的真诚，才能获得命运所给予的无穷力量。

Ren sheng miao di
人 生 妙 谛

修养重于学识

● 崔鹤同

某旅游大学在每届学生快要毕业时，校方都会安排一些学生到一个很有名的景点去游览。

有一次，由一个老师带领二十多个快要毕业的学生来到了某市的一个旅游景点，负责接待他们的是一个女秘书。女秘书先把他们安排到一个会议室，然后，开始给大家倒开水。大多数同学的表情都很麻木，有的同学还用很生硬的语气说："天太热，有冰激凌吗？我要吃冰激凌。"

"非常抱歉，没有准备冰激凌。"女秘书很有礼貌地回答。

女秘书继续给大家倒开水。当轮到一个叫岚的女生时，岚面带微笑地说了声："谢谢！"这位女秘书非常惊奇，这可是她今天听到的第一句很有礼貌的话。

女秘书给大家倒完水就出去了。过了一会儿，他们的人事主管走了进来，非常热情地向各位打招呼。然而令人尴尬的是，大多数同学只是无精打采地把屁股在座位上挪了一下，并没有任何回应。当主任走到岚的面前时，岚立即从座位上站起来，非常友好地伸出手，热情地握住了主任的手，面带微笑地说："谢谢！谢谢您的热情接待！"

人事主管非常吃惊，脸色一下子缓和了。主任看着岚的眼睛，和蔼地问道："你叫什么名字？"岚如实地回答了他。

两个月后，那家很有名的景点点名要走了岚。其他同学很不服气，理由是岚的学习成绩在班里顶多排在中等，为什么那些学习成绩优秀的学生没有得到这个好机会，而对方偏偏选中了岚呢？

老师看出了同学们的心事,语重心长地说:"岚的学习成绩的确不是很优秀。但是,我希望大家明白,学习成绩只能代表我们掌握了某些知识,走上社会后,我们的学习才刚刚开始。对方点名要岚,就是因为她的为人修养略胜一筹。"

学识可以"教"出来,而修养必须"炼"出来。学识是教会我们如何做事,修养是告诫我们如何做人,只有做好人,才能做好事。所以,在成功的天平上,修养重于学识。修养是第一门必修课。

一个外贸单位要招聘一个文秘,不少中文系毕业的本科生都先后被淘汰,最后一个大专生却被留了下来。原来,接受主考官面试时,房间的门边有一把扫帚倒在地上,所有的应聘者进门都视而不见,只有这个女生把她扶了起来。这个细微的动作,说明她很细心,有责任感。这道题她答好了。须知,素养和品格是最好的通行证。

除了优秀,别无选择。

"不积小流无以成江海,不积跬步无以至千里。"坚持就是胜利,铁锤虽小,人却能通过连续的击打使大铁球摆荡起来。虽然我们的能力有限,但不懈的努力可以使许多的不可能变为可能。

小锤锤动大铁球

● 李松凤

一位著名的推销大师,在一生中取得了辉煌的成就。因为年龄大了,他即将告别自己的职业生涯,应人们的邀请,他将作一场演说。

这天,会场上座无虚席,人们在热切地、焦急地等待着。大幕徐徐拉开,舞台的正中央吊着一个巨大的铁球。为了这个铁球,台上搭起了高大的铁架。一位老者在热烈的掌声中走了出来,站在铁架的一边。他穿件红色的运动服,脚下是一双白色胶鞋。

人们惊奇地望着他,不知道他要做出什么举动。两位工作人员抬着一个大铁锤,放在老者的面前。主持人邀请两位身体强壮的听众到台上来,推销大师请他们用大铁锤去敲打那个吊着的铁球,直到把它荡起来。

年轻人抡起大锤奋力向那吊着的铁球砸去,一声震耳的响声后,吊球动也没动。他们用大铁锤接二连三地砸向吊球,很快就气喘吁吁,还是未能将铁球打动。

全场寂静无声,这时,推销大师从上衣口袋里掏出一个小锤,然后开始认真地面对着那个巨大的铁球敲打。他用小锤对着铁球"咚"的敲了一下,然后停顿一下,再用小锤敲一下。

人们奇怪地看着,老人那样"咚"的敲一下,然后停顿一下,就这样持续地做。

10分钟过去了,20分钟过去了,30分钟过去了,会场早已开始骚动,人们用各种声音和动作发泄着自己的不满。老人仍然用小锤不停地敲着,仿佛根本没有看见人们的反应。许多人愤然离去,会场上到处是空着的座位。

40分钟后,坐在前排的人突然叫道:"球动了!"

霎时间,会场又变得鸦雀无声,人们聚精会神地看着那个铁球。那个球以很小的弧度摆动了起来,不仔细看很难察觉。大师仍旧一小锤一小锤地敲着,人们默默地听着那个小锤敲打吊球的声响。

吊球在大师一锤一锤的敲打中越荡越高,它拉动着那个铁架子"哐哐"作响,它的巨大威力强烈地震撼着在场的每一个人。年轻人用大锤也没有打动的铁球,在大师小锤的敲打中却剧烈地摆荡起来,终于,场上爆发出一阵阵热烈的掌声。

图德拉没有经营生意的财力物力，却有足够精明的头脑。成功的方式有很多种，只是有待于你去发现一种最适合自己的方式。多动动脑筋，也许你就是下一个图德拉。

R 人生妙谛
Ren sheng miao di

图德拉迂回经营

● 杜芝

委内瑞拉有个名叫图德拉的工程师，他想做石油生意，虽然一无关系，二无资金，但他信息灵通，思路敏捷，行动果断，这就使他掌控了"命运之舟"，有了迂回前进，驶向目的地的可能。

图德拉先来到阿根廷。了解到那里牛肉生产过剩，但石油制品比较紧缺的问题后，他便同有关贸易公司洽谈业务。

"我愿意购买2 000万美元的牛肉。"图德拉说，"条件是你们得从我这儿购进2 000万美元的丁烷。"

因为图德拉知道阿根廷正需要2 000万美元的丁烷，所以正是投其所好，双方的买卖意向很顺利地确定下来。

他接着又来到西班牙，对一个造船厂提出："我愿意向贵厂订购一艘2 000万美元的超级油轮。"

那家造船厂正为没有人订货而发愁，当然非常欢迎。图德拉又话头一转："条件是你们得购买我2 000万美元的阿根廷牛肉。"

牛肉是西班牙居民的日常消费品，况且阿根廷正是世界牛肉的主要供应基地，造船厂何乐而不为呢？双方又签订了一项买卖意向书。

图德拉又到中东地区找到一家石油公司提出："我愿购买2 000万美元的丁烷。"

石油公司见有大笔生意可做，当然非常愿意。图德拉又话锋一转："条件是你们的石油必须包租我在西班牙建造的超级油轮运输。"在产地，石油价格是比较低廉的，贵就贵在运输费上，难也就难在找不到运输工具，所以石油公司也满口答应，彼此又签订了一份意向书。

三个意向书变成了一个行动，由于图德拉的周旋，阿根廷、西班牙、中东国家都取得了自己需要的东西，又出售了自己急待销售的产品，图德拉也从中获取了巨额利润。细细算起来，这项利润实质上是以运输费顶替了油轮的造价，三笔生意全部完成后，这艘油轮就归他所有，有了油轮就可以大做石油生意，最终使他如愿以偿。

有一间温暖的小屋，有一个爱自己且有一份稳定工作的丈夫，一日三餐虽简单却可口，拥有这些东西，你就已经很富有了。知足常乐，学会感恩，才能看见生活的美。

R 人 生 妙 谛
en sheng miao di

太太，你很有钱吗

● 马瑞·杜兰

他们蜷缩在风门里面——两个衣着破烂的孩子。

"有旧报纸吗，太太？"

我正在忙活着，我本想说没有——可是我看到了他们的脚。他们穿着凉鞋，上面沾满了雪水。"进来，我给你们喝杯热可可奶。"他们没有答话，他们那湿透的凉鞋在炉边留下了痕迹。

我给他们端来可可奶、吐司面包和果酱，为的是让他们抵御外面的风寒。之后，我又返回厨房，接着做我的家庭预算……

我觉得前面屋里很静，便向里面看了一眼。

那个女孩把空了的杯子拿在手上，看着它。那男孩用很平淡的语气问："太太……你很有钱吗？"

"我有钱吗？上帝，不！"我看着我寒酸的外衣说。

那个女孩把杯子放进盘子里，小心翼翼地说："您的杯子和盘子很配套。"她的声音带着嘶哑，带着并不是从胃中传来的饥饿感。

然后他们就走了，带着他们用以御寒的旧报纸。他们没有说一句"谢谢"。

他们不需要说，他们已经做了比说"谢谢"还要多的事情，蓝色瓷杯和瓷盘虽然是俭朴的，但它们很配套。我捡出土豆并拌上肉汁：土豆和棕色的肉汁，有一间屋住，我丈夫有一份稳定的工作——这些事情都很配套。

我把椅子移回炉边，打扫着卧室。那小凉鞋踩的泥印子依然留在炉边，我让它留在那里。我希望它们在那里，以免我忘了我是多么富有。

竞争中,当技术层面上已经相差无几、不足以决定胜负的时候,心理素质就是决定成败的关键了。所以,竞争的最高境界比的是心。在这里,修身养性不仅是韬晦的策略,也能让你在竞争中脱颖而出。

人生妙谛
Ren sheng miao di

失之毫厘,谬以千里

● 张 丽

为了进这家知名公司,赵林已经杀过了三层重围,幸运地成为前来面试的 5 个人之一。赵林知道同来的这几个人中只有他是研究生,心底不禁暗自庆幸,胸中也多了几分胜算。

前来参加面试的人被安排逐个进去,赵林排在了第三个。出人意料的是,面试速度非常之慢,直到 11 点,第二个面试的人还没出来。他看到身边正襟危坐的另两位同伴,心情更加急躁,有些坐不住了。他在沙发上变换着一些倾斜的姿势,后来几乎是半趴在那里,希望能缓和一下紧张的情绪……

赵林进去面试的过程倒还顺利,而且时间也不长,这令赵林觉得很意外。然而,更让他感到意外的是,公司录取的竟是一个本科毕业的小丫头。当他得知原因时不禁懊恼不已,自己哪里做得都足够出色,却因一时疏忽而留下败笔——原来最后一个面试者是公司特意派来的"眼线",用于观察他们等候时的表现。而赵林的坐立不安,让人觉得他没有耐心,不够稳重,所以与大好的工作失之交臂。

在求职竞争中,学历与能力自然是必备的"硬件",但也并非拥有了这些就一定能成为胜利者。很多时候,一处小小的败笔就足以使你错失大好机会。如今的用人单位越来越看重应聘者的素质,而这些潜在的素质往往是从微小的细节中体现出来的。所以从你走进面试公司的那一刻起,你的一举一动都可能已经成为考核的标准了。

"千里之行,始于足下",点滴的积累才能收获累累的硕果。
生活是靠自己脚踏实地走出来的路,只要你付出就会有回报。
珍惜眼前的一切,做好自己的工作,这就是成功最简单的办法。

Ren sheng miao di 人 生 妙 谛

红包里只有一元钱

● 远方

那天,忙完三十几桌喜筵后已经是夜里 11 点多了。回到宿舍,睡在我上铺的阿强还没有睡。见我一脸疲倦,他关心地问:"今天不是你轮休吗,怎么又上班了?""订喜酒的,后厨忙不过来。""忙到这时老板有没有奖赏呀?""赏了,一枚一元硬币。"我有些无奈地笑笑。

我和衣躺在床上,随手将那个小红包扔到床头的玻璃瓶里,一共 5 枚了。闭上眼睛,记忆将我拉回到五年前。

那时,我刚从沈阳的一所服务中专毕业,正赶上我现在的老板黎先生来学校招人。冲着不错的待遇和环境,我与黎老板签订了用工合同,来到了珠海这家龙欢阁大酒店。

我最初在酒店的后厨做荷手(大厨的助手)。刚开始上灶,在学校学的那点手艺根本不顶事,常常挨大师傅的骂。一次,做"水晶咕咾肉",肉过油时有一点过火。端给大师傅挂晶时,师傅一看颜色就知道不对劲,狠劲在我的屁股上踢了一脚,骂道:"混蛋,你想砸我饭碗呀!"我急忙尝了一口,肉硬得有些硌牙。最后,我自己掏钱把那盘肉买下来,作为教训和惩罚。

自那以后,我处处倍加小心,每天更加勤勤恳恳地跟大师傅学手艺。苦干了四年,终于升任为二厨。虽然可以掌勺了,但做的都是一般菜,酒店的招牌菜仍是大师傅们的专利。

一天中午,酒店接待了一个一百多人的台湾旅游团。按照旅行社的规定是配餐,菜很简单。于是当班的大厨陈师傅便请假去药店买药,后厨只剩下我们几个二厨照单下料做菜。快忙完时,大堂经理急匆匆跑到后厨问:"有桌客人单点了咱们酒店的招牌菜'鱼龙争珠',陈师傅回来没有?"

"没有。"我忙应道,"要不赶快派人去找他?"

"来不及了,等找回来客人也走了。"经理急得直转圈,"不行,你们谁试试?"

"我们哪敢做?做砸了会影响酒店的生意。"阿强在一旁说道。

"经理你先别急,我见过陈师傅做,我想试试。"我试探着问经理。

"救场如救火,你赶紧动手吧。"说完,经理边擦汗边离开了后厨。

我在阿强等人的注视下,一副重任在肩的神情,吩咐备料、净勺……"鱼龙争珠"端上桌

时,那道菜的卖相居然令客人们赞叹不已。其实,我心里很清楚,那菜的味道要比陈师傅做得差了三成,只是客人大多没有吃过,不是内行,不容易辨别出来。后来,经理将这事告诉了黎老板。于是我有了一个装了一枚硬币的小红包。这之后又有了第二个、第三个……

对于这个只装了一元硬币的小红包,我虽心有疑问,但毕竟是老板赏的,是对自己工作的肯定,所以也没太在意它的多少。而这个谜直到今年除夕夜才被揭开。

除夕夜,送走了客人。老板吩咐在三楼大厅摆两桌酒席,与留在酒店过年的员工共度佳节。席间,黎老板再次给在座的每个员工发了一个装有一枚硬币的小红包。我终于忍不住,好奇地问他:"老板,你为什么每次奖励的都只是一枚硬币呢?"我的问话一下挑起了大家的兴趣,大家都用探询的目光注视着黎老板。

黎老板沉思了片刻开口道:"我刚到澳大利亚悉尼留学时,在一家餐馆打工。每天中午都有一个叫约翰的先生来餐馆吃饭,并总坐在我负责的那张餐台旁,吃完饭就坐在那里看报纸喝茶,直到下午两三点钟才离开。他每次就在桌上放一枚硬币作为我的小费。当时我们的餐馆生意很好,中午的客人也很多,如果约翰吃完就走,我可以多收几十元的小费。别人都劝我将约翰撵走,可我总是不忍心开口。后来,我就在桌下挂了个小铁桶,把约翰付的小费积攒起来。那年的圣诞节,约翰也被邀请来参加聚餐会。约翰那天很高兴,他的公司刚刚渡过危机。他当着大家的面说:"为了感谢阿黎长期耐心的服务,我将用10元钱换一个硬币的办法奖励阿黎。那晚,我得到了2 000澳元。后来,我用这笔钱开始了我的商海生涯。"

黎老板喝了一口酒接着说:"我之所以要在红包里装一枚一元硬币,是希望大家的人生每一步都能从一点一滴做起,脚踏实地,最终走向成功。为了感谢大家对酒店的贡献,我将用100元换一枚硬币来奖励大家。"

黎老板的话音一落,大家都鼓起掌来。

那晚,我没有用硬币去换纸币,我觉得这六枚硬币远比那600元纸币更有意义,因为它是我成长过程的最好见证。

生活中难免出现一个又一个难题,是抱怨放弃,自怨自艾地慨叹,还是转换思维,另辟蹊径以求成功?相信在你的心中一定会有自己的选择。别忘了"条条大路通罗马",关键是要认准目标,勇往直前。

R en sheng miao di

人 生 妙 谛

总有办法参会

● 巴甫 小兵 译

当我感到困难,我怀疑自己的力量而心情沮丧得痛哭流涕,但生活却要求我迅速做出决定,由于意志薄弱,我却做不出这种决定的时候,我便想起一个旧的故事,这是许久以前我在巴库听一位40年前被流放过的人说的。

这故事对我的影响很大,它能鼓舞我的精神、坚定我的意志,使我把这短短的故事当成我的护身符和咒文,当成每个人都有的那种内心的誓言。

故事所说的事情发生在40年前的西伯利亚,在一次各党派流放者秘密举行的联席会议上。做报告的人从邻村来参加会议。这是一个年轻的革命家,名气很大,也很特殊,并且是一位前程远大的人。

大家等了很久,他还是没有来。

当时的情况是不允许把会议延期的。而那些跟他属于不同政党的人却主张他不来也要开会,他们说,这样的天气他肯定是来不了的。

这一年的春天来得很早,山坡上的积雪被太阳晒化了,他要想乘狗拉的雪橇到这是办不到的;河里的冰层也薄了,有些地方已经浮动起来了,他滑雪来是很危险的——要驾船逆流而上也还太早;因为冰块会把船挤碎,即使是最强壮的渔夫也抵不住冰块的冲击力。

然而赞成等候的人并没有妥协。他们对于那个要来的人是一向深知的。"他会来的,"他们坚持说,"因为他说过'我要来'——那他就一定会来!"

"环境比我们更有力量啊!"前一种人急躁地说。大家争论起来了。忽然窗外人声嘈杂,在木屋跟前玩耍的孩子们也兴奋起来,狗叫着,焦急不安的渔夫们

立刻向河边奔去。

流放者们也从屋子里走出来。他们眼前出现了一个令人惊奇的场面。

有一只小船绕着弯慢慢地冲着碎冰逆流而上。船头站着一个瘦削的人,穿着毛皮短外衣,戴着毛皮耳帽,嘴里衔着烟斗,不慌不忙地用杆子推开流向船头的冰块。

这小船既没有帆,又没有其他动力设备,怎么会逆流行驶呢?但当人们走近河边的时候,大家才吃了一惊,原来是几只狗在岸上拖着船前进。

在这里,这样的事谁都没有试过,渔夫们惊奇得直摇头。其中一位年长的人说:"我们的祖先和父亲在这儿住了多少代,可是谁也没敢这样做过。"

戴耳帽的人走上岸来的时候,说:"同志们,请原谅我不得已迟到了。这个对我是一种新的交通工具,有点不好掌握时间。"

生命在无声中静静流淌，本就没有悲喜的掺杂和名利的负累，只是人心过于执著，因耳目之欲而心灵浮躁。试着用真诚的心去感受这个世界吧，你就会徜徉在自然的怀抱中，从而真正认识到自我的价值。

天使之声

● 赵焰

盲人是最容易见到上帝的人。

说这话是有原因的，我们很容易从聆听波切利的歌声中得出这种结论。波切利的嗓音，仿佛是从很遥远而又很近的地方飘过来的，很熟悉也很清明，不是炽热，不是寒冷，不是柔情，更不是坚韧和刚毅，而是温暖，散发着一种夕阳中圣殿的光芒。还有安详，那种柔柔的、带着点儿热气的暖风，可以透过你的毛孔，一直暖到你的心房中去，就像有一只温暖绵软的上帝之手，托着你的心叶在抚慰。这时你的所有思绪都不重要，就这样一直沉浸，沉浸到自己的内心深处。

这是一种回家的感觉。

这种感觉，竟是一个盲人带来的。这位意大利盲人歌手，在12岁时就双目失明，在此之后，他一边唱歌，一边攻读学位。直到他30多岁取得法学博士学位后，他突然意识到自己一辈子最重要的事情就是唱歌了，然后他拜帕瓦罗蒂为师，向大师学习发声方法，直到登上歌坛的顶峰。

我一直在想，究竟是什么力量促使波切利选择歌唱作为自己的生存方式。聆听了他的歌声，我丝毫不怀疑波切利是见过上帝的人。只有见过上帝的人，歌声才如此安详、虔诚、平和，才有一种难以言传的安宁和诚服，才有一种澄明的光辉。除此之外，还有一种空前的喜悦——不是狂喜，而是一种平和的喜悦，这种喜悦不是来自外部的，而是从内心中生长出来的。在这种喜悦的力量中，波切利只要歌唱就足够了，满怀深情地歌唱，不需要思考。在歌唱中，波切利就是一台机器，一台由上苍制造的完美的发声机器，而他全部美妙的声音来自于上苍，一个完美的影子世界。

盲人是最较容易见到上帝的，因为他们不会被这个散发着虚假光晕的表象世界所迷惑。他可以一直内省自己，反观自己，见到自己心灵中的光。那光芒是美丽、绚烂无比的。

R 人生妙谛
en sheng miao di

生活中难免会遇到挫折，与其灰心丧气选择放弃，不如转变一下处事方法、思维模式，振奋精神重新再来。在奋斗的过程中，你会体验到生活的美好与人生的璀璨。

卡瑞尔的万灵公式

● [美]卡耐基

卡瑞尔先生到密苏里州去安装一架瓦斯清洁机。经过一番努力，机器勉强可以使用了，然而，远远没有达到公司保证的质量。他对自己的失败感到十分懊恼，简直无法入睡。后来，他意识到烦恼不能解决问题，于是想出一个不用烦恼就能解决问题的方法。

第一步，找出可能发生的最坏情况是什么——充其量不过是丢掉差事，也可能老板会把整个机器拆掉，使投下的两万块钱泡汤。

第二步，让自己能够接受这个最坏情况。他对自己说，我也许会因此丢掉差事，那我可以另找一份工作，至于我的老板，他们也知道这是一种新方法的试验，可以把两万块钱算在研究费用上。

第三步，有了能够接受最坏的情况的思想准备后，就平静地把时间和精力用来试着改善那种最坏的情况。

他做了几次试验，终于发现，如果再多花5 000块钱，加装一些设备，问题就可以解决了。结果公司不但没有损失两万块钱，反而赚了1 500块钱。

因为常常烦恼，艾尔·汉里得了胃溃疡。一天晚上，他因胃出血被送进医院。医生坦率地告诉他已经无药可救了。

这样过了几个月。最后，他对自己说："汉里，如果你除了等死以外再也没有别的指望了，还不如好好利用一下剩余的时间呢。你不是一直想环游世界吗？只有现在去做了。"

汉里甚至买了一具棺材，和轮船公司讲好，万一他死了，就把他的尸体放进冷冻舱里。

他从洛杉矶上了亚当斯总统号船，开始向东方航行了。真奇怪，他居然觉得好多了！渐渐地，他不再吃药和洗胃。不久之后，他任何东西都能吃了，甚至可以抽长长的黑雪茄、喝几杯酒，多年来没有这样享受过了。

汉里在船上和人们玩游戏、唱歌、交新朋友，晚上聊到半夜，他的生活充满了欢乐。回到美国之后，他的体重增加了40千克，几乎完全忘记了以前的烦恼和病痛。艾尔·汉里在下意识里应用了威利·卡瑞尔征服忧虑的诀窍。

　　首先,他问自己,可能发生的最坏情况是什么?答案是:死亡。第二,他让自己接受死亡。第三,想办法改善这种情况。

　　所以,如果你有了烦恼,你应该用威利·卡瑞尔的万灵公式,按照以下三点去做:

　　一、问你自己,可能发生的最坏情况是什么?

　　二、接受这个最坏的情况。

　　三、镇定地想办法改善最坏的情况。

> 如果意识到自己犯了错误，就要及时改正，不要在悔恨和不安中浪费我们的生命，这样才能活得更有意义。勇于承认当年的错误，无异于给了心灵一次升华的机会。要知道，没有永远的仇恨，只有永远的爱……

亡羊补牢

● [美]马瑞林·曼宁

　　几年前，我参加了一个人际关系方面的课程，其间有过一次独特的经历。老师要求我们列出过去自己曾感羞愧、负疚、缺憾和悔恨的事情。一周后他请大家大声宣读自己所列的清单。这看起来有涉隐私，但总有勇敢之人自告奋勇。听了别人的陈述，我的清单愈发长起来，三周之后竟达101条之多。之后老师建议我们想办法弥补缺憾，向别人真诚道歉，采取行动来纠正自己的过失。我对此举是否能够改善我的人际关系深表怀疑，相反却认为这只能使彼此更加疏远。

　　一周后，我身旁的一位老兄举手发言，讲了如下这个故事：

　　他在列举清单时，想起高中时发生的一件事情。他在衣阿华州的一个小镇长大，镇上有个孩子们都讨厌的官员。有天晚上，他和两个伙伴决定要捉弄这个叫布朗的官员一番。喝了几瓶啤酒后，他找到一罐红颜料，爬到镇子中央高高的水塔之上，在上面用鲜红的颜料写下："布朗是个狗娘养的。"第二天，镇上的人们起来后都看到了他们的"大作"。两小时后，布朗把他们三个人弄到办公室。他的伙伴们承认了错误，而他却撒谎抵赖、蒙混过关。

　　这事都快过去20年了。那天布朗的名字出现在他的清单上。他不知道布朗是否仍在人世。上个周末，他向衣阿华州的家乡打电话查问，果然有个叫罗杰·布朗的先生。于是他给罗杰·布朗打电话。铃声响了几下后，他听到："喂，你好。"他问："你就是那个叫布朗的官员？"那边沉默了一下说："是的。""那好，我是吉米·考金斯，我想告诉你那事我也有份。"又是沉默。"我早就知道。"罗杰·布朗嚷道。他们于是大笑，相谈得很愉快。罗杰·布朗最后说："吉米，我一直为你感到不安，因为你的伙伴们都已摘掉了心病，而你这么多年却一直挂在心上。我应该感谢你打来电话……这是为你着想。"

　　吉米鼓励我化解我清单上的101条。这费了我两年的时间，但这却成了我以后从事矛盾调解工作的起点和动力。不论冲突纠纷多么严重，我一直记着摒弃前嫌，化解宿怨，亡羊补牢，为时未晚。

生活中的困难总是接踵而至，家庭琐事、工作压力、人际关系总是让人应接不暇。长吁短叹是于事无补的，只有正视困难，耐心地抽丝剥茧，一一解决，才能将琐事理顺，让烦恼消失，把心网中的杂质彻底清除。

蜘蛛的哲学

● 凉月满天

腰病重了，刚起来不几天，又开始卧床休养，心里十分丧气：今年是我的灾年吗？房贷是要还的；老父亲的病更是要治的；孩子还小，两天不管，她就像钻天猴似的。你看我，工作也撂了，家务也照管不了，每天三大碗的中药，不喝也得喝……生活真是一团糟，糟透了。

先生把我扶下楼，说："走，我带你去看一样东西。"

我跟着他来到一个小树丛，里面结着一张大蛛网。他从旁边的狗尾巴草上摘一粒草籽撂到网上，有只蜘蛛马上跑了出来。它躲在暗处，一只脚搭在丝上，守网待虫。结果很令它失望——它捧起草籽咬了咬，原来不是虫子，就举起来往后一扔。我看得有趣，"噗哧"笑出来。先生又捻下好几粒草籽，往网上一撒，蜘蛛一通忙活，一个一个地咬过去。咬一个，不是，一扔；咬一个，又不是，又一扔。一会儿的工夫就把网上的草籽清理干净了，然后又回到洞里，继续守网待虫。

先生很坏，捋了一大把草籽，往网上"刷"的一扔。蜘蛛闻风而动，一看整张网上都粘满了草籽，自己的家被搞得一塌糊涂，它有点丧气，待在那里好长时间一动不动。我以为它要转身回洞，把这张网弃之不用，没想到它的举动令人匪夷所思。只见它爬到网的中央，几只脚紧紧扣住网，开始一上一下地振荡，刚开始幅度很小，后来渐大，如同摇筛，甚或如在海上掀起的狂风巨浪。网上密密麻麻的草籽大部分都承受不住晃荡的力量，掉下来了，剩下的草籽零星地粘在网上。蜘蛛又开始故伎重演，抱起一个一扔，再抱起一个又一扔，一会儿工夫就把自己的家清理得干干净净。

我看着蜘蛛，不说话。惭愧，我不如它。它不仅能够用错综交织的丝线结成一张张漂亮的网，而且能够把粘在网上的杂质聪明地清除掉。我这张网却收得太紧，不再是生命展开的平台，反而成了束缚生机的绳索。父亲有病，看就是了；我有病，养就是了；房奴当上了，也可以当得很快乐；孩子一日不辅导，她也未必就不晓得上进了。人生于世，一颗心就是一张网，丝丝相连，线线相交，上面难免会粘上各种各样的杂质，要学会聪明地捡拾。

1965 年 9 月 7 日，世界台球冠军赛在美国纽约举行，路易斯·福克斯一路领先，稳操胜券。

当他又要去击球时，一只苍蝇不请自来，绕着他的球飞来飞去，引得观众哈哈大笑。这一切使他愤怒至极。他不停地用球杆击打苍蝇，一不小心却使球杆碰到球，他失去了一轮机会。更糟的是，他因此而方寸大乱，连连失利，丢掉了冠军。回头他越想越懊恼，竟然投河自杀。

说实话，福克斯不是被苍蝇害死的，而是被他自己心头的那张网给缠死的。他过于渴望成功了，所以害怕外界哪怕一点点细微的打扰，才会对一只小小的苍蝇斤斤计较；他过于害怕失败，才会被失败的感觉紧紧缠绕，除了选择死亡，不知道如何解脱。

我也是的。先是把生活想得太复杂，又把一时的挫折想得太糟糕。蜘蛛脑子里就没有这么多的东西缠绕，它生活简单，目标明确，懂得鉴别，懂得选择，这就是它的哲学——生命越简单，就越有效。

心境决定生活的质量。面对生活,痛苦的人总感觉芒刺在背,乐观的人却感觉春风拂面,原因就在于心态各异。因而,我们不要在意生命中的坎坷,也不要为命运多舛而忧愁,生命各有其历程,只要心中充满快乐,幸福就会常驻我们心间。

1/5 的痛苦

● 大 卫

庆乙是辽宁的一个盲诗人,他与来自全国各地的另外13个人一起,参加了诗刊社第十八届青春诗会。会议期间,安排一天时间参观黄山,庆乙坚持要去,我们都为他担心,高且陡的黄山,他这个盲人,怎么上啊?虽然他带了弟弟来,但我们还是不放心。最后庆乙还是上了,他弟弟扶着他,他比我们所有人都认真地爬,光明顶他去了,莲花峰也去了,一线天过了——特别是过一线天的时候,脚稍一打滑,就有栽下来的可能,只可容一个人过的空间,一个什么也看不见的人的艰难可想而知了。我甚至在下面做好了营救的准备。最后,他过了,没有用任何人帮助。

说句实话,我们那天去的时候,黄山晴得厉害,没有云海,黄山的美,少了许多。虽然大家不说出来,但那份遗憾,心知肚明。唯有庆乙比所有人都高兴。他说他看到了黄山,像想象中一样的美,是的,他因为没有看见,他才可能有那份想象。

后来与他聊天,我说:"你的世界我不可想象,没有一丝光,万物对你来说,都是没有模样的。甚至,你连最亲爱的人的样子,也看不到。一切只有手感。更何况,有些东西,是你根本无法去感觉的……"

庆乙笑了,他吐了一口烟说:"是的,和你们相比,我的世界痛苦得不得了,我不回避这种痛苦,但我更想说的是,我只有 1/5 的痛苦。"

1/5 的痛苦?我不解。

"你想想，在五官当中，我只是眼睛这一官失明而已，所以，我只有1/5的痛苦，但是，就这1/5的痛苦，我也不觉得痛苦，正因为眼睛看不到，和别人相比，我才有更丰富的想象力，一个人能够始终活在自己的想象里，像鱼天天游在大海里，难道不幸福吗？"

我无言。

博尔赫斯在晚年什么也看不见了，但谁又能否认，不正是这1/5痛苦，才使他比我们所有人都看得更远更深？甚至，他看到许多我们看不到的东西。

失聪的贝多芬，他不也是拥有着1/5的痛苦？但他比我们所有的人都幸福，因为，我们在凡尘俗世听到的，只是一些鸡飞狗跳之类的噪声，而他失聪的耳朵，却可以听到天籁。

其实，他们"1/5的痛苦"，也只是在我们俗人的眼光里这样的，不客气地说，甚至是我们强加于他们的一种自以为是的判断。这样说，也并不是否定一个人的悲悯之心，而是想说，你悲悯别人的时候，是否也要想一想，和那些身体上有着这样那样的残障者相比，我们是不是比人家盲得更深、聋得更重、瘸得更狠……

我觉得，弄清楚这点很有必要，不然的话，人家可能仅仅是在肢体方面有着1/5的痛苦，而我们不再清澈的心灵，倒有可能是3/5的浮躁，或者5/5的麻木。

生命总是充满着巧克力般苦甜交织的奇妙滋味，"下一块巧克力"未必香滑美妙，但那独一无二的滋味却最令人难以忘怀。不断地追求"下一块巧克力"，也就是以一种执著的姿态展现人生的美好。

人 生 妙 谛
Ren sheng miao di

品尝下一块巧克力

● 崔修建

汤姆·汉克斯曾是一名默默无闻的喜剧演员，但他不甘心总是在舞台和生活中扮演一个无名的小角色，他一边刻苦地向那些优秀的演艺人员学习演技，一边不断地尝试着各种被别人视为不可能演好的角色，一次次的失败，并没有挫伤他进取的勇气。终于，在 1988 年，他凭借在影片《飞越未来》中的出色表演，赢得了巨大的声誉。

1993 年，汉克斯在影片《费城》中为拓宽戏路，抛却了许多世俗的顾虑，大胆地进行了艺术尝试，并以其优秀的演技获得了奥斯卡最佳男主角奖。一年后，凭着在影片《阿甘正传》中杰出的表现，他第二次荣膺奥斯卡影帝。在巨大的成功面前，汉克斯没有让响亮的名声绊住自己继续探索新角色的脚步，此后几乎每年他都有新片问世，并且每个角色都给人以全新的感觉。从 1995 年《阿波罗 13 号》中的宇航英雄，1998 年《拯救大兵瑞恩》中的上尉，到 1999 年《绿色奇迹》中的监狱长，汉克斯以其对角色深刻的艺术把握、炉火纯青的细腻演技，塑造了一大串个性鲜明的人物形象，一次次赢得无数的鲜花与掌声，被影评家们誉为"戏路之广、对角色塑造力之强无人能出其右"的杰出表演大师。

像一位不知疲倦的跋涉者，汉克斯一次次攀上艺术巅峰，又一次次向新的高峰挺进。2000 年，他接演了后来颇为轰动的影片《漂流者》，因为片中角色的需要，他承受了极大的辛苦，在一个月内减肥 55 磅，而且在环境极为恶劣的外景地摸爬滚打了好几个月。这部影片讲述了一个不幸流落到孤岛上的联邦快运公司的小职员和一只排球的故事，其中一个多小时没有一句台词。这对演员的演技提出了空前的挑战，但汉克斯以其臻于完美的表演，非常成功地塑造了一个"现代罗宾逊"形象。

当有记者追问汉克斯是否曾害怕过失败，是否畏惧过因新角色的不成功而有损其国际影星的声誉？汉克斯果决地回答道："没有，我从来没有畏惧过失败，因为我把每一个将要接手塑造的角色都看作是一块巧克力，需要细心地品尝，而我要知道下一块巧克力的滋味，只有一个最简单的好办法——亲自去品尝。"

就这样，汉克斯以不断地"品尝下一块巧克力"的人生态度和敬业精神，一次次赢得了艺

术上巨大成功，为世界亿万观众奉献了一块块"别具风味、甜美无比的巧克力"。在 1996 年，他还自编、自导、自演了一部以 60 年代摇滚乐为背景的影片《挡不住的奇迹》，向世人展示了他的多才多艺，推出了又一块"颇具魅力的巧克力"。

其实，我们每个人的人生都像是在咀嚼一块块巧克力，绝大多数人一生只咀嚼过一种或几种巧克力，便因畏惧困难或因一时心满意足而放弃了继续品尝其他的巧克力，但有人却始终不满足地不断去品尝"下一块巧克力"的滋味。于是，我们看到了生活中拥有太多的平凡之辈，而只有为数不多的一次次创造生命辉煌的杰出英雄，就诞生于那执著地品尝人生中"下一块巧克力"的人群中。

当然，"下一块巧克力"的滋味未必都很好，但不陶醉于已有的收获中，依然满怀热情地去体味人生中的"下一块巧克力"，其过程本身就是对生命潜能的最大的开掘，即使遭遇了失败，那样孜孜进取求索的人生，也是足以令人羡慕和敬仰的。

> 梦想不是空洞的言语,也不是玩世不恭的处世态度,而是为理想而奋斗的坚定信念,亦是一种矢志不渝的追求。正是有了它,人生的价值才得以彰显,生命的意义才得以体现。

R 人 生 妙 谛
en sheng miao di

哈利的文字生涯

● [美]托马斯·沃特曼

哈利是一名海军军官,在海军服役了 15 年之后,他离开了部队,想成为一名作家。

已届中年的哈利感到前途迷茫。他和朋友杰克在纽约郊区租了一间地下室,当时经济并不景气,哈利卖了自己的全部家当,仅够买一台打字机。

一年时间过去了,哈利的稿子被退了回来。仅靠杰克的薪水,很难维持两个人的生活。哈利开始每天只吃一个面包,继续写作。

杰克对哈利说:"老兄,别再搞你那些无用的玩意儿了,它们根本不能换来面包或是香烟。"哈利的父母也写信来,希望哈利能停止那劳心费神又挣不来一个子儿的写文章生活,干点儿别的挣一些钱贴补家用。

哈利抱着一大堆退稿信,又读着家里人的信,忍不住哭了。他在海军服役的 15 年里,虽然很苦,可也没有中断过写日记,记录自己认为有用的东西。而今,这些全都变成了一钱不值的废物,三十几岁的人了,不仅不能挣钱养家,还要靠朋友的接济度日,再这样下去真是太窝囊了。

突然有一天,服役时的一个战友詹姆斯给哈利打来电话,此时他住在洛杉矶。他在服役的时候曾经拿哈利的日记开过玩笑。

"嗨,哈利,你的大作什么时候能够卖出去,好还你当年欠我的 100 美元?"

哈利的心隐隐作痛,"兄弟,别拿我开玩笑了,我现在真的是一贫如洗。"詹姆斯说:"得了,趁早别写那些鬼东西了,我们这里缺一个餐厅领班,一般来说,一年能挣 5 000 美元,怎么样,老兄? 考虑一下,如果你愿意,下周就过来上班,这可是个人人眼馋的缺儿啊!"

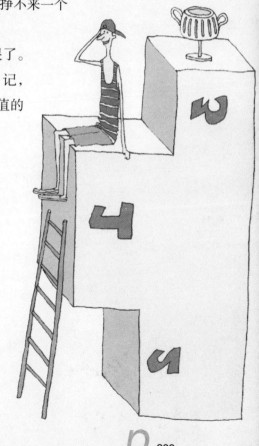

"一年 5 000 美元，我不仅可以还清欠债，还能寄一半给家里，再租一间体面点儿的房子，兴许还能存点钱。拿到钱后，我一定要请杰克去吃一顿，这些年，我欠他太多了……"

就在哈利满心欢喜地盘算着如何花掉 5 000 美元的时候，他忽然想到，他的目标是成为一个专业作家，而不是餐厅领班。

"不，詹姆斯，我想我还是不去了，谢谢你的好意，我还是想写我的鬼东西。"

放下电话，哈利的心情复杂极了，唾手可得的大好机会就此放弃，而口袋里的 10 美分都不够吃上一顿饭的啊。"哈利，这就是你拼命想完成的无用的鬼东西。"但哈利坚信总有一天那些看似无用的东西能改变他的命运。

后来，当人们厌倦了惺惺作态和玩世不恭的文字之后，哈利那些描写冒险、海军生活、战争的作品开始被编辑们看好。终于，在哈利潜心写作 16 年之后，也就是他离开部队 10 年之后，他的第一本书出版了。这部描写海军生活的小说被改编成电影，并被译成多国文字发行。从那以后，哈利一举成名，他的稿约不断，他也搬进了豪华别墅，开始用他的笔谋生。

"绳锯木断，水滴石穿"，这些都是坚持不懈积累的结果，人生亦如此。人生不可能一路阳光，成功也不可能一蹴而就，因而需要我们认识自我，不断充实自己的知识，提高自己的能力，从而登上成功的山峰。

我的早年生活

● [英]丘吉尔

"每个人都是昆虫，但我确信，我是一只萤火虫。"

刚满 12 岁，我就步入了"考试"这块冷漠的领地。主考官们最心爱的科目，几乎毫无例外的都是我最不喜欢的。我喜爱历史、诗歌和写作，而主考官们却偏爱拉丁文和数学，而且他们的意愿总是占上风。不仅如此，我喜欢别人问我所知道的东西，可他们却总是问我不知道的。我本来愿意显露一下自己的学识，而他们却千方百计地揭露我的无知。这样一来，只能出现一种结果：场场考试，场场失败。

我进入哈罗公学的入学考试是极其严格的。校长威尔登博士对我的拉丁文作文宽宏大量，证明他独具慧眼，能全面判断我的能力。这非常难得，因为拉丁文试卷上的问题我一个也答不上来。我在试卷上首先写上自己的名字，再写上试题的编号"1"，经过再三考虑，又在"1"的外面加上一个括号，因而成了(1)。但这以后，我就什么也不会了。我干瞪眼没办法，在这种惨境中整整熬了两个小时，最后仁慈的监考老师总算收去了我的考卷。正是从这些表明我的学识水平的蛛丝马迹中，威尔登博士断定我有资格进哈罗公学上学。这说明，他能通过现象看到事情的本质。他是一个不以卷面分数取人的人，直到现在我还非常尊敬他。

结果，我当即被编到低年级最差的一个班里。实际上，我的名次居全校倒数第三。而最令人遗憾的是，最后两位同学没上几天学，就由于疾病或其他原因相继退学了。

在这种尴尬的处境中，我继续待了近一年。正是由于长期在差班里待着，我获得了比那些聪明的学生更多的优势。他们全都继续学习拉丁语、希腊语以及诸如此类的辉煌的学科，我则被看做是个只会学英语的笨学生。我只管把一般英语句子的基本结构牢记在心——这是光荣的事情。几年以后，当我的那些因创作优美的拉丁文诗歌和辛辣的希腊讽刺诗而获奖成名的同学，不得不靠普通的英语来谋生或者开拓事业的时候，我一点儿也不觉得自己比他们差。自然我倾向让孩子们学习英语。我会首先让他们都学英语，然后再让聪明些的孩子们学习拉丁语作为一种荣耀，学习希腊语作为一种享受。但只有一件事我会强迫他们去做，那就是不能不懂英语。

　　我一方面在最低年级停滞不前,而另一方面却能一字不漏地背诵麦考利的 1 200 行史诗,并获得了全校的优胜奖。这着实让人觉得自相矛盾。我在是全校最后一名的同时,却又成功地通过了军队的征兵考试。就我在学校的名次来看,这次考试的结果出人意料,因为许多名次在我前面的人都失败了。我也是碰巧在考试中遇到了好运,考试要求考生凭记忆绘一张某个国家的地图。在考试的前一天晚上,我将地球仪上所有国家的名字都写在纸条上放进帽子里,然后从中抽出了写有"新西兰"国名的纸条。接着我就大用其功,将这个国家的地理状况记得滚瓜烂熟。不料,第二天考试中的第一道题就是:"绘出新西兰地图。"

　　我开始了军旅生涯。这个选择完全是由于我收集玩具锡兵的结果。我有近 1 500 个锡兵,组织得像一个步兵师,还下辖一个骑兵旅。我弟弟杰克统领的则是"敌军"。但是我们制定了条约,不许他发展炮兵。这非常重要!

　　一天,父亲亲自对"部队"进行了正式的视察。所有的"部队"都整装待发。父亲敏锐的目光具有强大的威慑力,他花了 20 分钟的时间来研究"部队"的阵容。最后他问我想不想当个军人。我认为统领一支部队一定很光彩,所以我马上回答:"想。"现在,我的话被当真了。多年来,我一直以为父亲发现了我具有天才军事家的素质。但是后来我才知道,他当时只是断定我不具备当律师的聪慧。他自己也只是最近才升到下议院议长和财政大臣的职位,而且一直处在政治的前沿。不管怎样,小锡兵改变了我的生活志向,从那时起,我的希望就是考入桑赫斯特皇家军事学院。再后来,就是学军事专业的各项技能。至于别的事情,那只有靠自己去探索、实践和学习了。

成功过程如同雕刻一件完美的雕塑，"锲而舍之，朽木不折；锲而不舍，金石可镂。"因此，人应清楚地认识到，不是成功选择你，而是你选择成功，只有通过持之以恒地努力，成功才能被你雕刻得尽善尽美。

Ren sheng miao di **人 生 妙 谛**

1850 次拒绝

● 刘 强

在美国，有一位穷困潦倒的年轻人，他在即使在身上全部的钱加起来都不够买一件像样的西服的时候，仍全心全意地坚持着自己心中的梦想，他想做演员，拍电影，当明星。

当时，好莱坞共有 500 家电影公司，他逐一数过，并且不止一遍。后来，他又根据自己认真划定的路线与排列好的名单顺序，带着自己写好的量身订做的剧本前去拜访这些公司。但第一遍下来，所有的 500 家电影公司没有一家愿意聘用他。

面对百分之百的拒绝，这位年轻人没有灰心，从最后一家被拒绝的电影公司出来之后，他又从第一家开始，继续他的第二轮拜访与自我推荐。

在第二轮的拜访中，500 家电影公司依然拒绝了他。

第三轮的拜访结果仍与第二轮相同。这位年轻人咬牙开始他的第四轮拜访，当拜访完第三百四十九家后，第三百五十家电影公司的老板破天荒地答应愿意让他留下剧本先看一看。

几天后，年轻人获得通知，请他前去详细商谈。

就在这次商谈中，这家公司决定投资开拍这部电影，并请这位年轻人担任自己所写剧本中的男主角。

这部电影名叫《洛奇》。

这位年轻人的名字就叫席维斯·史泰龙。现在翻开电影史，这部叫《洛奇》的电影与这个日后红遍全世界的巨星皆榜上有名。

如果没有鳌拜、三番的威胁，康熙的生活必定会无比寂寞；如果没有对手犹他爵士队出色的发挥，乔丹的总冠军戒指也将光彩黯淡。在生活中，势均力敌的对手更胜朋友，是他们，让我们的成功更加精彩、更加辉煌。

感谢对手

● 汪金友

雅典奥运会跳水男子三米板冠军彭勃在赛后接受记者采访时说："我特别感谢两个人，一个是队友王克楠，一个是对手萨乌丁。如果今天没有王克楠到场给我的鼓舞，我的金牌就不会拿得这么顺利。我之所以要感谢萨乌丁，是因为没想到他今天发挥得这么出色。他这么大的年龄还那样拼搏，这刺激了我更努力地去比赛。"

不知你是否听过沙丁鱼的故事。在很久以前，挪威人从深海里捕捞的沙丁鱼，还没等运回海岸，便都口吐白沫、奄奄一息了。渔民们想了很多的办法，但都失败了。然而，有一条渔船却总能带回活鱼上岸，所以船主卖出的价钱也要比别人高出几倍。后来，人们才发现了其中的奥秘。原来，这条船是在沙丁鱼槽里放进了鲇鱼。鲇鱼是沙丁鱼的天敌，当鱼槽里同时放有沙丁鱼和鲇鱼时，鲇鱼出于天性就会不断地追逐沙丁鱼。在鲇鱼的追逐下，沙丁鱼拼命游动，激发了内部的活力，从而才活了下来。

这就告诉人们一个道理，对手是自己的压力，也是自己的动力。而且往往是对手给自己的压力越大，由此而激发出的动力就越强。对手之间，是一种对立，也是一种统一。相互排斥又相互依存，相互压制又相互刺激。尤其是在竞技场上，没有了对手，也就没有了活力。

学习、工作、事业、爱情，谁都可能遇到对手，谁都盼望超过对手。但无论成功还是失败，都不要忘了感谢对手，因为是他和你一起追逐，一起攀登，一起较量，一起腾飞。

策　　划：钟　雷

主　　编：崔钟雷

副 主 编：王丽萍　刘　超　那兰兰

策划编辑：陈佩雄

责任编辑：侯娟雅

装帧设计：稻草人工作室

图书在版编目(CIP)数据

学会品味生活的哲理／崔钟雷主编.—长春：吉
林出版集团有限责任公司，2010.8
（知书达礼·励志馆）
ISBN 978-7-5463-3497-4

Ⅰ．①学…　Ⅱ．①崔…　Ⅲ．①人生哲学－通俗读物
Ⅳ．①B821-49

中国版本图书馆 CIP 数据核字（2010）第 146068 号

书　　名：学会品味生活的哲理
出　　版：吉林出版集团有限责任公司
地　　址：长春市人民大街 4646 号（130021）
印　　刷：北京朝阳新艺印刷有限公司
开　　本：889×1194 毫米　1/16
印　　张：15
版　　次：2010 年 8 月第 1 版
印　　次：2010 年 8 月第 1 次印刷
发　　行：北京吉版图书有限责任公司
地　　址：北京市宣武区椿树园 15-18 栋底商 A222 号（100052）
电　　话：010-63106240（发行部）
书　　号：ISBN 978-7-5463-3497-4
定　　价：19.80 元

敬 启

　　本书的编选参阅了一些报刊和著作，由于多种原因我们未能与部分入选文章作者（或译者）取得联系，在此深表歉意。敬请原作者（或译者）见到本书后，及时与我们联系，我们将按国家有关规定支付稿酬并赠送样书。

联系方式

公司名称：黑龙江省同源文化发展有限公司

地　　址：黑龙江省哈尔滨市香坊区汉水路110号

邮　　编：150090

联系人：吴晶

电　　话：0451-55174988

编委会